UNE HISTOIRE

AU-DESSUS DU CROCODILE

Par Francisque MONNET

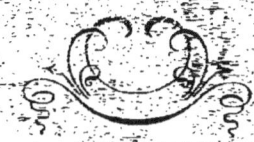

SAINT-ÉTIENNE

IMPRIMERIE DE MONTAGNY

1876

UNE HISTOIRE

AU-DESSUS DU CROCODILE

UNE HISTOIRE

AU-DESSUS DU CROCODILE

Par Francisque MONNET

SAINT-ÉTIENNE

IMPRIMERIE DE MONTAGNY

—

1876

HISTOIRE DE CETTE HISTOIRE

Le 10 février 1868, le monde artiste de Paris fut mis en grand émoi. Il s'agissait d'une caravane de peintres, conduite par M. Venières qui, remontant le Nil, se dirigeait vers Thèbes.

Voici la lettre publiée par *le Globe*, et reproduite par *la Petite Presse*, qui avait si justement donné lieu à cette émotion :

« C'était en plein midi, tous les objets environnants, maisons et pierres, s'enlevaient en clair sur un ciel d'un bleu intense.

« Bientôt les maisons du village que nous quittons, se perdent derrière nous, et nous voguons en plein désert.

« Le fleuve se déroule comme un long ruban d'azur, faisant tache sur l'immense plaine jaune, qui crépite sous les ardentes caresses d'un soleil qu'on dirait éclos de la palette de Claude Lorrain.

« Nous sommes tous serrés dans une barque, conduite par six Ethiopiens. De temps en temps, une figure de sphinx apparaît à nos yeux. Le monstre,

calme et roide, semble personnifier le désert, où
règnent le silence et l'immobilité.

« Une de ces figures, plus belle et plus grande
que les autres, fixe notre attention. Nous faisons
arrêter et descendons à terre pour en prendre un
croquis. Nous sommes à peine installés, à trente
mètres du rivage, que nos Éthiopiens se mettent
à pousser des cris féroces, et se précipitent dans la
barque.

« Nous n'avons pas le temps de nous rendre
compte de la cause de cette alarme, que nous voyons
l'eau du fleuve s'agiter, et quelque chose de mons-
trueux tourner autour de notre embarcation, et se
jeter presque aussitôt sur le sable. D'instinct, nous
grimpons tous sur le sphinx, à l'exception de Corteval, qui, avec un sangfroid imperturbable, regarde
tranquillement, et se met à dire :

— « C'est un crocodile!

———

« L'animal n'est plus qu'à quelques pas. Nous
crions à notre ami de se dépêcher.

« — Bast, dit-il, je vais le fatiguer.

« Et pour échapper à l'ennemi qui fond sur lui, il
se met à tourner autour du socle sur lequel repose
le sphinx.

« Cette course effrénée dure quelques instants,
l'animal furieux le poursuit, tournant avec peine et
faisant craquer ses écailles.

« Nous nous penchons tous, offrant chacun une main pour aider notre ami à monter. Il profite d'un moment où son adversaire se tient irrésolu, la tête en l'air, flairant le vent, pour s'aider de ce secours et, en deux bonds, Corteval est auprès de nous.

« Armés de carabines laissées dans les barques, les nègres qui n'avaient pu faire feu, tant qu'il y avait eu danger à tirer, commencent à ajuster le crocodile.

« Les balles pleuvent; mais les unes manquent le but, et les autres rebondissent sur l'écaille dure à trouer. Une de ces balles vient s'aplatir contre les pieds du sphinx.

« Nous faisons signe alors à ces hommes de cesser un combat si dangereux pour nous. Eux s'arrêtent et délibèrent. Puis nous les voyons s'en retourner, en nous criant des paroles que nous ne comprenons pas, et nous faisant force gestes démonstratifs que nous croyons saisir, parce qu'ils sont de ceux qui marquent le dévouement.

« Ils partent, ils sont partis !

« Et nous voilà seuls, dans un désert, perchés sur un sphinx, aux pieds duquel un crocodile nous attend la gueule béante.

———

« Les heures se passent et le soleil disparaît. Peu à peu la nuit arrive, et le ciel toujours clair, tout parsemé d'étoiles, tombe tout autour de nous, et nous sommes là, à cheval sur la pierre, divisés en deux groupes se faisant face l'un à l'autre. Nous cherchons à dissiper l'accablante monotonie du désert, par des récits fantastiques, que le lieu, l'accident qui nous y retient, et les souvenirs du passé magique nous suggèrent.

« Après le récit vient la charge. Nous tuons le temps, et quand le temps résiste, l'un de nous montre aussitôt le crocodile affamé, et la peur nous secoue et nous redonne des forces.

« Tout passe, — une nuit comme un siècle, — et le jour finit par revenir.

« Nous ne tardons pas à voir au loin quelque chose qui fait tache sur l'eau. Ce sont de petits points noirs qui grossissent d'instant en instant, et bientôt nous distinguons cinq barques, chargées de nègres armés de cordes et de carabines.

« Les barques arrivent devant nous et abordent toutes en même temps. Et en même temps aussi les hommes se groupent, se faisant un rempart avec des coutelas et des armes de toute espèce. Derrière ceux du premier rang, se tiennent ceux qui portent des cordes.

« La chasse commence.

« Les lacets sont jetés; mais l'animal esquive et glisse entre les cordes. On fait feu; mais les balles se perdent.

« Enfin, un grand nègre, plus agile et plus adroit que les autres, parvient à serrer une des pattes du crocodile dans un nœud.

« Au même moment, un autre serre son lacet autour d'un anneau de sa queue. La troupe se divise en deux groupes, et chacun tire de son côté, si bien que la bête finit par ne plus être maîtresse de ses forces, et reste prise sans mouvement.

« Quelques-uns s'approchent et font feu à bout portant, dans la bouche, sous la poitrine. Le pauvre vaincu fouette violemment avec sa queue le sable qui boit son sang, se tord et expire en se traînant vers le fleuve qu'il ne peut plus atteindre. »

A part quelques détails, sans doute négligés à dessein, et différentes inexactitudes, résultant du trouble dans lequel nous étions, ce récit nous a paru généralement impartial.

Maintenant, on s'est demandé ce que l'on peut bien raconter, quand on est à cheval sur un sphinx et au-dessus d'un crocodile ; ensuite, quelle est la nature des idées qui hantent le cerveau des artistes quand ils devisent entre eux.

Afin de répondre à ces deux questions, nous allons faire parler notre ami Corteval qui, malgré une morsure affreuse, a encore eu la force de conter l'histoire suivante.

UNE HISTOIRE

AU-DESSUS DU CROCODILE

LA MANTA

CHAPITRE Ier.

Il y a trois ans environ que je débarquai dans la petite île d'Oualan, située, comme chacun sait, par 5 degrés de latitude nord et 160 de longitude est. Je faisais alors partie d'une commission scientifique, envoyée par le ministère, dans nos établissements de la Polynésie.

Partis du Hâvre le 14 octobre de l'année précédente, nous avions terminé les travaux relatifs à nos possessions du Sud en moins d'un an, car on n'était alors qu'au 25 août 1865.

L'intention avérée du commandant était bien d'aller directement en Cochinchine; mais des circonstances astronomiques le déterminèrent à modifier ses résolutions. Au reste, il ne s'agissait que d'un retard de quelques jours, c'est pourquoi il avait laissé le navire au large, trouvant qu'une simple chaloupe était suffisante pour opérer notre débarquement, qui se restreignait à vingt personnes.

Il ne nous fallut que quatre jours pour établir notre observatoire, faire de l'eau et nous procurer quelques vivres auprès des insulaires. Deux jours après, toutes les observations étant terminées, on se disposa à partir; aussi, dès le lendemain, trois coups de canon tirés de la frégate, nous annoncèrent-ils qu'on allait lever l'ancre.

Nous nous réunimes tous, alors.

J'ignore quel fut le résultat des observations du commandant. La science, dans ses sublimes hardiesses, découvre, explique et affirme une vérité qui devient, pour ainsi dire, tangible quand elle a passé à son creuset; mais cette vérité nous laisse froids et désillusionnés; car ces définitions correctes, qui agrandissent le domaine de l'esprit, dessèchent presque toujours le cœur; ainsi, supposez Franklin contemporain de Phidias, établissez un parallèle entre eux, et vous verrez que, de toute nécessité, il faut que l'un des deux disparaisse devant l'autre. Et maintenant, choisissez.

Franklin a observé, expliqué, décomposé et recomposé le tonnerre, et il en a fait une machine; un joli petit tonnerre, un tonnerre de chambre, un tonnerre que l'on dévisse et qui s'expédie contre remboursement; tandis que Phidias, lui, ayant vu l'éclair et entendu le sinistre grondement de la foudre, il en a fait un dieu!

En ce qui me concerne, mon choix est fixé : j'opte pour l'art.

Les sciences, selon moi, ne sont que les béquilles d'une société arrivée à l'état de décrépitude. Chemins de fer, aérostats, bretelles en caoutchouc et allumettes chimiques, qu'êtes-vous pour l'homme jeune, libre et fort? Hélas! vous et toute la trinquenaille de l'encyclopédie, n'êtes qu'un vain amas de hochets; dont l'éléphant le plus sournois rirait dans sa trompe, s'il s'avisait jamais d'y rien comprendre. Mais l'art, c'est le rêve et l'infini, c'est la pensée qui, s'appuyant sur la matière, devient un poëme frissonnant, écrit sur la toile ou le marbre; c'est l'harmonie, dont les vibrations puissantes résonnent à notre oreille charmée, comme c'est le vers fluide et sonore qui chante à l'âme! Voilà ce qui explique mon insensibilité à l'endroit des sciences exactes.

Plein de ces pensées, qui embaumèrent les plus tristes heures de ma vie, je gravissais un soir les pentes d'une montagne, au revers de laquelle se trouvait notre observatoire, qu'il fallait atteindre avant la nuit. C'était la veille de notre départ; l'air était calme et la chaleur étouffante. Après avoir atteint les cimes abruptes où je m'étais engagé, je me retournai, pour jeter un regard d'adieu sur la vallée que je venais de parcourir, sans même l'avoir aperçue.

L'aspect du paysage était sombre.

Le soleil, en déclinant vers un horizon embrumé, rougeoyait, triste et solennel, contre des roches titaniques, d'où pleurait une maigre cascatelle qui, coupée par des intervalles d'ombres, resplendissait alors comme les antennes fluides d'un énorme cétacé. Un ruisseau fuyait tout honteux à travers de hautes herbes, pour se montrer de loin en loin; mais, reflétant un ciel puissamment chargé de vapeurs, il paraissait terne et vitreux, comme l'œil entr'ouvert d'un agonisant.

Des arbres étaient éparpillés çà et là; mais tordus

convulsionnés, rabougris, puis un brouillard diaphane semblait jeté sur toute cette nature, comme un voile suspect. Site étrange de sauvagerie, respirant je ne sais quoi de néfaste et d'ensorcelé, qui m'attirait et me fascinait au dernier point.

L'ensemble de ces masses granitiques, qui en formaient l'horizon, malgré leurs aspérités squameuses, malgré les lianes échevelées qui pendaient à leurs fissures béantes, avait l'air de murailles enveloppant une ville maudite, prête à devenir le théâtre de quelque événement irrévélé. C'est donc pourquoi, dominé par cette pensée attractive, je me dis à la fin : Quelque chose doit se passer là! Eh bien!... j'y serai.

Tel fut mon premier rendez-vous donné à l'inconnu.

En me tournant à gauche, je vis, sur le penchant d'une colline richement boisée qui me faisait face, une hutte que je n'avais pas aperçue d'abord. Tiens! dis-je en moi-même, quelqu'un l'a donc apportée ici?

A la porte de cette hutte, dont la fumée bleuâtre rêvait dans les profondeurs de la forêt, une femme était assise. Dès qu'elle me vit, elle se leva, me fit un signe de la main, et se rassit lentement. Ma contemplation avait eue un témoin qui, par une coïncidence bizarre, semblait répondre à ma pensée, alors que je cherchais un être vivant, pour animer ce paysage si morne.

Je saluai cette femme, en imitant son geste, et partis à la hâte.

Il n'était que temps de regagner mon gîte, car le son du cor m'avertissait que l'on était inquiet de moi. Je répondis aussitôt par une chanson bien connue à bord :

J'ai-z-épaté ma connaissance
Au bord du canal Saint-Martin.

Mais il s'agissait bien des « prouesses de Gavoulot, » j'étais sous le coup de préoccupations autrement sérieuses.

Aussi, le lendemain, quand il fut question de reprendre la mer, je m'approchai du commandant, et lui fis connaître que mon intention était de rester dans l'île; ce qui le surprit assez.

— Car enfin, me dit-il, qu'est-ce qui peut vous retenir ici? Ce ne sont pas les habitants, qui sont noirs comme des taupes, laids comme des singes et bêtes comme des oies. Serait-ce le pays? Mais l'île entière, qui n'a pas douze lieues de tour, a attendu jusqu'à 1824 pour se laisser découvrir par Duperrey; ensuite, elle n'a rien d'intéressant en soi : sa flore est insignifiante, ses richesses minérales, nulles; quant à son commerce, il n'existe pas. L'art, la littérature, l'histoire et l'archéologie n'y sont pas même à l'état d'embryon. Alors, qu'y cherchez-vous?

— Commandant, répondis-je à mon tour, dans cette nomenclature, il y manque précisément ce que j'ai trouvé, et que je pourrais appeler la psychologie des choses. Tout vit, dans la nature, et de l'arrangement de certains objets, naît une pensée, et cette pensée, vague ou définie, appelle l'action. Comme c'est sous le coup de cette impression que je reste, pour devenir témoin ou acteur d'un événement pressenti, mais non connu, j'attendrai.

— Mon libéralisme, reprit le commandant, ne s'étend pas jusqu'à donner de l'esprit à la matière ; mais je sais que la matière peut être mise en mouvement d'un instant à l'autre, et cette île, d'origine volcanique, peut, aujourd'hui ou demain, rentrer sous l'Océan dont elle est sortie. Si c'est ainsi que vous l'entendez, nous sommes d'accord ; sinon, n'en parlons plus.

Outre que j'aime peu la discussion, mes tendances ne me poussent pas à la métaphysique ; mais je vous dirai, en ce qui vous concerne, et dans l'intérêt de de votre sûreté ou de votre bonheur : Ne restez pas ici. Vous n'êtes pas mon subordonné, et je ne puis ni ne veux, en aucune façon, faire acte d'autorité à votre égard. Vous savez ce que vaut un conseil : je vous l'ai donné ; maintenant, voici un avertissement : Le temps menace, et ces parages étant hérissés de brisants et de bancs de corail, où le frégate pourrait courir des dangers, il faut que je gagne la haute mer dès ce soir.

Ainsi, délibérez avec vous-même.

— Je reste, répondis-je avec une respectueuse fermeté.

— En ce cas, je vais laisser pour vous l'observatoire tel qu'il est. Allez à bord, choisissez quelques armes, faites une bonne provision de poudre et de munitions ; emportez des outils, des clous, etc. Je mets à votre disposition un cochon, différentes têtes de volailles, et des vivres pour deux mois ; d'ici là, je pourrai vous envoyer quelque missionnaire de Saïgon. En attendant, bonne chance, mon ami.

J'allais remercier le commandant ; mais il avait déjà tourné les talons.

CHAPITRE II

Tout se passa comme on me l'avait annoncé; seulement, avant le départ de la frégate, le commandant fit
appeler à bord un naturel du pays, nommé Répataïvo,
et lui dit:

— Je laisse dans cette île, dont tu es le *téama* (roi),
un de mes semblables, Français comme moi; si toi
ou tes sujets le molestez un tant soit peu, — regarde
mon petit doigt, — eh bien! ce petit doigt me le dira,
et s'il me le dit, j'arrive aussitôt, je mets tous tes sujets
et toi en capilotade; j'incendie tes villages, je coule
toutes tes pirogues, et je jette ton île au fin fond de la
mer, afin qu'il n'en soit plus parlé.

Maintenant que tu m'as entendu, file ton nœud, et
bien des choses à madame.

Ayant pris régulièrement congé de mes amis de
bord, j'étais resté dans mon observatoire, pour ne pas
assister à la scène de mes propres adieux. De là, je
voyais tout, et surtout une pirogue qui, ramenant le
roi effrayé, faisait force de rames pour regagner la
terre, puis le navire leva l'ancre et s'éloigna majes-
tueusement; je le suivis longtemps des yeux. Enfin, il
disparut dans les brumes de l'horizon, tandis que je le
cherchais encore.

N'ayant plus aucun objet sur lequel je pusse diriger
particulièrement mes regards, au dehors, je descendis
du point élevé où je me trouvais, et, une fois rentré,
en regardant autour de moi, je m'aperçus que j'étais
seul.   2

Tout silence a un bruit; mais le silence qui naît de la solitude, a un bruit qui influe singulièrement sur nos idées; c'est pourquoi les miennes prirent aussitôt un autre tour.

En voici un échantillon :

Dans huit ou dix jours, me disais-je, mes amis seront bien près de la Cochinchine; dans quinze jours, ils sont capables d'aborder à Saïgon, huit jours après, ils découvriront un missionnaire, qui peut faire voile vers ces parages; mais n'oubliera-t-il pas cette île d'Oualan? Et s'il ne l'oublie pas, quand viendra-t-il?

Ah! si c'était demain! Mais non, c'est dans soixante jours.

C'est long, quand on est dans une île oubliée de l'Océan pacifique, à cinq mille lieues de son pays, et entouré d'une peuplade encore à l'état sauvage, dont on ne comprend pas bien le dialecte.

Décidément, je perds la tête. Le commandant avait raison. Et pourtant... Bah! voyons si toutes mes affaires sont en ordre.

Ce disant, je me mis à inspecter les différents objets dont je me trouvais être propriétaire; mais le réglementarisme du bord ayant présidé à mon installation, et chaque chose se trouvant à sa place, je n'avais donc rien à faire; tout était rangé dans le plus grand ordre; aussi, ma nouvelle situation, qui ne datait que de quelques minutes, m'apparaissait-elle déjà comme un fardeau accablant; car le repos est assurément fort agréable, pour celui qui travaille; mais n'avoir rien à faire et recommencer le lendemain, c'est fastidieux, convenez-en, surtout quand on n'a rien à dire, et personne à voir.

Je me couchai furieux contre moi-même; néanmoins, je dormis bien. Mais qu'on est donc à plaindre,
quand on subit la tyrannie de ses propres inspirations !

Le lendemain, le soleil éclata comme un incendie;
car sous l'équateur, le crépuscule n'existant pas, le
jour succède immédiatement à la nuit, comme la nuit
succède au jour.

Un nuage rayait le ciel à l'est. A dix heures, le
soleil était blanc, et l'atmosphère chaude et chargée
de vapeurs blafardes. A midi, le ciel était sombre, et
la mer, plate et huileuse. Pas un souffle d'air; on pouvait à peine respirer, la chaleur étant torréfiante.

Deux heures. Ciel noir comme de l'encre. Coups de
tonnerre multipliés, ressemblant à des décharges d'artillerie.

Trois heures. Orage corsé et rutilant. On dirait que
l'on secoue des nappes étincelantes par toutes les fenêtres du ciel, qui craque de tous côtés. J'allume ma
pipe par esprit d'imitation.

Quatre heures. Le ciel est tout en feu. Pluie intense,
grêle épaisse. Une partie de mon toit est enlevée par
l'ouragan.

Cinquante centimètres d'eau dans ma chambre. Je
monte sur une table. Ma pipe s'éteint. L'eau est glaciale.

Quatre heures et demie. Plus rien. Le ciel est d'un
bleu vif, l'air est frais et sonore, le soleil resplendit,
Des régimes de fruits gisent épars sur le sol, beaucoup
d'oiseaux sont tués par la grêle.

Je ramasse des uns et des autres, que j'emporte à la
maison.

Et la frégate, où pouvait-elle bien être?...

Le jour suivant, je reçus la visite de Répataïvo et de son intendant Tépéhé. Comme j'étais en train de raccommoder mon toit, sa majesté daigna me faire passer les planches nécessaires à cet effet. Ce travail terminé, je montrai mon domicile à mes deux visiteurs, qui examinèrent tout dans le plus minutieux détail, et en silence. Ensuite, je leur versai à chacun un verre d'eau-de-vie, qu'il avalèrent d'un seul trait, puis ils prirent congé de moi.

— Vous avez là un beau cochon, me dit le roi en s'en allant.

Et ce fut tout.

Trois jours après, Répataïvo revint; mais seul. Je soupçonnais qu'il n'était pas étranger à la langue française, et, de mon côté, m'étant rendu familier le dialecte de Tahiti, qui, bien que placé à une distance considérable d'Oualan, offre avec ce dernier de nombreuses affinités, — ce qui est particulier à toutes les îles de la Polynésie, — la conversation devenait donc possible entre nous.

Le *téama* s'assit sur une natte et dit :

— Où la chaleur est grande, l'ouragan est fort. Et l'homme blanc vient de loin ?

— Oui, et je m'en trouve fatigué.

— Cela se voit; mais quand l'homme gouverne et que la femme pagaie, la pirogue va plus vite et plus loin... Il y a de belles filles, dans Oualan, ajouta-t-il, sur un ton qui promettait.

— Je ne les connais pas.

— Dimanche, au quart du jour, il y aura des fleurs à la cascade.

— Je les verrai volontiers.

Sur ce, le roi se leva pour s'en aller ; mais il voulut encore regarder mon cochon, ce qui parut lui être agréable.

— Vous avez là un très-beau cochon, répéta-t-il. Et il partit.

Je me mis alors à réfléchir aux paroles qu'il avait prononcées, relativement aux filles de son royaume.

Dans nos sociétés vieillies, se marier est un acte fort grave, puisqu'il est, sans conteste, le plus important de la vie ; mais dans l'île d'Oualan, c'est la chose du monde la plus facile et la plus naturelle. Je ne dirai pas pourtant que les femmes y soient parfaitement élevées ; non, et la preuve, c'est qu'elles n'apprennent pas l'histoire sainte et la broderie au crochet, la géographie et le piano ; quant à la grammaire anglaise et le grand art de confectionner la gelée de coings, ce sont des talents généralement négligés, sinon inconnus dans cette île ; mais en revanche, les femmes d'Oualan sont propres, laborieuses et soumises, et quand on les épouse, elles s'enveloppent de si peu de voiles, que l'on est à peu près sûr de les avoir conformées selon goût.

La poudre de riz n'a non plus rien à voir dans leur teint, qui varie depuis l'olivâtre jusqu'au noir le plus foncé.

Il était environ neuf heures du matin, lorsque, le dimanche arrivé, je me retrouvai sur la montagne que j'avais au nord, et au revers de laquelle devait se tenir la réunion, préparée à mon intention par le roi. Le ciel était beau, la nature, splendide, le soleil flamboyait.

Dès qu'on m'aperçut, de bruyantes acclamations se firent entendre, et un naturel vint à moi, pour me guider à travers les sentiers. J'eus donc bientôt rejoint la compagnie qui était nombreuse. Répataïvo vint lui-même à ma rencontre.

CHAPITRE III

Après les salutations d'usage :

— J'ai rassemblé, me dit le roi, quelques jeunes filles du pays, maintenant choisissez.

Ce qui n'était pas fort embarrassant ; ces demoiselles se trouvant être toutes plus ou moins noires, avaient, outre cela, un air de famille qui ne laissait pas de me gêner un peu.

Elles étaient placées sur trois rangs, et espacées comme des soldats dont un général vient inspecter les boutons et les passe-poils.

J'avoue qu'au premier coup d'œil, l'eau ne me vint pas à la bouche ; néanmoins, je me hasardai à longer le premier rang.

Rien.

Le second rang ressemblait au premier. Quant au troisième rang..... oh! non.

Il y avait, à ce troisième rang, ou plutôt derrière ce troisième rang, une pauvre fille qui, toute honteuse, paraissait se cacher derrière ses compagnes. Comme je passais devant elle, elle me lança un de ces regards troublés, qui semblait vouloir me dire : Oh! prenez-moi!

Je l'examinai avec attention.

Son teint était noir ; mais d'un noir mat et opaque. Sa coiffure, composée d'un chapeau tressé avec des écorces, et figurant assez bien le classique chapeau chinois, abritait ses cheveux, lisses et plats, ressemblant à des varecs desséchés au soleil, comme on en voit sur toutes les plages. Sur ses épaules était drapé un vieux madras tout dépenaillé, et tenu par deux enfants étroitement serrés contre elle. Sa jupe, ou plutôt sa ceinture, ainsi que celle de ses compagnes, n'étant qu'une sorte de papyrus fort court, la partie inférieure du corps se trouvait complètement nue, selon l'usage du pays. Quant à ses traits, européens et réguliers, et ne ressemblant pas à ceux de ses compagnes, ils n'exprimaient que la situation du moment : la honte et l'anxiété, et formaient avec son teint, un contraste dont je ne me rendis pas bien compte sur-le-champ.

Le roi, voyant que je m'arrêtais auprès d'elle, enleva le pauvre madras de dessus ses épaules.

La poitrine était jeune et svelte, les membres, lisses et élégants, les attaches, fines, les mains, fermes et correctes, et n'ayant rien de potelé.

— Allons, tourne! lui dit le roi.

— C'est inutile, répondis-je.

— Et sa ceinture, faut-il l'enlever?

— Non.

— Ainsi, vous la prenez telle quelle?

— Oui.

— Comment te nommes-tu? dit le roi à cette jeune fille.

— Fleur-des-Eaux, répondit-elle tout bas.

— Quel est ton âge?

— Quand la Lumière-de-l'Abîme fut appelée vers ses dieux, la Fleur-des-Eaux comptait huit fois douze lunes, et sept lunes.

Et la Fleur-des-Eaux a pleuré.

Et quand l'Etranger-Blanc fut appelé vers son Dieu, la Fleur-des-Eaux avait de plus trois fois douze lunes, moins deux lunes.

Et la Fleur-des-Eaux a pleuré.

Depuis lors, il s'est écoulé trois fois douze lunes, moins une lune.

Et la Fleur-des-Eaux espère.

Elle avait donc quatorze ans environ.

— La Fleur-des-Eaux veut-elle être l'esclave de l'homme blanc? ajouta le roi.

— La Fleur-des-Eaux veut être l'esclave de l'homme blanc.

— Pour toujours?

— Jusqu'au dernier soleil, murmura-t-elle avec résignation.

— Homme blanc, me dit alors le roi, je te confie cette *popinè* (femme), elle sera la compagne de tes jours; sois son maître et son soutien.

Alors la Fleur-des-Eaux laissa tomber ses deux mains dans l'une des miennes. Ensuite, on m'offrit un bâton, en me disant :

— Le bâton dans la main du *Canaque* (homme) est un emblème de force et d'autorité, et la manière dont il s'en sert, détermine le degré de son affection.

Maintenant, que l'homme blanc frappe.

Je levai le bâton bien haut, et la Fleur-des-Eaux qui m'observait, étouffa un cri quand il s'abattit sur elle; mais il la toucha si légèrement, qu'elle le sentit à peine.

— Vous frappez fort mal, me dit le téama.

— Qu'y faire? je ne l'aime pas plus que cela, répondis-je.

— Je suis moins tiède que vous. Tenez, ajouta-t-il, voici mon intendant, un homme que je tiens en haute estime. — Avance ici, Tépéhé. — Eh bien ! vous allez voir comment je procède à son égard.

L'intendant s'approcha, tendit le dos, et un vigoureux coup de bâton retentit sur ses épaules. Je crus, un instant, que le pauvre diable allait pousser un rugissement de douleur; mais au contraire, il se retourna, et adressa au roi un sourire plein de reconnaissance. Le drôle avait des notions de diplomatie.

Quant à la foule, elle regardait Tépéhé d'un œil d'envie, qui semblait vouloir dire : Est-il heureux !

Tel était alors l'état des esprits, à Oualan.

Ensuite, vint un homme qui s'avança dans ma direction.

A son costume bariolé et sa démarche grave, je devinai un prêtre. Il nous présenta d'abord, à la Fleur-des-Eaux et à moi, un régime de fruits, sur lequel nous mordîmes l'un après l'autre, puis il nous fit boire dans une même noix de coco; c'était un symbole d'union, ensuite il chanta, se mit à danser et, finalement, tendit la main.

Je lui fis présent d'un beau clou à chêne, ce dont il me parut très-reconnaissant.

Enfin, j'étais marié; mais on chuchottait dans la foule, surtout parmi les personnes du sexe — je n'ose pas dire du beau sexe — le téama s'en aperçut, et dit alors d'un ton plein de dignité :

— Mes enfants, je sais bien que parmi vous les femmes sont fort belles; leurs cheveux crépus, leur tête carrée, leurs yeux ronds et vifs, comme ceux d'un phoque, leur nez large et plat, et leurs lèvres rouges et opulentes, offrent, sans aucun doute, des attraits irrésistibles pour nous, qui sommes de ce pays; mais un homme blanc et venu de loin, doit avoir reçu d'autres impressions, or, comme son choix est fait, quel qu'il soit, respectez-le.

Ce discours plein de raison produisit son effet, du moins pour un moment, car chacun garda un silence forcé, puis le roi se tournant de mon côté, ajouta, en accentuant bien ses paroles :

— Vous savez, cette femme est aussi ma sujette, à mon tour, je vous la donne. Soyez heureux; le temps est beau, la mer tranquille..... C'est égal, vous avez tout de même un très-joli cochon.

— Venez me voir. Telle fut ma réponse.

Cet atôme de potentat, qui paraissait doué d'un grand sens politique, comprit tout ce qu'il y avait d'espérances au fond de ces trois paroles, et dut faire des rêves dorés cette nuit-là.

La cérémonie étant terminée, nous nous disposâmes à partir, lui de son côté, moi du mien. Nous nous saluâmes donc, en nous disant au revoir.

Sous le coup d'une impression facile à comprendre, et toute ahurie de son succès, la Fleur-des-Eaux me conduisit alors à sa hutte. Le plus jeune des deux enfants venus avec elle, lui donnant la main, l'autre, qui nous précédait, se retournait de temps en temps, pour mieux nous admirer. La hutte où nous allions, était précisément celle que j'avais vue, huit jours auparavant, et la femme qui m'avait salué, se trouvait être la mienne; coïncidence remarquable, mais qui n'est pas sans précédent.

En entrant dans ce misérable réduit, une odeur suffocante me prit à la gorge; deux personnes se trouvaient là : un sauvage ivre et sa femme qui, venant d'être maltraitée, sanglottait dans un coin.

La Fleur-des-Eaux s'avança vers cet homme et lui dit :

— Voilà mon bien-aimé.

A ces mots, le sauvage écarquillant les yeux d'un air hébété, répondit :

— Qu'est-ce que cela me fait?

Mais la femme se leva comme mue par un ressort, et, s'avançant vers ma jeune épouse, elle lui prodigua toutes les marques de la plus vive tendresse. Quant à moi, comme elle n'osait pas même me regarder, j'allai à elle et lui mis dans la main un couteau-poignard; cela parut éveiller vivement son attention, car, par un sentiment assez naturel aux races primitives, elle ne s'occupa plus que de ce que je lui avais donné; mais elle n'en devinait pas l'usage. Alors j'ouvris le couteau, elle comprit, et se livra aux transports d'une joie indicible. Je donnai aussi quelques grains de verre aux enfants, puis la Fleur-des-Eaux alla décrocher une sorte d'instrument à trois cordes, qu'elle se mit en bandoulière; c'était tout ce que la pauvre fille possédait, alors nous nous mîmes en route, elle et moi, pour regagner mon habitation.

CHAPITRE IV

Quoique le chemin direct de l'observatoire fut de passer au sud, la Fleur-des-Eaux prit à l'est, et passa sur les hauteurs d'où tombait la cascade. Arrivée à cet endroit, elle me saisit la main et, me conduisant vers deux tumulus placés l'un près de l'autre, elle me fit comprendre qu'il y avait là une femme comme elle, et un homme blanc comme moi.

— *Emoé* (il dort), dit-elle d'un ton plaintif; puis, me menant auprès d'un rocher, elle s'agenouilla, enleva une certaine quantité de petits cailloux, et mit à découvert un coffre, grossièrement construit, qu'elle déposa à terre, et alors, tirant de dessous ses guenilles deux petits poissons, qu'elle avait pris je ne sais où, elle les plaça sur la tombe de la femme; l'autre tombe resta telle quelle, s'il y avait des fleurs, je ne m'en souviens plus. Ensuite, comprenant qu'il était gênant pour moi d'assister à une cérémonie funèbre, à laquelle je n'étais pas initié, elle me dit d'aller l'attendre sous un tamarin, dont on ne voyait que la cime. J'allais m'y rendre lorsque, avant de la perdre de vue, je m'arrêtai un instant à la considérer.

Elle s'était assise, les deux pieds ramenés sous elle, et les genoux placés à la hauteur du menton, à peu près comme certains dieux égyptiens, différente seulement en ce que ses mains venaient se croiser au-dessous du genou, et elle se mit en prière.

De mon côté, voyant qu'elle n'avait rien à craindre, j'atteignis bientôt l'arbre sous lequel je devais me rendre, et où des pigeons sauvages étaient venus faire leur nid.

Peu d'instants après, un bruit léger attirant mon attention, je me retournai; c'était elle qui, franchissant les rochers, bondissait comme une chevrette, bien qu'elle fût chargée de cette sorte de téorbe à trois cordes et, à mon grand étonnement, de ce coffre très-élémentaire, qui paraissait être assez lourd.

Elle s'assit auprès de moi, et frappa sur cette boîte grossière en disant :

— Ormouzd ! Ormouzd !

Je ne compris pas. Comme je sentais en ce moment une odeur de suie, je me mis à regarder à droite et à gauche, pensant que c'était de cela qu'il s'agissait ; mais, en fin de compte, comme mes regards se portèrent sur le visage de mon épouse, je vis qu'elle déteignait, et elle déteignait à vue d'œil.

Prenant alors mon mouchoir, je voulus essayer de donner un peu plus d'unité à son teint, endommagé par différents petits sillons clairs, ce qui la faisait ressembler à une vieille gravure sur bois, représentant la dame de pique. Aussitôt, mon mouchoir devint d'un brun très-intense.

Lorsque la Fleur-des-Eaux s'en aperçut, elle se troubla visiblement.

— Qu'y faire? sembla-t-elle me dire, en riant et pleurant tout à la fois ; ici, les femmes sont toutes noires, et je me suis mise à la mode du pays, afin de n'être pas trop remarquée.

Voilà pourtant ce que l'on rencontre dans les forêts vierges ; après cela, allez donc croire à la simplicité des champs !

Un sincère partisan des négresses eût été dupé de la plus belle façon ; mais ne devant pas être compté au nombre de ces amateurs, il me fut aisé de persuader à la Fleur-des-Eaux qu'étant blanc moi-même, j'aimais surtout les femmes blanches, ce qu'elle comprit avec un grand plaisir.

Un moment après, elle s'écria :

— Ti ! ti ! en me montrant une éclaircie, qui brillait à travers les arbres.

Dans les langues océaniennes, ce mot *ti* veut dire de l'eau.

— Oui, répondis-je.

Elle se rendit effectivement auprès d'un lac où, après s'être assurée que je ne l'observais pas, elle ôta ses vêtements, et s'enduisit tout le corps d'une argile épaisse, puis, étant entrée dans l'eau, elle se mit à nager, comme je n'avais jamais vu, car elle semblait plutôt courir.

A un moment donné, elle plongea, et resta si long-temps immergée, que je la crus perdue; cependant il n'en était rien, car elle revint à la surface de l'eau, et si légèrement, que le lac n'en fut pas même troublé. Bientôt après, elle regagna le rivage, sans se douter que j'avais observé tous ses mouvements.

Quand elle m'apparut, honteuse de sa transforma-tion, son aspect m'impressionna singulièrement; car je la trouvai tout à coup d'une beauté indéfinissable : sous son teint blanc et frais, elle avait quelque chose de féerique. On eût dit une Valkyrie de la mythologie scandinave; il semblait, en quelque sorte, que son re-gard illuminât la création, et ne s'adressât exclusive-ment qu'aux choses de la terre, tant il avait je ne sais quoi de diamanté qui, rayonnant sur le monde phy-sique, faisait rêver aux grottes souterraines des en-chanteurs. C'était l'étincelle, scintillant sous les vagues transparentes d'une mer tranquille.

Elle déposa à mes pieds une noix de coco remplie d'eau, et différents fruits, qu'elle avait cueillis dans sa route, puis, ôtant son chapeau d'écorces, elle vint, à l'ombre du tamarin, s'asseoir auprès de moi, en ayant l'air de m'interroger d'un regard timide.

Je pris sa tête entre mes mains, et mis un peu d'ordre dans sa chevelure; quant au reste de sa personne, il était empreint de tant de grâce et de délicatesse, que je n'osais pas même la toucher; c'était une manifestation attendrissante de jeunesse, de vie et de candeur orgueilleuse dans sa naïveté.

Il me semblait, en ce moment, que mes regards étaient trop vulgaires pour la contempler; je craignais même qu'elle ne se fanât à mon contact, car elle était comme une sorte de défi vivant, jeté par la nature à la civilisation, et tout, dans cet être si faible et si craintif, semblait me dire : Ose donc! Oh! que j'eusse voulu alors être assez puissant pour la nommer ma reine, et assez pur pour me sentir digne de l'adorer!

Et pourtant, cette femme était à moi.

Que dis-je? Ce n'était pas même une femme; mais une esclave, pauvre fille, arrachée à la hutte infâme d'un sauvage repoussant, et qui, n'ayant plus ni famille ni patrie, en était réduite à s'abandonner, tout entière, à la générosité d'un inconnu.

Absorbé que j'étais dans ma contemplation, les événements de ce jour m'avaient si bien fait oublier que j'étais à jeun, que la Fleur-des-Eaux fut obligée de m'en faire souvenir.

En un instant le repas fut prêt, repas frugal s'il en fut; néanmoins, je déjeûnai de fort bon appétit, et la Fleur-des-Eaux mangea comme un enfant : elle goûta un peu de tout.

Quand notre faim fut en partie apaisée, la chaleur

étant trop forte pour songer à nous remettre en route, je résolus d'attendre. La Fleur-des-Eaux s'en alla cueillir une large feuille, qu'elle agita au-dessus de mon front; ce fut au titillement de cet éventail que je m'endormis.

Un rêve me reporta vers la patrie absente; je retrouvais, dans mon sommeil, ceux que j'avais connus et aimés; mais quand je m'éveillai, à l'aspect de ce visage ravissant, entouré d'une nature splendide, je compris combien la réalité était encore au-dessus de l'illusion.

CHAPITRE V

Il fallut cependant songer à partir. Nous nous levâmes donc ensemble, et nous eûmes bientôt atteint l'habitation.

En arrivant, je me jetai sur mon canapé. La Fleur-des-Eaux prit une natte, qu'elle étendit à mes pieds, où elle vint s'asseoir, appuyant sa tête sur mes genoux. Comme je laissais errer ma main à travers sa chevelure, elle s'empara de cette main, et, après en avoir compté les ongles, elle monta à genoux sur le canapé, et compta mes deux oreilles, toucha mes cheveux, me fit tourner la tête, puis, mettant ses yeux presque sur les miens, finit par avoir l'air d'être assez contente de son inspection; j'étais bien décidément un homme de sa race, ou à peu près.

Lorsque je me levai, elle me suivit partout, en se

tenant derrière moi, regardant les choses par dessous mon bras, qu'elle maintenait par devers elle, en s'en faisant une ouverture qui, s'élargissant ou se resserrant, selon la dimension de l'objet qu'elle voulait voir, ne laissait pas de me gêner quelque peu; je craignais toujours pour ses pieds, qui étaient nus et délicats.

Parmi les objets en ma possession, il s'en trouva un certain nombre qu'elle sembla revoir avec plaisir, car elle me dit :

— Ormouzd, Ormouzd, en indiquant la mer et un pays lointain, mais sans direction précise.

Que pouvait bien être Ormouzd? Un homme ou un pays?

Au reste, elle était étrangère, à n'en pas douter, car son accent n'était pas celui de l'île, et son langage avait des nuances, et même des mots qui semblaient venir de fort loin, ce qui me déroutait complètement.

Je vis néanmoins qu'elle reconnaissait plusieurs armes, et quelques ustensiles de cuisine; cependant, ma montre l'embarrassa tout à fait : elle l'entendit et voulut la voir; mais dès que je l'ouvris, elle retira précipitamment sa main. C'était, selon elle, un animal qui, tout en cachant ses jambes, devait néanmoins courir très-vite, puisque j'avais jugé prudent de l'attacher.

De plus, elle aurait voulu me voir deux montres, comme l'on fait en Chine.

Mais le soleil baissait rapidement, et il fallait songer au dîner, je sortis donc pour prendre un de mes poulets; ma basse-cour se trouvant placée entre l'habitation et un rang de palissades, qui en défendaient l'entrée, ce fut chose facile à accomplir.

3

Quand je revins, muni de mon poulet, la Fleur-des-Eaux, qui était également partie, ne tarda pas à rentrer, en apportant des fruits cueillis dans le voisinage. Elle sortit encore et se dirigea du côté de la mer, un instant après, elle reparut, tenant un joli poisson à la main, ce qui m'étonna beaucoup ; mais elle me fit comprendre qu'elle était allée le chercher au fond de l'eau, et je n'y compris rien du tout ; la mer n'étant pas comme une rivière dont on connaît tous les recoins.

J'allumai du feu ; seulement, quand j'eus fait craquer une allumette chimique, ma jolie insulaire en voulut faire autant et se brûla les doigts, tandis que la vapeur du soufre la faisait tousser, ce qui la déconcerta un peu ; mais étant allée chercher deux grosses pierres qu'elle mit de chaque côté du feu, en guise de chenêts, elle écailla son poisson, l'ouvrit, le vida et le fit cuire sur ces mêmes pierres, quand elles furent suffisamment chaudes ; cela me parut beaucoup mieux réussi.

Mon repas de noce étant prêt, je lui confiai tout ce qu'il faut pour mettre le couvert ; naturellement, elle se trompa, car après avoir mis toutes les assiettes en rang, elle aligna les cuillères et les fourchettes, comme si elles eussent été à vendre ; ensuite, elle jeta le poivre et le sel, et plaça les salières sur l'orifice des verres ; quant aux serviettes, elle en prit une et s'en fit un fichu, une cravate, une ceinture, puis enfin un bonnet. Enchantée de cette dernière découverte, elle voulut me coiffer de même : occupé à faire ma cuisine, j'étais baissé alors, et ma serviette tomba dans la sauce.

— Tambour de basque ! m'écriai-je impatienté, et en jetant ma serviette au diable.

Pour le coup, elle eut peur et alla bouder dans un

coin ; mais deux minutes après , sa tête charmante re-
paraissait sous mon bras.

Enfin , le dîner était sur table.

J'aurais voulu que la Fleur-des-Eaux se plaçât en
face de moi ; il n'en fut pas ainsi : elle mit sa chaise
contre la mienne , et ne voulut manger que dans mon
assiette. Elle passait son bras sous le mien et, enlevant
avec les doigts ce que j'avais découpé , elle le dévorait
aussitôt ; de sorte que, craignant de la blesser, et ne
pouvant me servir ni de mon couteau ni de ma four-
chette, j'étais menacé de mourir d'inanition.

Pour en finir, je lui saisis la main et ouvris une
grande bouche.

C'est alors qu'elle comprit et me laissa dîner tranquillement, non cependant sans me faire quelques
niches, comme, par exemple, de me mordre une
oreille ; ce qui n'est pas gentil.

Ainsi se termina mon festin nuptial, puis je revins
m'asseoir sur mon canapé, où elle me suivit, et s'assit
par terre.

Ensuite, se relevant, elle demanda à aller se reposer.

Je mis à sa disposition mon canapé et mon hamac ;
ce fut ce dernier qu'elle choisit, puis , ôtant sa jupe,
qu'elle jeta par-dessus mon épaule , elle mit son pied
dans ma main et , s'en servant comme d'un étrier,
franchit légèrement la distance qui la séparait du hamac, et se coucha, ne conservant sur elle qu'une ceinture, sorte d'enveloppe légère et soyeuse, suspendue à
un fil, puis elle jeta sur moi ce même regard suppliant
qui m'avait imploré le matin.

J'y répondis alors par un baiser qui effleura à peine
ses lèvres.

Elle me regarda encore; cette fois, son ...
était empreint de tant de reconnaissance ...
affectueuse pitié, que deux larmes, s'appu...
l'émail de ses yeux, roulèrent dans sa ...
épaisse et soyeuse, où elles se perdirent.

Je m'assis auprès d'elle. Elle prit ma ...
mit dans la sienne, et demeura en repos ...
envahie par le sommeil, son visage s'empl...
rement, sa paupière s'abaissa sur son œil ...
et sa bouche s'entr'ouvrit.

Son souffle, qui s'exhalait doux et régu...
faire germer les rêves, comme le soul...
éclore les fleurs; c'était la brise tiède ...
passant sous les rayons argentés d'un ...
temps.

Entouré d'un épiderme fin, moite et tré...
corps se soulevait comme les vagues d'une ...
mer calmée.

Bientôt je retirai ma main, abandonnée par lu...
qui, glissant doucement des surfaces moite...
était placée, vint retomber inerte sur le filet ...

La Fleur-des-Eaux dormait.............

Alors, me levant avec précaution, je m'en ...
cher un moustiquaire, dont je l'enveloppai, ...
gagnant mon lit, je me couchai silencieusem...

Mais avant de m'endormir, je voulus la voir ...

En étendant cette gaze sur elle, mon bras ...
primé un léger balancement à son hamac qui, ...
de cette frêle enveloppe, sous laquelle dormait ...
femme, semblait une plume légère de l'eider, ...
dans l'espace, ou une voile aérienne, emportant ...
âme vers des lointains infinis.

Bientôt j'éteignis ma lampe et dormis à mon tour.

CHAPITRE VI

En m'éveillant, le lendemain, mon premier coup d'œil s'adressa vers le hamac; il était vide, celle qui l'occupait ayant disparu, je fis un mouvement pour chercher où elle pouvait être, lorsque ma main, qui pendait hors du lit, toucha quelque chose de velouté; c'était sa tête qu'elle releva aussitôt, puis venant s'asseoir auprès de moi, elle s'inclina doucement sur ma couche, et me dit des mots inconnus qui semblaient être autant de caresses.

Elle était là, devant moi, éblouissante de jeunesse et de beauté; mais tous ses charmes étaient empreints de tant d'innocence, elle était si chaste dans sa presque nudité, et si virginale dans son abandon, qu'elle ne laissait place à aucune idée profane.

Au reste, mes sentiments me faisaient un devoir d'attendre; d'abord, parce que, étant ma femme, je ne voulais la tenir que d'elle-même; ensuite, si quelque mystère l'obligeait d'en agir ainsi, je ne tarderais sans doute pas à l'éclaircir, et prendre un parti tel que pouvaient le commander les circonstances.

Je m'abstins donc avec soin de tout ce qui aurait pu lui causer le moindre trouble sérieux; considérant que le plus grand des malheurs qui pût m'arriver, en ce moment, c'eût été de m'aliéner son affection naissante, et rester seul et froid, au milieu d'une peuplade inculte et barbare. Et puis, il faut bien le dire, sa supériorité m'écrasait, et pourtant on ne découvrait rien, dans son être, qui fît rêver aux choses d'en haut, — le christianisme n'avait pas passé par là, — mais sa beauté avait en soi des splendeurs magiques, d'un étonnement inouï; il me semblait, à la voir, être dans un monde irrévélé, entouré de choses étranges, et nageant dans une atmosphère inconnue, peuplée de palais fluides et rayonnants, vus à travers les brumes légères d'un pays enchanté.

Sa bouche parlait au-dessus de la mienne, et chaque syllabe qui s'en échappait, résonnait comme une pièce d'or tombant dans un vase de cristal. Son haleine était fraîche et embaumait, et son regard, profond comme la mer.

Elle mit sa petite jupe et sortit.

Quand elle rentra, je la pris par la main, et lui fis connaître l'usage des différents ustensiles d'Europe. Nous déjeûnâmes, et cette fois le couvert fut mis d'une manière passable; puis, le repas terminé, elle recommença ses cajoleries, car elle s'enivrait de ses propres enfantillages qui ne finissaient plus.

Oh! comme elle était heureuse! elle, depuis si long-temps restée seule, pauvre, étrangère et rebutée de toute une populace ignoble, de se sentir appréciée et chérie. Elle ressemblait à ces grands poètes, que l'on tire du bouge où la misère les a jetés.

CHAPITRE VI

Dans l'après-midi, Répataïvo arriva, accompagné de son intendant.

Le rusé monarque, dans l'intérêt de sa propre dignité, ne voulait pas me faire connaître l'objet réel de sa visite, bien que chaque grognement de mon cochon lui donnât comme des secousses électriques.

La Fleur-des-Eaux était couchée sur son hamac; le roi eut l'air de ne pas l'apercevoir et vint droit à moi, puis, ne sachant trop par où entamer la conversation, se mit à parler politique, une science dans laquelle je n'ai jamais eu l'intention de briller; je ressemble, en cela, aux députés de mon endroit, le ministère pense pour eux et ils votent pour lui, cela se compense à peu près.

— Voyez-vous, me dit le roi, en secouant la cendre de son calumet, j'entre chez vous sans cérémonie, car non-seulement je ne me considère pas comme votre supérieur, mais tout au plus comme votre égal. Les grandeurs ne m'éblouissent que fort médiocrement; on me dit bien que je suis un arrière-petit-fils du soleil; il peut y avoir, sans doute, un peu d'exagération en cela, de la part de mes généalogistes; mais pour moi, il me suffit de savoir que je fais partie de cette famille, et même à un degré assez éloigné.

Vous voyez donc par là, que je ne m'illusionne pas sur les tendances orgueilleuses des peuples, à vouloir faire des dieux de leurs souverains.

Je sais bien que naître à l'ombre du trône, impose le devoir de l'entourer d'un certain éclat; la monarchie a naturellement besoin de garder le prestige dû à son origine, c'est le palladium de sa conservation; mais en dehors des cérémonies publiques, je suis un homme tout comme un autre, et même un assez bon enfant; c'est pourquoi je venais m'informer si le séjour de cette

tle vous était toujours agréable, et si vous m'ho...
à nous honorer de votre présence parmi no...
nant que vous êtes marié, je serais heureux...
un homme de haute distinction, comme v...
au nombre de mes sujets.

Cette entrée en matière semblait assez ad...
par malheur, mon cochon qui était à quel...
là et faisant, de temps en temps, l'office d'in...
en atténuait singulièrement l'effet, ce qui...
trarier le téama, aussi passa-t-il brusque...
autre ordre d'idées.

— A propos, ajouta-t-il, comment trouv...
femmes d'Oualan? J'oubliais, ma foi, de v...

Je fis alors descendre la Fleur-des-Eaux...
mac et, la lui présentant:

— Je n'ai bien regardé que celle-ci, ré...

La pauvre enfant, qui n'avait pas l'ha...
observée d'aussi près, se serrait contre m...
blait comme la feuille.

— Tiens! fit le roi en la voyant, il y a donc...
des blancs parmi mes sujets, ou si vous l'ave...
changer de couleur?

— Non, lui dis-je, elle a toujours été blanch...
elle se teignait le corps, afin de passer inaper...

— Alors, c'est différent. Je ne puis pas v...
l'éloge de ses charmes: nous avons, vous et m...
idées sur le beau qui diffèrent essentiellement...
pourquoi j'avoue mon incompétence à son égard...
lement, je me permettrai de vous demander si le ch...
que vous avez fait répond à vos espérances?

— Il les dépasse même, répondis-je avec une...
taine fatuité.

— Allons, allons, fort bien. Mais, à propos, comment s'appelle-t-elle donc? Voyez-vous, j'ai déjà oublié son nom.

— Fleur-des-Eaux, lui dis-je.

— Voilà un nom qui doit se rapporter à des dispositions particulières. En Europe vous recevez des noms donnés au hasard, et qui n'offrent, le plus souvent, aucune signification précise; tandis qu'ici, chaque dénomination ne convient qu'à celui qui se l'attire. Ainsi, par exemple, on m'appelle Répataïvo, eh bien! cela veut dire imposant, formidable, majestueux, juste et bon.

— Je suis heureux de savoir que vos rares qualités vous aient rendu l'objet d'appellations aussi flatteuses, et ce serait faire injure aux convenances, et même au simple bon sens, de ne pas supposer que vous les méritez toutes, répliquai-je, en prenant la balle au bond.

— Vous me flattez, je crois, répondit le téama d'un air câlin.

— Non, je répète vos paroles, et pour vous témoigner ma reconnaisance de la femme que vous m'avez donnée, comme marque de ma haute estime.....

— Eh bien! dit le roi haletant, et qui attendait la fin de ma phrase.

— Eh bien! poursuivis-je avec désinvolture, je vous donne mon cochon.

Lorsque le téama entendit ces dernières paroles, sa joie éclata si franchement, que ce monarque imposant, formidable, majestueux, juste et bon, se mit à sauter comme un cabri; sa figure devint épanouie et radieuse: on eût dit qu'il se mettait des lampions à lui-même et s'illuminait en dedans, tandis que le fidèle Tépéhé, image vivante de son maître, se tenait par les côtes, riant comme un possédé, et faisant toutes les contorsions d'un chat qui a avalé une épingle.

Bientôt le cochon, le monarque et son intendant gagnèrent la porte, et coururent à travers champs avec un enthousiasme désordonné. Je riais aussi fort qu'eux.

Seule, la Fleur-des-Eaux ne riait pas. Elle voyait partir avec peine la pièce la plus importante de nos faibles provisions; sans comprendre, il est vrai, que je m'acquittais d'un tribut dont elle était l'objet; mais tout ce qui m'appartenait semblait deja éveiller sa sollicitude au plus haut point.

Enfin, la voyant un peu rêveuse, je fus obligé de lui faire entendre que j'avais donné mon cochon en échange d'elle-même.

C'est alors qu'étant allée chercher un clou, elle me dit de le porter au roi, et de ramener mon *boa* (animal), jugeant qu'elle était payée assez chère avec un clou.

La malheureuse y pensait-elle? Aller offrir un clou à un souverain, et pour prix de ma femme encore!

Mais c'eût été un acte de dérogation, capable de me perdre dans l'estime publique. Il ne fallait pas songer non plus à lui faire entendre qu'elle était au-dessus de tout ce que je possédais; sa modestie naturelle et l'usage du pays s'y opposaient formellement, c'est donc pourquoi elle alla se jeter sur son hamac et me bouda. J'eus beau m'approcher d'elle, dans le dessein de changer ses idées; elle s'abandonnait à toutes mes caresses avec une entière abnégation, mais sans y répondre en rien.

Ce que voyant, je pris mon fusil sur mon épaule et sortis.

CHAPITRE VIII

Mon absence fut longue, car je ne rentrai que deux heures après la nuit, et tout couvert de rosée.

Sous l'équateur, le soleil est tellement ardent, que la chaleur qu'il développe, s'élevant à des hauteurs immenses, laisse dans leur état naturel les molécules humides qui se dégagent de la surface des eaux et de la terre; de sorte que ces particules aqueuses ne se congelant pas, non-seulement ne reflètent pas les rayons du soleil quand il est sous l'horizon, mais encore ne s'éparpillent pas dans l'espace : elles retombent lourdement sur la terre, par le poids de leur propre densité, et c'est là, à mon avis, ce qui produit à la fois et l'absence de crépuscule et l'abondance des rosées, sous ces latitudes brûlantes, lesquelles rosées sont particulièrement meurtrières pour le voyageur attardé et vêtu légèrement.

J'en fis l'expérience deux jours après.

En rentrant à l'habitation, beaucoup plus préoccupé de ma femme que de moi-même, j'oubliai de changer de vêtements.

La Fleur-des-Eaux vint à moi, avec son expression de bonté habituelle; mais elle parut m'adresser quelques reproches sur mon oubli de l'heure convenue, et m'engagea à me mettre à table incontinent.

Le repas ne fut pas gai. Lorsque je me couchai, elle resta accroupie sur une natte, prit une de mes mains qui pendait hors du lit, et passa la nuit dans cette attitude. Le lendemain, j'eus un léger frisson, et deux jours après, je tombai malade.

La pauvre Fleur-des-Eaux, qui restait continuellement auprès de moi, ne savait que faire; elle était trop jeune pour avoir la moindre expérience des maladies.

Un jour, le téama arriva seul.

— Tiens! me dit-il, vous dans cet état? Et comment cela vous est-il arrivé?

Après qu'il eut entendu mes explications.

Ce n'est rien, continua-t-il, vous êtes allé au soleil, vos pieds sont froids, votre tête brûlante; il ne faut que rétablir l'équilibre, en attirant une chaleur douce et continue à vos pieds, et pour ce faire, vous allez voir le moyen que j'emploie; il est d'une simplicité élémentaire.

Après cet exorde, il adressa quelques paroles à la Fleur-des-Eaux, qui fit des signes de dénégation et voulut s'enfuir; mais il la retint.

— Qu'allez-vous faire? lui demandai-je.

— Vous allez voir.

Puis, sans m'en avertir, mon Répataïvo arracha, d'une seule main, la jupe et la ceinture de la Fleur-des-Eaux, qui opposait de la résistance, et la jeta brutalement toute nue à mes pieds, qu'il plaça, l'un après l'autre, sur le ventre de cette malheureuse.

Ah! si j'avais eu mes forces habituelles! je crois que d'un coup de poing, je changeais la forme du gouvernement de l'île, tant j'étais en colère.

— Sortez, dis-je au roi; mais il ne comprenait pas, et continuait à parler, sans daigner m'entendre. A bout de forces, et en quelque sorte cloué où j'étais, je me mis à considérer la pauvre Fleur-des-Eaux, tremblant sous mes pieds. Son visage, pâle et contracté, exprimait la plus vive crainte; l'œil était vitreux et sans larmes. J'avais entendu le bruit sourd produit par sa tête, en tombant sur le sol, et son état me jetait dans une anxiété indescriptible.

Pauvre être, si faible et si doux, fallait-il que je la visse réduite en cet état, par la froide insensibilité d'un sauvage!

A la fin, Répataïvo comprenant que je ne le voyais plus et ne l'écoutais pas, prit le parti de s'en aller.

— Au revoir, dit-il en sortant, tout émerveillé de sa sottise.

— D'accord, répondis-je sur un ton que je voulus maîtriser.

Aussitôt que le roi eut franchi le seuil de la porte, la Fleur-des-Eaux cessa de trembler, son visage n'exprima plus que l'impassibilité de la brute. Son corps, blanc et soyeux, dont le sang s'était retiré vers le cœur, avait des reflets limpides et argentés qui miroitaient à la lumière.

Mon inspection ne dura pas une minute; j'ôtai immédiatement mes pieds de dessus ce corps si suave, que je sentais fléchir et bouillonner sous ce poids indigne, et je l'appelai.

Se relevant alors.

— *Tu sol eres bueno*, me dit-elle en espagnol, et son front vint retomber sur mon épaule, tandis que ses jolis bras m'entouraient si délicatement, que je les sentais à peine. Sa poitrine, appuyée contre la mienne, me renvoyait toutes les pulsations de son cœur, qui battait violemment. Sous ses jambes jointes et repliées, ses pieds se croisaient l'un par-dessus l'autre. Placée ainsi, et tandis que je la soutenais faiblement, elle se mit à fondre en larmes.

Puis ses larmes faisant place à de longs soupirs entrecoupés, elle s'endormit.

Pauvre enfant! Où était ta mère?... hélas!...

Mais, dis-je en me ravisant, si elle est seule au monde, ne suis-je pas son mari?

Un mari! Pour mon compte, ce personnage m'a toujours produit l'effet d'un monsieur habillé de noir et cravaté de blanc; étriqué, racorni, bête et fade, comme tous les maris modernes du Théâtre-Français. Dirai-je son époux?

Un époux, c'est quelque chose de rond et d'obèse, rappelant les caprices de la plus haute chinoiserie, un citoyen gaillard, coiffé d'un chapeau blanc, cravaté par sa femme, et faisant sa barbe tous les matins. Alors j'étais son amant; mais un amant suppose une maîtresse, comme une montagne suppose une vallée; or, je n'étais pas son amant. Etais-je son protecteur? Ce mot seul produit l'effet d'un personnage aussi nul qu'important, qui salit tout ce qu'il touche; une sorte de bourreau inconscient de sa mission. Etais-je donc son ami? Un ami n'est pas aussi tendre.

Que pouvais-je donc bien être? Elle s'était donnée à moi comme esclave; mais je l'adorais, et le prêtre n'est pas, que je sache, au-dessus de son idole; donc je n'étais pas son maître; néanmoins, je participais un peu de tout cela, et si vous connaissez une dénomination qui puisse s'adapter exactement au rôle que je remplissais alors auprès d'elle, faites-la-moi connaître.

CHAPITRE IX

Or, la jeune étrangère était endormie, son souffle, régulier et sonore, rappelait le bruit lointain d'une cloche, qu'apporte le vent au pêcheur qui regagne son village.

Bientôt une main, abandonnant peu à peu mon épaule, vint mollement s'abattre dans la mienne.

J'examinai cette main attentivement.

Chaque ongle était rayé de trois côtes, dont celle du milieu, terminée par une pointe légèrement arrondie, et les deux autres qui, partant de la naissance de ce même ongle, formaient, à leur extrémité, deux demi-festons de chaque côté; puis, la mince membrane qui joint les doigts ensemble, s'avançant un peu sur les phalanges de chaque doigt, rappelait, en quelque sorte, une main palmée, comme on en trouve chez les oiseaux aquatiques. N'étant pas initié aux mystères de l'anthropologie, ces détails ne me produisirent que peu d'impression.

En voulant porter cette main à mes lèvres, le mouvement que je fis détruisit l'équilibre, et la Fleur-des-Eaux, tombant à mes côtés, s'éveilla. Après s'être relevée; elle se rapprocha de moi. Je pris de nouveau une de ses mains, et lui fis part de mes observations, ce à quoi elle répondit :

— MANTA !

Je ne compris pas ce mot, mais le ton dont il fut prononcé avait quelque chose de si tristement glacial,

qu'il me semblait entendre quelqu'un dire : Je suis
lépreux.

Après m'avoir eu montré ses deux mains, elle me fit
voir ses yeux, dont l'iris presque rouge, se terminait
par un cercle fin, d'un noir nacré. Le bord de ses pau-
pières, bien que garni de longs cils noirs, était d'un
rose tendre, rappelant assez l'intérieur de certaines
conques marines; cet ensemble de choses donnait à son
regard une expression étrange.

Elle ouvrit la bouche et me fit remarquer ses dents,
toutes parfaitement rangées; seulement, les canines
différaient essentiellement des nôtres, en ce qu'elles
étaient beaucoup plus fines et légèrement recourbées
vers l'intérieur, et à chaque chose qu'elle me faisait
remarquer, elle répétait avec sa tristesse habituelle :

—MANTA !

Puis elle se baissa pour me montrer ses pieds; mais
s'apercevant alors qu'elle était nue, elle m'implora d'un
air si craintif que, devinant son intention, je l'invitai
moi-même à s'éloigner.

Quand elle se fut drapée dans son madras, elle vit
que sa jupe d'écorces, ornée de plumes brillantes,
était déchirée et sa ceinture rompue; mais en peu de
temps, tout fut remis en ordre, et je l'envoyai chercher
la *Madre-negra*, sa mère adoptive.

Après son départ, j'allai ramasser trois figurines de
bois, attachées ensemble par un fil rouge, et me mis à
les considérer. Ces hochets, sculptés avec une naïveté
tout enfantine, représentaient trois bonshommes passablement hideux, ayant des yeux figurés par de petits
morceaux de verre. Comme j'avais souvent entendu la
Fleur-des-Eaux parlant seule, et, vu son extrême jeu-

...se, il n'y avait rien d'étonnant à ce qu'elle jouât à la poupée en silence. Je plaçai donc ces joujoux auprès de moi et attendis son retour.

Elle ne tarda pas à rentrer, en effet, accompagnée de sa mère adoptive et d'une autre femme qui, ayant compris la cause de mon indisposition, envoya la Fleur-des-eaux chercher certaines herbes ; mais en approchant de moi, le premier mouvement de ces deux personnes fut suivi d'une émotion terrible : elles venaient d'apercevoir les poupées de la Fleur-des-eaux, et ces poupées n'étaient ni plus ni moins que des dieux, et ces dieux n'étaient pas les leurs !

Dès que je me rendis compte du motif de leur épouvante, je pliai dans mon mouchoir cette très-peu sainte kamourti, et bientôt ces dames me prièrent de me mettre à nu ; ensuite, oignant leurs mains d'huile de coco, elles me les passèrent sur toutes les parties du corps.

Cette opération terminée, la Fleur-des-eaux rentra, apportant différentes herbes qu'elle fit bouillir, et en composa une sorte de breuvage que je pris assez facilement, lequel breuvage détermina une transpiration abondante ; l'expérience fut renouvelée, trois jours après j'étais guéri.

CHAPITRE X

Une après-midi, Répataïvo s'annonça, escorté de son inséparable intendant. Dès qu'il fut entré, j'allai lui demander pourquoi il se permettait de renverser à

4

terre, une femme qui ne l'offensait nullement, et qu'il était de mon devoir de protéger.

Naturellement, il s'excusa sur l'usage et la nécessité; mais ces raisons me parurent si peu satisfaisantes, que je gratifiai ce majestueux personnage de deux soufflets bien appuyés.

Aussitôt le brave homme prit ses jambes à son cou, et se mit à courir comme un lièvre. Quant à son fidèle intendant, et contrairement aux règles de l'étiquette en usage dans les cours, il précéda son maître, cette fois, et s'enfuit dès le premier soufflet, ce qui me parut extrêmement regrettable; car il me semblait que ce monsieur était conformé expressément pour recevoir des coups de poing, et j'aurais éprouvé un agréable soulagement à le rosser selon son mérite.

A partir de ce jour, la Fleur-des-eaux commença à n'être pas fort rassurée sur mon compte. Selon elle, les *Falangs* (Européens), en général, devaient être des modèles de politesse et d'urbanité, et maintenant elle se voyait, avec une crainte mêlée de regrets, l'esclave d'un homme tout au plus à la hauteur d'un sauvage, pour l'indulgence; c'est pourquoi elle se mit en tête de m'éviter.

Je la laissai agir à sa guise, et n'eus pas l'air de m'en préoccuper le moins du monde. Cependant, voyant qu'à la fin j'étais toujours le même à son égard, elle se rapprocha de moi. C'était là mon but, puisque cela m'amena à lui demander si elle se considérait comme ma femme ou comme mon esclave.

— Comme ton esclave, dit-elle.

— Alors je vais me marier.

— Tiens, j'y pense, se mit-elle à dire aussitôt, voilà

au moins trois jours que nous n'avons mangé de poisson. La mer est belle, je vais plonger et choisir. Sois
sans crainte et au revoir.

Puis elle partit sans attendre davantage.

Si vous voulez connaître l'art d'évincer les questions,
consultez le beau sexe de l'île d'Oualan.

Singulière femme, dis-je en moi-même.

En effet, depuis que nous étions mariés, elle s'était
constamment tenue sur une réserve qui eût fait honneur à la vestale la plus digne de ce nom. A part cela,
sa bonté, sa douceur, son dévouement étaient inima-
ginables.

Je comprenais déjà bien son langage, et elle-même
se trouvant connaître l'espagnol, apprenait le français
avec une grande facilité; mais qui était-elle, d'où
venait-elle et que voulait-elle? Voilà ce que j'ignorais
absolument.

CHAPITRE XI

Quand elle rentra, j'étais en compagnie de Méïo, le
prêtre qui nous avait unis selon la religion pratiquée
dans l'île.

Cet homme, qui paraissait âgé de soixante ans environ, était d'un extérieur annonçant une certaine intelligence; mais il croyait de bonne foi que tout se
rapportât à son dieu.

— Tenez, me disait-il naïvement, nous manquions
d'eau, de grêle et de tonnerre depuis bien des lunes;
mais étant ici le délégué d'Oupa, je me suis entendu

avec lui, et quelques jours après, il nous a envoyé toutes ces choses-là.

— Mais, lui demandai-je, qu'est-ce donc que ce dieu Oupa?

— Oupa? c'est le dieu national, un dieu fait expressément pour nous, et qui, grâce à moi, connaît tout ce qui nous est nécessaire dans cette île; seulement, je sais le demander en temps opportun; et s'il ne nous l'accorde pas sur-le-champ, c'est que son pouvoir a des limites ou que le dieu est occupé ailleurs. Ainsi, vous comprenez bien qu'il ne saurait pleuvoir partout en même temps, de là vient que l'on ne peut pas contenter tout le monde à la fois.

A propos, poursuivit-il en s'interrompant, connaît-on Oupa en Europe?

— Pas le moins du monde.

— Et pourtant vous vous dites civilisés!

— Oui, et nous le sommes; mais nous devons notre civilisation au christianisme, à nos lois, à nos sciences et à nos arts. Or, étant plus instruits que vous, nous devenons meilleurs: ainsi, en Europe, le vol est généralement blâmé et puni.

— Ici, me répondit le prêtre, nous ne connaissons pas le vol. Tout est à tous; la propriété n'étant pas constituée.

— Votre hutte est à vous.

— Chacun a la sienne, qu'il bâtit où bon lui semble et comme il lui plaît. On n'a donc pas besoin de celle d'un autre.

— Vous avez des femmes qui vous appartiennent exclusivement.

— Nos femmes ne sont que des esclaves volontaires

et, au cas où l'un des deux n'est pas content de l'autre, l'homme échange avec un ami. J'ai connu d'excellents résultats dûs à cette institution.

— Mais alors que deviennent vos enfants?

— Nos enfants sont notre unique richesse; plus nous en avons, mieux nous sommes soignés sur nos vieux jours.

— Et que fait celui qui n'en a pas:

— Il en adopte, parbleu!

— Vous êtes anthropophages?

Nous ne mangeons pas l'homme qui meurt naturellement.

Sybarites, va! Et vos ennemis?

— Que voulez-vous que nous fassions de nos ennemis morts?

Nous manquons d'outils pour creuser des trous profonds et multipliés, et les abandonner aux mouches, c'est la peste ou au moins le charbon.

— On les jette à la mer.

— La mer nous les rapporte, répondit-il brusquement.

— Mais parlez-moi donc de votre dieu Oupa.

— C'est juste. Ici, chacun de nous est à peu près baptisé; mais sans en être meilleur chrétien pour cela, parce que tout le monde sait que vous autres catholiques, vous ne valez pas mieux que nous. Au lieu de nous civiliser, vous ajoutez vos vices aux nôtres: nous vivions dans un état de paix et d'innocence, et vous avez introduit parmi nous l'ivrognerie et la débauche, qui déciment la population après l'avoir démoralisée. Vous nous forcez au travail, et de quel droit? S'il est nécessaire que cent hommes s'éreintent quotidiennement pour arrondir le ventre d'un monsieur, je déclare que ce monsieur est un ennemi public, dont on fera bien de se défaire à la première occasion.

Vos demeures, il est vrai, sont belles, hautes et spacieuses ; mais on prétend que ceux qui les construisent ne sont pas dignes de les habiter ; ils se blottissent dans des huttes étroites et sans air, qu'ils n'ont pas même le droit de réparer, parce qu'elles ne leur appartiennent pas. Ainsi, on paye donc par des heures d'un travail pénible, le droit de reposer sa tête sous un toit étranger. Vous trafiquez de l'air, vous frappez le sommeil d'un impôt. Et dans ces festins où les mets sont si variés et si délicats, on laisse froidement passer son frère sans nourriture, tandis que l'on contracte une indigestion.

Allez, je sais également tout ce qu'il y a de larmes dans les parures de vos femmes, ou sur la robe de vos prêtres ; ces deux êtres, sensibles par excellence, ne s'en sont même jamais aperçu. Qu'ont-ils fait de leur cœur, dites-moi ?

Votre agriculture est florissante, j'en conviens ; mais le sol étant toujours accaparé par une poignée d'hommes rapaces et indifférents, il s'ensuit de là que celui qui cultive, ensemence et récolte, n'a plus rien à prétendre quand son travail est terminé, parce que cela n'est pas à lui. Celui qui fait tout n'a rien, celui qui ne fait rien a tout. Tels sont les résultats de vos lois et la morale de votre religion.

Maintenant je vais vous parler des mérites du dieu Oupa.

— C'est inutile, répondis-je, faites-moi simplement connaître le rituel de vos prières. Au reste, la morale du prêtre me répond de l'excellence du dieu, et si vous abordiez en Europe......

— Que feriez-vous?

— Autrefois je vous aurais brûlé bel et bien, maintenant je vous mettrais simplement en prison, en ayant soin, toutefois, de vous signifier de ne pas propager, à l'avenir, des théories subversives de l'ordre social, politique et religieux établi dans ma nation.

— De sorte que si nous nous chamaillons quelquefois avec vos missionnaires, usant du même droit, nous accomplissons le même devoir, alors qu'avez-vous à voir là-dedans?

— Nous sommes la civilisation : l'idée s'appuyant sur la force.

— Et quand une idée n'est pas appuyée sur la force?

— Nous la crucifions.

— Bravo!

Le rituel de nos prières, ajouta-t-il, est la tradition orale des croyances de nos pères; il se compose d'hymnes chantées par le peuple, tandis que le prêtre danse et officie.... Auriez-vous quelque instrument de musique, par hasard?

— Oui, répondit la Fleur-des-eaux, en allant chercher son téorbe.

— Ah! pardon, poursuivit Méïo, en s'adressant toujours à moi, mais si je danse, me donnerez-vous un clou?

— J'y consens, dis-je après un moment de réflexion.

CHAPITRF XII

La Fleur-des-eaux revint s'asseoir à sa place, et se mit à chanter en polynésien. Jamais je n'avais entendu une voix semblable, comme force et comme étendue : chaque son qu'elle émettait résonnait à la quinte. On eût dit deux voix dans une seule.

Quant à la musique, lente, sans caractère bien précis, et pleine d'intervalles trop distancés ramenant des modulations impossibles, c'était de la musique sauvage, et voilà tout.

Je regardai le visage de ma chanteuse, il n'exprimait rien ; il est vrai qu'elle avait d'autres dieux, c'est pourquoi on eût dit un enfant de chœur, psalmodiant quelque antienne latine ; mais Méïo faisait, au contraire, mille contorsions désagréables et dévotes.

J'étais tellement émerveillé de la voix, que j'oubliais le prêtre et la musique. Quant au poême, quoique bizarre, il renfermait néanmoins des beautés de premier ordre, et je ne puis m'empêcher de citer une certaine strophe, que je craindrais d'affaiblir en la traduisant, parce qu'elle offre un caractère de sublimité que notre langue ne saurait atteindre ; la nuance de certains mots nécessitant des périphrases trop longues pour n'être pas languissantes. Au reste, cela est d'une simplicité et d'une harmonie tellement frappantes, qu'il me semble que chacun peut s'en faire une idée exacte à la simple audition. Je reproduis également cette strophe, pour être agréable aux personnes familiarisées

avec le dialecte liturgique des peuplades océaniennes,
et je pense qu'elles ne seront pas fâchées de retrouver
ce fragment si connu, qui mérite, à tous égards, de
fixer l'attention des vrais littérateurs.

Le voici :

> Rifa, daïmo doula, ta,
> Keïda vou, mahila pa,
> Dohulo ouh a foumra da :
> Bischehka, sé véouka ma.
> Emaïo tou, séouala, fa,
> Choubi, séfo kévoula ra;
> Ma Oupa-ro divoula, ka
> Ché Oupa, huïac ota, na.

Je fus, il est vrai, tellement frappé de ce passage,
que je fis signe au prêtre de s'arrêter un instant, et
priai la Fleur-des-eaux de me le répéter.

— Nous avons encore, me dit Méïo, une sorte de
danse sacrée fort remarquable; mais il faut deux personnes pour en assurer l'exécution : un homme et une
femme, tandis qu'un troisième personnage chante un
air vif et capricant. Chantez-vous?

— Certainement; mais je ne connais pas vos hymnes.

— Qu'importe! vous direz autre chose si bon vous
semble; toutefois, dites-le en français, pour ne pas
profaner la sainteté de nos mystères, en dénaturant le
caractère majestueux de nos institutions sacerdotales.

— Comment nommez-vous cette danse?

— Le pas nuptial. Prêtez-moi la Fleur-des-eaux, et
dites un hymne de votre pays accommodé à la circonstance.

Aussitôt, prenant le téorbe, et après l'avoir accordé
à ma façon, je me mis à chanter « la ronde du Brési-
lien » d'Offenbach :

Voulez-vous accepter mon bras ?

Dès la première strophe, on eût dit que mes deux
danseurs n'avaient jamais connu que cette mélodie en-
diablée, tant ils en saisissaient bien toutes les nuances,
en retombant avec une précision rhythmique que n'eût
pas désavouée un premier prix du Conservatoire. Ah !
si monsieur Offenbach allait habiter l'île d'Oualan, il
y serait le premier musicien du monde.

Quant à la danse que l'on exécutait devant moi, je
n'essayerai pas d'en faire la description : Méïo s'en
acquittait en homme convaincu, tandis que la Fleur-
des-eaux ne voyait que moi, en formant des pas dont
elle ne soupçonnait pas même l'intention, car elle
souriait tranquillement, comme un enfant qui se
montre sous une robe neuve. Au reste, elle était d'une
autre religion, et je l'ai déjà dit ; mais quelle danse !

Avis aux petits crevés.

Heureusement que Méïo était fort vieux, tandis que
la Fleur-des-eaux était toute jeune ; sans quoi, j'aurais
immédiatement mis à la porte ce prêtre d'Oupa. Mais
arrivé au troisième couplet de ma ronde, les érotiques
démonstrations du pontife essoufflé prirent un caractère tellement désopilant, que je partis d'un éclat de
rire franc, bruyant et propre à déconcerter mes deux
chorégraphes qui, en effet, s'arrêtèrent interdits ;
seulement, le fervent adorateur d'Oupa perdit l'équilibre et roula aux pieds de la Fleur-des-eaux qui, lui
sautant légèrement par-dessus la tête, vint se réfugier

auprès de moi, de sorte que je ne vis pas la fin du pas
nuptial, — danse sacrée, — tel qu'on l'exécute dans
l'île d'Oualan, et c'est grand dommage ; cela promettait.

Lorsque Méïo se releva, son embarras était visible.

Comme prêtre, il devait au moins protester contre
l'inconvenance de ma tenue à son égard ; mais en
même temps, l'espérance d'avoir un clou lui conseillait
d'user d'une certaine tolérance ; il s'arrêta donc à ce
dernier parti et se montra assez accommodant, malgré
sa déconvenue, aussi lui offris-je un grand verre d'eau-
de-vie, qui vint aussitôt s'engloutir dans les vastes
profondeurs et bruyantes concavités de son œsophage,
et pour le congédier dignement, j'y ajoutai, non pas
un clou, mais un joli couteau d'enfant ayant un
sifflet à l'extrémité, ce qui le rendit le plus heureux
des hommes ; c'est pourquoi il se remit à danser en
nous quittant, je crois même qu'il dansa tout le long
du chemin qu'il prit pour regagner son village.

CHAPITRE XIII

Dès qu'il fut parti, la Fleur-des-eaux revint prendre
sa place accoutumée auprès de moi. Etait-ce un effet
de la danse ou je ne sais quoi ? mais ce mélange de
confiance affectueuse et de réserve exagérée qu'elle
montrait à mon égard, me jetait, en ce moment plus
que jamais, dans un trouble difficile à exprimer.

Assis auprès d'elle, je ressentais toutes les joies de
l'amant, doublées de toutes les angoisses de la solitude.

Enfin, dis-je à part moi, peut-être manqué-je d'audace.

S'il ne tient qu'à cela, ayons-en.

Rien ne me semblait plus facile; la Fleur-des-eaux se considérant presque comme le complément de moi-même, sa soumission absolue à chacune de mes volontés, semblait devoir justifier toutes mes espérances.

J'eus donc un semblant d'audace; alors elle commença à me fixer tristement. Je voulus passer outre; mais elle s'esquiva et se mit à pleurer.

Importuné de cette attitude à mon égard, je la rappelai.

Elle revint aussitôt et me dit :

— Laisse-moi en paix. Je sais ce que je suis et ce que je dois être. D'ailleurs, je suis bien là et j'y veux rester libre, ajouta-t-elle en appuyant sa tête sur mon épaule. Et puis, tu es à moi jusqu'à mon dernier soleil. Cette fois m'as-tu comprise?

C'est-à-dire que je ne comprenais rien, et cette crânerie féminine, ayant quelque chose de si disproportionné avec la personne qui en faisait parade, il me fut impossible de la prendre au sérieux.

— Ah! voilà du nouveau, répondis-je en riant.

A ces mots, son visage qui s'enflamma rapidement, prit une animation extraordinaire. Elle bondit comme une tigresse et, dressée de toute sa hauteur, me cria d'une voix stridente :

— Je te dis que tu m'appartiens.

Mais ses forces ne répondaient pas à son énergie, car elle vint tomber à mes pieds, en répétant son mot mystérieux :

— *Manta !*

Cette scène inattendue m'avait causé une si vive émotion, que j'eus besoin d'un instant pour me remettre. Cependant, le devoir l'emporta, et, ne voulant plus m'occuper que d'elle seule, j'allai la placer sur son hamac, où elle demeura froide et inerte, les yeux tout grands ouverts et ne regardant rien.

Ses mains cherchaient alors quelque chose d'insaisissable, indice flagrant des dernières luttes de l'agonie.

Je mis ma main dans l'une des siennes, elle la saisit, la ramena sur sa poitrine et ne fit plus aucun mouvement.

Je passai mon autre main sous sa tête, envahie par une sueur froide qui semblait être le prodrôme d'une vie prête à s'éteindre, ma bouche se pencha vers la sienne.

Respirait-elle encore? C'est ce que je ne pus constater; mais quand j'effleurai d'un baiser ses lèvres froides et bleuies, une légère contraction se manifesta sur son visage, puis plus rien.

J'attendis.

Une heure, deux heures s'écoulèrent de même. Voyant alors que son état ne changeait pas, je résolus de faire avertir sa mère adoptive; mais il fallait, avant tout, me délivrer de la faible étreinte de cette main glacée, tenant toujours la mienne, et la force morale me faisait cependant défaut. Enfin, j'y réussis, non sans peine, car elle recommença à chercher; néanmoins, je ne pouvais pas la laisser ainsi, puisque je ne me comptais pour rien auprès d'elle. A la fin, je sortis en disant :

— Advienne que pourra!

Et elle resta seule et mourante.

Fort heureusement que, dix minutes après, ayant fait la rencontre d'un Canaque :

— Frère, lui dis-je, la Fleur-des-eaux se meurt. Va chercher sa mère, et je te ferai un présent.

— J'aime les présents, répondit-il, mais j'aime surtout à obliger mon frère blanc. Rentre, et tu nous verras bientôt.

Il se mit donc à courir du côté de la cascade, tandis que, retournant vivement sur mes pas, j'allai reprendre ma place auprès de la Fleur-des-eaux, dont le regard conservait toujours la même fixité.

Une demi-heure après, la mère adoptive entra, suivie de son mari et du naturel qui l'avait été quérir. Ce dernier me dit :

— Frère, aucun motif intéressé ne me poussait ici, lorsque tu m'as rencontré et chargé d'une mission ; maintenant elle est remplie, et puisque tu m'as promis un présent, où est-il ?

Je lui donnai un clou, cela mit fin à ses réclamations et il se retira, tandis que la pauvre Madre-negra criait :

— Où est ma fille ?

— La voici, lui dis-je.

— Mais elle est morte, oh ! Oupa !

— Non.

— Et qui l'a mise en cet état ?

— Elle-même s'y est mise.

— Ma fille vous gêne-t-elle, par hasard ?

— Non.

— Est-elle douce à conserver ?

— Je la garde.

— L'aimez-vous ?

— Je l'aime.

— La vérité repose-t-elle dans le cœur de mon fils blanc ?

— Le soleil luit dans ma poitrine et chante mes paroles.

— Oh! s'écria-t-elle, ma pauvre Goul-ou-ti (fleur des eaux ou plutôt rose d'eau, en indo-polynésien), ma douce *Manta*, la plus belle de tout l'Océan pacifique!

Reviens, ma fille, reviens dans ma hutte dont tu étais le rayon du soleil et la rose des ombres. Les blancs, vois-tu, les blancs sont tes ennemis et les nôtres.

En disant ces méchancetés, elle se jetait sur ce corps pâle et froid, et s'arrachait les cheveux de désespoir.

Quoique habitué à ces démonstrations excessives, j'aurais voulu pour beaucoup pouvoir rester à l'écart; cependant j'étais si directement intéressé à tout ce qui se passait autour de moi, que je ne pus m'empêcher de dire à la Madre-négra :

— Mais vous voulez donc la tuer? Si vous êtes venue ici pour dire beaucoup de choses et n'en faire aucune, retirez-vous!

— Un moment, dit-elle, en s'adressant toujours à moi, il y a de l'eau ardente (eau-de-vie) dans cette case, et quand l'eau ardente est d'un côté d'une habitation, le bâton est de l'autre côté.

— Il y a, dis-je à mon tour, de l'eau ardente seulement.

— Mon fils parle-t-il droit?

— Que ma mère regarde la femme de son fils.

— C'est vrai, ajouta-t-elle après l'avoir examinée minutieusement, je ne lui vois pas un nuage sur la peau. Mais alors mon fils a outragé ma fille.

— La fille de ma mère est encore telle qu'elle s'est donnée à moi.

— Mon fils la méprise?

— Le fils de ma mère l'élève haut dans son cœur, ainsi qu'elle le veut.

— Les blancs sont de grands sorciers.

— Non, car les blancs tordent leur bouche aux sorciers.

— Qui envoie la mort de loin, peut causer l'agonie de près.

— Les blancs font dormir leurs ennemis; mais ils apportent des fruits et le ciel bleu à leurs bien-aimés, et la fille de ma mère est ma bien-aimée.

— Je veux avoir ma fille, s'écria-t-elle tout à coup.

— Reste ici et garde-la.

— Ma fille viendra sous ma hutte.

— Ta fille est au blanc, et le blanc ne s'en sépare pas.

— La foudre brise les rochers.

— Oui, en les divisant, et je suis uni à ta fille.

— J'aurai ma fille.

— Après ma mort, si tu veux.

— Soit, s'il le faut, grommela-t-elle en partant.

Restait le mari; mais le pauvre diable était tellement ivre de *kaoua*, que j'en eus facilement raison, et il se décida à suivre sa femme en titubant.

Voilà bien les sauvages, pensais-je en revenant m'asseoir, chez eux tout est poussé hors des limites de la juste raison; ils vous adorent ou vous exècrent, et ils chérissent leur haine, au point qu'elle prime chez eux tous les sentiments d'humanité.

Maintenant, me voici demeuré seul auprès d'une femme mourante, et personne ne viendra. En vérité, c'est à se croire au beau milieu de Paris, car on n'a pas plus de cœur ici que là-bas. Et pourtant.

La nuit se passa froide et silencieuse.

La Fleur-des-eaux conservait toujours son effrayante immobilité. Le jour parut, le soleil éclata instantanément, comme une lampe à laquelle on vient de communiquer le feu.

Mille oiseaux endormis sur les arbres ou le long des grèves, firent entendre un ramage assourdissant. Toute la nature semblait en fête, lorsque j'étais là, seul et navré, devant un être inconscient de sa situation. Je voulus m'endormir; mais il me fallait retirer ma main de la sienne, qui se remit à chercher.

J'approchai alors ma tête, et cette main se posa sur mon visage.

Je pus donc m'assoupir un instant.

CHAPITRE XIV

Il était environ dix heures du matin, lorsque je m'éveillai, grâce à un léger bruit. Levant les yeux alors, j'aperçus une forme humaine sur le seuil de mon habitation.

C'était une femme.

On devinait son origine étrangère au premier abord: sa peau rouge et son costume, annonçaient une Indienne de l'Amérique septentrionale.

Je n'avais jamais aperçu cette femme-là, dont les traits, à peu près réguliers, répondaient avantageusement à l'idée que l'on peut se faire de ce type assez connu : le front fuyant et un peu étroit, surmontait des yeux très-expressifs, quoique petits, le nez était légèrement aquilin et quelque peu fort à sa base, les pommettes des joues, fortement accusées, la bouche, petite et délicate, et le menton ovale. En somme, la tête était fine, la poitrine, robuste, et tout le reste du corps, bien découplé, annonçait à la fois la décence et la résolution.

Un peigne doré, comme en ont les enfants, relevait sa chevelure lisse et noire, traversée par une grosse épingle en métal brillant. Deux perles pendaient à ses oreilles. Sur sa poitrine, se croisaient la corde d'un grand arc et l'attache d'un carquois, effleurant un poignard fixé à sa ceinture, et ses pieds étaient chaussés de mocassins.

Le reste du costume annonçait presque l'opulence, comparé à celui des naturels de l'île, quoiqu'il n'en différât pas essentiellement.

— *Good morning, brother*, Nancy Wilson, dit-elle en anglais, salue son frère pâle.

— Que demande ma sœur? répondis-je dans la même langue.

— Mon frère reconnaît-il ce poignard?

— Parfaitement bien, il vient de moi.

— Une mère l'a reçu en échange de sa fille qu'elle redemande.

On échange tout, dans ce pays-là, et ma femme se trouvait être échangée trois fois : par le roi, par le prêtre et par sa mère. C'était, comme on voit, beaucoup d'échanges.

— L'homme pâle, répondis-je, ne reprend pas ce qu'il a donné, et ne rend pas ce qu'il a reçu.

— Mon frère semble plongé dans le lac de l'affliction.

— Que ma sœur regarde, et elle en comprendra le motif.

Alors Nancy Wilson se pencha doucement sur le hamac.

— *Poor child* (pauvre enfant), murmura-t-elle, puis, s'adressant à moi, pourquoi ne l'envoyez-vous pas à sa mère?

— Sa place est ici.

— Ecoutez, poursuivit-elle, comme je suis fort connue de la Fleur-des-eaux et de la Madre-négra, c'est cette dernière qui, après avoir assemblé un conseil, m'envoie vous apporter deux propositions que voici : rendez la Fleur-des-eaux, et je vous laisse ce poignard, c'est la paix; ou gardez votre femme, et je vous laisse cet arc et ces flèches pour vous défendre.; demain vous aurez deux cents Canaques soulevés autour de votre habitation, et c'est la guerre. Réfléchissez. D'ailleurs, on a toujours le temps d'entrer dans la plaine des chasses bleues (le ciel).

— Je n'accepte pas la paix à ces conditions, répondis-je; d'abord, j'ai des armes de feu pour combattre, ensuite une voile viendra me venger, si je dors du grand sommeil.

— La voile est loin, mais l'ennemi est près; que mon frère pâle songe donc à sa défense. Je n'ai plus rien à lui dire.

Et elle s'éloigna.

CHAPITRE XV

Après son départ, je m'occupai d'abord de sauver la Fleur-des-eaux.

Voyons, dis-je, il y a ici une contraction nerveuse, motivée par une commotion violente; de là dérive cette atonie générale, causée par le retrait du sang vers un même point, et je crois que c'est cela.

Quand j'eus ainsi diagnostiqué sa maladie à ma façon, je me dis : tout va bien ; mais à présent, il s'agit de trouver un remède ; or, je ne sais pas faire la moindre infusion, et comme cette jeune femme est incapable de rien prendre, il faut donc abandonner ce moyen et en trouver un autre.

Maintenant, il y a le bain.

Oui, le bain est excellent pour remettre le sang à sa place ; mais en cas d'obstruction des organes digestifs, le bain peut déterminer une rupture de quelque vaisseau sanguin et la tuer instantanément ; et puis, dans quoi placer mon sujet ?

On ne saurait prendre un bain dans une marmite.

J'ai bien une feuillette ; mais où mettre mon vin ?

Décidément, je déraisonne.

Cherchons autre chose.

Voyons : j'ai dit congestion au cœur et refroidissement de toutes les autres parties du corps ; de là, atonie générale.

Il s'agit donc de rappeler le sang aux extrémités, afin de rétablir la circulation ; or, je ne vois plus que cette méthode-là, dis-je résolûment, en jetant mes pincettes au feu, et quand mes pincettes seront d'un beau rouge cerise, je ferai, sur les bras et les jambes de mon sujet, deux raies à la fois.

Je sais bien que ce moyen est vif, très-vif ; cependant j'ai connu des chevaux qui s'en sont assez bien trouvés ; et puis, après tout, il ne faut pas laisser une pauvre femme mourir sans secours.

Trouvant ce moyen d'un radicalisme qui correspondait assez à la situation, je m'assis en me frottant les mains, et me mis à battre le rappel avec la pointe des pieds, comme pourrait faire, par exemple, un monsieur fort content de lui-même, quoique légèrement impatienté; mes pincettes ne chauffaient pas assez vite. Pourtant, en les retournant, j'aperçus que l'une des deux langues commençait à prendre couleur, et l'autre langue la suivit de près.

Bon! dis-je encore; cependant, si mes pincettes ne sont que rouges, elles deviendront froides avant que j'aie achevé l'opération, faisons-les donc chauffer à blanc, et pendant qu'elles chaufferont, préparons tout, afin de mieux réussir. Mon sujet se trouvait admirablement disposé pour cela : figurez-vous l'un de ses bras pendant hors du hamac, tandis que l'autre était ramené sur sa poitrine; ensuite, ses deux jambes s'alignaient droite et serrées l'une contre l'autre.

J'enlevai donc son moustiquaire et reconnus, après examen, que mes pincettes étaient chaudes autant que je le désirais.

Ah! cette fois, j'y suis, m'écriai-je avec enthousiasme, en revenant auprès d'elle..... Mais tout à coup me ravisant : grand Dieu! me dis-je tout bas, qu'allais-tu faire, malheureux! Dans mes préoccupations scientifiques, oubliant que la Fleur-des-eaux était une femme, et surtout la mienne, j'allais donc brûler tout ce que j'adorais.

Oh! miséricorde!

Comprenant alors l'étendue du mal que je pouvais faire, je lançai vivement mes pincettes loin de moi, car elles ne me servaient que trop bien, dans ce moment d'aberration criminelle.

Tiens! va-t'en au diable, dis-je à cet ustensile, que je ne regarde plus sans émotion depuis cette époque.

Mais voici du nouveau: c'est le hasard qui m'a guidé.

Il est bon de remarquer que, souvent, le hasard a donné lieu à des découvertes scientifiques du plus haut intérêt; cependant, n'exagérons pas cette fortuité des circonstances, et croyons bien qu'un agent dynamique aussi puissant que la vapeur, avait besoin d'un Papin pour en analyser les forces et leur assigner un emploi. Au reste, un vase dont l'eau en état d'ébullition fait soulever le couvercle, est un fait normal qui ne saurait être remarqué du vulgaire, précisément parce que c'est un fait normal. Ainsi, laissons donc à Papin toute la gloire de sa découverte qui réside, non pas dans la chose elle-même, mais dans son application, ce qui est bien différent.

Il n'en est pas de même de cet Anglais qui, se trouvant un jour dans son jardin, reçut la visite désagréable d'une pomme qui vint lui tomber sur la tête. A la suite de cet accident, il développa, dit-on, son système de l'attraction universelle, ce qui m'a tout l'air d'un conte de ma mère l'Oie.

Voyons: était-il bien nécessaire que Newton reçut une pomme sur la tête, — et pourquoi une pomme? — pour comprendre que tous les corps tombant naturellement, tombent verticalement?

Mais tous les corps voulus sont assujettis aux mêmes lois, et leur ligne de parcours ne varie qu'accidentellement, selon leur forme et selon leur pesanteur spécifique. Ensuite, pour disserter sur la chute d'un corps, il faut au moins savoir d'où il vient; quand on reçoit un objet sur le crâne, c'est une preuve qu'on ne l'a pas même aperçu, sans quoi on se fut retiré à temps pour l'éviter; d'où j'infère que Newton ayant reçu une impression produite par un corps, invisible pour lui en ce moment, a dû faire un raisonnement concernant son état actuel, qui devait plutôt rentrer dans le domaine de la thérapeutique et de l'anatomie que dans celui des hautes mathématiques.

Donc l'histoire n'est pas vraie, et comme elle ne s'adapte nullement aux étonnantes facultés de Newton, elle n'est pas même vraisemblable.

Ce que j'appelle un hasard scientifique, est un fait dû à un concours de circonstances naturelles, donnant lieu à un résultat entièrement accompli en dehors de nos prévisions.

Ainsi, madame Montgolfier trouvant que sa jupe, fraîche repassée, est encore trop moite pour s'en vêtir, avise, au milieu d'une grande cheminée à manteau, un clou qui servait à attacher la queue de la poêle. Elle suspend sa jupe à ce clou et s'en retourne vaquer à d'autres occupations.

Survient son mari qui, en ouvrant la porte, établit un grand courant d'air. Un fort coup de vent s'engouffre dans la cheminée, et refoule la fumée dans l'appartement, tout en gonflant la jupe en question; alors le mari referme vivement la porte, et la fumée reprend son chemin habituel; mais non sans laisser une quantité de gaz suffisante pour décrocher la jupe, qui s'enlève et plane au travers de la chambre.

Tiens! dit Mongolfier, voilà ma femme qui se promène.

Le lendemain, le ballon était découvert.

Cela rentre tout à fait dans le domaine du hasard

scientifique, mais quelle précision dans les détails! Par exemple, supprimez le clou, ou imaginez une che- minée plus basse ou plus étroite, ou un jupon sans empois, ou un temps calme, ou Montgolfier arrivant trop tard, et tout était perdu ou inutile.

Ma découverte, bien que n'avant pas été l'objet d'un rapport à l'académie des sciences, n'en est pas moins d'une importance capitale, puisqu'il s'agit de rappeler quelqu'un à la vie.

Il est vrai que le sujet à traiter appartenait à la race *Manta*, et non à la nôtre; mais voyez combien le hasard se montra encore intelligent, cette fois, et quel parti je sus en tirer.

J'ai déjà dit que la Fleur-des-eaux était mourante, et qu'en désespoir de cause, afin de sauver sa vie, peut-être aussi la mienne, j'allais la soumettre à une opération terrible. J'ai dit également que, reconnais- sant ma criminelle erreur, j'avais lancé violemment les pincettes loin de moi; or, voici ce qu'il en advint.

Le choc des pincettes contre le randais de mon ha- bitation, ébranla aussi les cordes du téorbe qui s'y trouvait suspendu, ce qui produisit un accord très- harmonieux : *ré*, *sol*, *si;* à ce moment, la Fleur-des- eaux tournant les yeux dans ma direction, cela devint une indication précieuse.

Aussi, aller au téorbe et le décrocher, ne fut pour moi que l'affaire d'un instant.

Il s'agissait alors de savoir ce que je pourrais bien lui chanter. Ce fut Meyerbeer que je mis d'abord à contribution, et aussitôt que j'eus dit :

Plus blanche que la blanche hermine,

la Fleur-des-eaux commença à sourire, je continuai donc :

Plus pure.....

Cela allait à merveille.

Plus pure qu'un jour de printemps.

Il y a ici une modulation que mon *auditrice* n'accepta que fort difficilement ; mais quand je voulus continuer l'air, la Fleur-des-eaux donna des marques d'impatience non équivoque, qui me forcèrent à m'en tenir là. Il fallut donc renoncer à Meyerbeer.

Ma foi ! tant pis pour lui. Pourquoi ses mélodies sont-elles aussi tordues, bossuées et tourmentées.

Vive Rossini !

Mais pour bien comprendre la musique de ce maître, il faut avoir au moins quarante-cinq mille francs de rentes, un abdomen bien développé, une redingote à la propriétaire, une tabatière de platine à la main et un parapluie sous le bras ; or, comme la Fleur-des-eaux n'était pas pourvue de ces différents accessoires, elle ne comprit rien à la musique de Rossini.

J'attaquai différents morceaux des grands maîtres avec le même insuccès, ce qui me fit penser que la pauvre Indienne n'avait aucun goût pour la musique savante, ce qui est bien malheureux. Je me rabattis alors sur les chants populaires de différentes nations, et commençai par l'air de *Kadoudja*, seulement je le chantai en français et tel qu'il se trouve noté dans un recueil du dix-septième siècle, intitulé *Brunettes*, ce qui prouve qu'il n'est pas plus arabe que le *God save our gracious queen* n'est anglais : tout cela a été fabriqué en France.

Je passe de là à l'air attribué à Martin Luther, mort en 1546, tandis que le véritable auteur, Philibert de Vitry, l'a composé en 1361. En français ;

Oh! mon Dieu! Père tout-puissant.

En allemand :

Ihn, unsern Heiland, unsern Herrn.

Ensuite la *Charmante Gabrielle* vient. Seulement, la musique est d'un maître de chapelle nommé Ducaurroy, et Henry IV n'a composé que les paroles des deux premiers couplets, qui étaient aussi cocasses de son temps qu'ils le sont du nôtre. Que voulez-vous? on ne prête qu'aux riches.

J'entonne encore le *Départ pour la Syrie*, où le *beau* Dunois n'est jamais allé; cet air est de Théodore Labarre et nullement de la reine Hortense, puis il n'est pas joli. En désespoir de cause, j'y ajoute le chant de la *Préface*, selon le rite grégorien, air que l'on prétend tiré d'une tragédie de Sénèque, qui l'avait lui-même emprunté aux Grecs, à qui Hérodote le transmit, à son retour d'Egypte,

Au reste, les Egyptiens le tenant des Hycsos, peuplade mongole, venue pour envahir cette partie de l'Afrique, voilà plus de trois mille ans; il leur fut aisé d'en faire part, puisqu'ils l'avaient entendu chanter aux Titans, alors maîtres du Thibet, où ils ont laissé des vestiges de leur colossale architecture, assez bien proportionnée aux individus de cette race, qui avaient plusieurs mètres de haut.

Toutefois, si l'on considère qu'arrivant directement du soleil, ces chanteurs étaient les premiers habitants de notre terre, on n'en sera pas étonné. Depuis, leur race s'est heureusement modifiée, et proportionnée à notre planète, sur laquelle ils se trouvent encore.

Transportez de petits chevaux corses en Normandie, et au bout de quelques générations, vous obtiendrez, et sans croisement de race, de superbes chevaux normands. Et *vice versâ*.

Nous ne devons donc pas douter que cette mélodie ne nous vienne du soleil qui lui-même la tient d'*Hélios*, astre central d'une nébuleuse, qui se trouve dans l'œil du Chien-de-chasse septentrional. On n'a pu jusqu'ici déchiffrer cette nébuleuse qu'en Angleterre, où il y a des télescopes plus puissants que les nôtres; et il se trouve que cet ensemble lumineux est tout simplement un amas de soleils dont Hélios est le père, et que tout le reste de la création ayant été projeté par lui à des distances effrayantes, chaque petit soleil en s'émiettant un peu, histoire de se faire beau, a formé ses satellites; mais soyez tranquilles, nous retournons à Hélios, notre soleil y court à bride abattue, et un beau jour, comme cet astre géant attire tout à lui, la voie lactée va danser une jolie sarabande autour de son papa, sur lequel elle va se pelotonner ensuite, et sans trop de façons. C'est alors que

Les cieux se repliant fuiront épouvantés.

Quand nous arriverons là, si nous avons encore quelques instants de loisirs, nous y entendrons probablement l'air de la *Préface*, dont je ne songe nullement à contester l'antiquité.

Quoi qu'il en soit, ce plagiat à trois notes produisit un effet désastreux sur l'intellect de mon intéressante malade, qui ne trouvait rien à son goût dans tout ce que je lui avais chanté de beau.

Je m'arrêtai donc accablé de fatigue et pantelant de désespoir. Ce silence dura plus de dix minutes.

A la fin je m'écriai :

— Que faire et que devenir?

— Chante, me répondit une voix si faible, que je l'entendis à peine.

Une idée me vint.

— Tiens! dis-je, si je faisais moi-même une chanson?

Mais de quoi parler? Bah! c'est bien facile; quand on est auprès d'une jeune femme, ce qui lui est le plus agréable, c'est d'entendre parler d'elle-même, — pourvu qu'on en parle agréablement; — or, si je lui rappelais un des plus beaux jours de sa vie? Par exemple, le jour de son mariage; c'est une idée. Et si, au lieu d'aller chercher de vieux airs dans tous les coins de l'Europe, je lui chantais quelque chose de naïf et à peu près dans la manière de nos paysans français?

Ce ne serait pas trop à dédaigner.

Va comme il est dit! quoique j'aie la voix pleine de larmes.

Et je reprends aussitôt le téorbe, en improvisant ce qui suit :

> La belle, assise au bois charmant,
> Etait auprès de son amant,
> Et le pigeon sauvage,
> Oh! la deritou derita la la,
> Chantait sous le feuillage,
> Oh! la,
> La deritou la la.

— Encore, murmure la Fleur-des-eaux.

Je continue :

> Comment faire, oh! pigeon, dis-moi,
> Pour être belle autant que toi?
> — Suis-moi vers la fontaine,

Oh! la deritou, derita la la,
   Tout au loin, dans la plaine,
      Oh! la,
    La deritou la la.
Ensuite? ajouta-t-elle.

   Jusqu'à la source où croît le jonc
   La belle suivit le pigeon,
    Et puis elle se mire,
Oh! la deritou derita la la,
   Dans cette eau qui l'attire,
      Oh! la',
    La deritou la la.

   — Reviens, reviens, ma chère enfant,
   Retourne auprès de ton amant.
    — Oh! non, répondit-elle,
Oh! la deritou derita la la,
   L'eau profonde est si belle,
      Oh! la,
    La derita la la.

   Je suis la perle des roseaux,
   Je suis la blanche fleur des eaux.
    Elle s'élance et nage,
Oh! la deritou derita la la,
   Et revient au rivage,
      Oh! la,
    La deritou la la.

   Bientôt le pigeon s'envolait,
   La jeune fille s'en allait
    Sous l'arbre qui rassemble,
Oh! la deritou derita la la,

Tout ce qui s'aime ensemble,
Oh! la,
La deritou la la.

Ma chanson, qui ne valait pas seulement une tragédie, eut néanmoins un beau succès; car non-seulement la Fleur-des-eaux venait de reprendre son visage
habituel, mais elle se mit encore à dire son couplet.

Le voici tel qu'elle l'a prononcé :

Et quand levint la Goulouti,
La baisa su son font zoli.
De l'eau de la fontaine,
Oh! la dehitou dehita la la,
La coco toute pleine,
Oh! la,
La dehitou la la.

Et penser que Santeuil a peut-être composé des
hymnes de cette force-là !

Quoiqu'il en soit, j'éprouvai une sensation de bien-
être peu aisée à définir. Il me semblait avoir pris un de
ces bains aromatisés qui vous rendent le cœur tout
frétillant.

Mes pieds touchaient à peine la terre, tant j'étais
devenu léger tout d'un coup, et en parlant je chantais
sans m'en douter.

C'est alors que, m'approchant de la Fleur-des-eaux,
je lui dis, après l'avoir embrassée :

— Tu es un petit âne.

— Qu'est-ce que c'est que le petit âne?

— C'est une grosse bête.

— Comment mange le petit âne?

— Il mange de l'herbe.

— Comment parle le petit âne?

— Il dit : hi-han.

— Eh bien! hi-han, j'ai faim.

Je m'empressaï de lui apporter un peu de poisson qu'elle mangea, en effet; et, sauf un léger étourdissement qui la surprit en descendant de son hamac, sa santé se rétablit sur-le-champ.

Ainsi, il avait donc fallu, pour arriver à cette guérison aussi radicale qu'inattendue,

Que j'eusse des pincettes à la main, et que, par un mouvement désespéré,

Je les jetasse,

Non pas contre un mur; mais contre un randais,

Auquel était suspendu un téorbe

Vibrant,

Que je connaissais assez pour accompagner une chanson,

Composée par moi-même,

Et chantée sans le secours de personne.

Voyez quel heureux concours de circonstances! C'est là un hasard scientifico-artistique, dont la préparation est, au moins, aussi surprenante que la découverte du ballon.

Et dire que l'académie des sciences ne sait rien de toutes ces choses-là!

Voilà pourtant où nous en sommes.

Mais trêve de réflexions désobligeantes, et revenons à mon récit.

Ce qui était prévu arriva : c'est-à-dire que, le lendemain, lorsque la Madre-négra revint, accompagnée d'une multitude menaçante, la Fleur-des-eaux alla se présenter elle-même aux Canaques, honnêtement rassemblés pour me mettre à mort et incendier mon habitation, et là elle leur déclara qu'elle entendait rester ma femme, ajoutant que la Madre-négra n'était pas sa mère, et quant à elle, qu'elle ne s'était jamais plaint à personne de mes procédés à son égard.

La situation se trouva donc modifiée.

Toutefois, les naturels du pays ne voyaient pas sans regret leur échapper une belle occasion de faire du butin, et peut-être même un festin pantagruélique, où je me souciais peu de figurer comme pièce de résistance.

Cela jeta un froid parmi la population ; car les uns ne voulaient pas s'être dérangés pour rien, tandis que les autres, qui formaient la majorité, ayant entrevu, à travers les sabords de la frégate, certaines pièces d'artillerie qui leur donnaient à réfléchir, cette préoccupation me sauva ; et à part quelques murmures, qui durèrent deux ou trois jours, je n'entendis plus parler de rien.

CHAPITRE XVI

Néanmoins, à partir de ce jour, je me mis à vivre dans le plus strict *à parte*, ne sortant plus qu'armé jusqu'aux dents, et ne conservant de relations qu'avec Méïo, qui venait de temps à autre me visiter et me mettre au courant de tous les racontars de l'île, où l'on jase assez bien.

La morale religieuse de ce brave homme était si accommodante, qu'elle finissait par n'être plus la morale, et son dieu Oupa m'avait tout l'air d'être un personnage ne se rapportant qu'au prêtre, et nullement au peuple, dont il était à peine question dans nos entretiens dogmatiques; et puis enfin, l'ennui commençant bientôt à me gagner, les platoniques exultations de la Fleur-des-eaux me trouvèrent froid et silencieux; la pauvre enfant le comprit et devint triste à son tour. C'est alors que mille réflexions me traversèrent l'esprit, et quand j'eus bien philosophé avec moi-même, ma conclusion fut toujours celle-ci : attendons.

C'était bien la peine de réfléchir !

Quoi qu'il en soit, je n'attendis pas longtemps, car deux jours après, quelqu'un vint frapper trois petits coups à ma porte.

Ce détail insignifiant me fit si bien croire que j'étais dans mon pays, que je dis en français : Entrez.

— Me voici, répondit une voix forte et bien timbrée.

Au même instant, je vis apparaître un beau jeune homme d'une trentaine d'années, portant la tête haute, ce qui eût donné à sa physionomie quelque chose d'audacieux n'eût été son regard qui était calme et assuré. Son visage mâle et bronzé par le soleil des tropiques, était encadré d'une barbe noire et épaisse.

Sa démarche était grave et même un peu pesante. Il s'avança lentement juqu'à moi, car c'était lui ! c'était mon missionnaire si longtemps attendu, si ardemment désiré !

Dire ce que j'éprouvai à sa vue est quelque chose d'impossible.

C'est que, voyez-vous, cet homme auquel je n'eusse pas fait attention en France, me rapportait alors tous les souvenirs de la patrie, dont j'étais si loin, et cha-

6

cune de ses paroles vibrait à mon oreille comme les strophes brillantes d'un hymne national; lorsqu'il me parla de la frégate, le peu qu'il m'en dit me remplit de joie. Je me hasardai à lui demander quel était son pays.

— Blois, répondit-il; et en peu d'instants, il me mettait au courant de tout ce qui s'était passé non-seulement dans cette ville, mais dans tout le département de Loir-et-Cher, où je me trouve avoir beaucoup d'amis. Il savait tout, il connaissait tout et tous. C'est ainsi qu'il me promena depuis Romorantin jusqu'à Saint-Calais.

Mes amis se trouvaient être à peu près tous des gens de sa connaissance; chaque village avait son souvenir, pour lui comme pour moi; nous avions failli nous rencontrer souvent, nous passions tous les jours, et presque à la même heure, dans le même chemin, sans nous être jamais connus.

Je lui fis des confidences extraordinaires.

Au fur et à mesure que la conversation se prolongeait, notre intimité s'en accroissait d'autant, c'est au point qu'à la fin nous faisions des armes, en nous portant des bottes terribles avec l'index, et le gaillard était vif. La joie nous avait complètement grisés, et si bien grisés, que nous avions l'air de deux paysans attablés dans un cabaret de la Sologne.

C'est en faisant cette comparaison que je m'aperçus qu'il n'y avait rien sur la table.

— Vous dînez avec moi? lui dis-je aussitôt.

— Impossible, mon pauvre vieux, le roi m'attend.

— Je me fiche autant du roi que de toute sa séquelle; vous êtes ici, je vous garde, et vive la marine française! mille sabords!

Eh! la Goulouti? fis-je en élevant la voix.

A ce nom, la face de mon hôte se rembrunit sensiblement.

Hélas! la triste réalité nous apparaissait tout entière, séparés que nous étions de notre pays par toute l'épaisseur du globe, un mot seul avait suffi pour dissiper ce mirage où notre pensée s'égarait si délicieusement. Alors, adieu les douces joies du foyer, adieu la famille, adieu la patrie!

Et quand nous reverrons-nous?

Dieu seul le sait.

Il y eut une pause.

Je tournai la tête, la Fleur-des-eaux ne répondant pas à son nom océanien, je me souvins qu'elle s'était enfuie à l'aspect du missionnaire, en lui lançant un de ces regards pleins de menaces, auquel je ne comprenais rien d'abord; mais dont je ne tardai pas à me rendre compte, car mon hôte, semblant rejeter loin de lui quelque chose qui l'oppressait, se releva aussitôt et me dit fort posément :

— Pardon, avant de vous quitter, j'ai une communication à vous faire.

Je me lève à mon tour en lui disant :

— Parlez.

— Je ne suis pas venu ici, poursuivit-il, pour catéchiser des Européens; mes aspirations, quoique plus vastes dans leur but, sont infiniment plus modestes dans leur forme; cependant, permettez-moi de faire un moment exception à votre égard, puisqu'il s'agit, en ce qui vous concerne, d'une question de salut et peut-être même de sécurité.

— C'est donc une révélation bien grave? dis-je à mon tour.

— Ecoutez-moi, continua-t-il avec ce ton affirmatif que prend un homme parfaitement sûr de lui-même.

Je m'inclinai en signe d'acquiescement. Il continua :

— Vous avez ici une femme ?

— Oui.

— D'où vient-elle ?

— Je l'ignore ; cependant elle semble être venue de l'Inde.

— Qui est-elle ?

— Je ne le sais pas mieux. On la croirait d'origine espagnole.

— Elle est idolâtre, mon ami, elle est idôlâtre !

— Voulez-vous la baptiser ? demandai-je à mon tour.

— Nous ne baptisons pas *cela*, répondit-il hautainement.

— *Cela*, murmurai-je indigné.

En répétant ce mot, sur lequel j'appuyais avec intention, il me semble que je devais être du plus beau rouge.

Mais mon interlocuteur, qui s'en aperçut aisément, me dit alors en adoucissant la voix :

— Voyons, voyons, ne vous méprenez pas sur la portée de mes paroles ; car l'intention qui les dicte n'a rien que de pur et d'honnête. Au reste, ne suis-je pas votre ami et votre compatriote ?

— Un ami, répondis-je, craindrait de m'offenser ; ensuite, nous ne sommes pas en France, ici ; ce pays est libre.

— Enfin, je suis homme, vous êtes mon frère et mon égal, et il s'agit entre nous d'une question de dignité sur la terre et de salut dans le ciel.

Cette force d'insistance me détermina à lui laisser le

champ tout à fait libre. Il continua donc en ces termes :

— Ecoutez ceci d'abord, ensuite tirez-en telles conclusions qu'il vous plaira.

Il y a quelques années qu'un navire espagnol, venant de l'Inde, fut obligé de mouiller dans ces parages, pour une cause dont je ne me souviens plus. Il avait à bord et mortellement blessée, non pas un femme, mais une *Manta*, qui s'appelait, à ce que je crois.....

— La Lumière-de-l'abîme, fis-je en l'interrompant.

— C'est cela. Le surlendemain, le navire continuait sa route, laissant à terre cette *Manta*, plus un aventurier de Cadix, nommé Esteban Arojos, et la Fleur-des-eaux alors enfant.

— Ah! ceci est du nouveau. Continuez, dis-je au missionnaire.

Il reprit :

— Deux jours après, cette *Manta* mourait. C'est alors qu'un missionnaire, mon prédécesseur dans cette île, voulut non-seulement savoir quelle était cette femme, mais s'enquérir aussi des causes qui avaient déterminé sa mort, ce à quoi l'Espagnol refusait de répondre ; mais lorsqu'on prononça le nom du téama, il fallut pourtant bien y consentir, et c'est ici que la vérité, l'épouvantable vérité se fit jour aux yeux de mon vénérable collègue.

— Que voulez-vous dire? Vous me surprenez vraiment, interrompis-je de nouveau.

— Attendez.

Le lendemain, ce n'était pas un prêtre qui assistait à l'inhumation de cette *Manta*, mais quatre hommes mal famés du pays et indemnisés au moyen de quelques bouteilles de rhum, qui emportèrent nuitamment cette chose, ce... cadavre, bien ou mal attifé, et qu'un seul homme escortait en pleurant. Alors on enfouit cela dans un trou, et bientôt la terre recouvrit cette dépouille bizarre, qu'entoure un silence profond. Quant à Arojos, maudit par les catholiques, méprisé même par les adorateurs d'Oupa, il languit encore quelque temps et.....

— Je sais le reste, dis-je alors, pour couper court à ce récit.

Cependant, continuai-je, sa fille, dont j'ai fait ma femme, est douée d'avantages extérieurs et de qualités natives qui me sont bien agréables à apprécier. Et puis savez-vous comment elle chante? ajoutai-je un peu étourdiment.

Cette réflexion fit sourire mon interlocuteur.

— Méfiez-vous, reprit-il, de ces charmeuses, de ces enchanteresses, de ces *Manta*, en un mot; l'antiquité les a connues et les a chassées de la mer tyrrhénéenne, puis des bords de l'Atlantique; l'Inde les a vues plus tard, et aujourd'hui elles infestent les côtes du Japon. Ce n'est pas que je veuille dire par là qu'elles soient exclusivement parquées sur un seul point de notre globe; non, et je sais même qu'il y a bien des années, on rencontra, sur les côtes de la Baltique, un de leurs prêtres chapé et mitré comme le sont nos évêques d'aujourd'hui. Cette misérable usurpation de nos insignes sacerdotaux, scandalisant ceux qui en étaient témoins, fit que le prêtre disparut aussitôt que l'on tenta de s'en approcher.

— J'ignorais cette circonstance, dis-je à mon tour, bien que chaque religion suppose un culte, de même que tout culte doit supposer un prêtre. Cependant, il est certain détail relatif aux *Manta*, sur lequel je n'ai pu me former une opinion exacte : je veux parler d'une sorte de trimourti ou trinité hindoue, dont les fétiches sont tombés entre mes mains ; toutefois, je n'ai pas retrouvé dans ce trithéisme les images dont le prototype nous vient de l'Indoustan.

— Cela se conçoit, reprit-il, c'est que le brahmine professe une religion exclusivement nationale, tandis que la religion *manta* étant universelle, elle a pris ses dieux partout où ils se sont trouvés, sans prendre même la peine de leur chercher un nom.

Ainsi le premier se nomme Ioupi : c'est, je crois, le Jupiter des anciens Grecs ; il préside à toute la création, mais seulement à la création matérielle, qu'il protége et conserve.

Le second se nomme Ghémo, l'Ogmius des Gaulois ; c'est le dieu de la parole, de la poésie, de l'agriculture et de la navigation.

Le troisième et dernier est Bémi, le Brahma de la mythologie hindoue ; ses attributions sont les plus étendues : il est le souffle, l'âme et le mouvement de toute chose.

C'est lui qui donne la pensée aux êtres, envoie les songes, commande sur les eaux, dirige les nuages et assigne aux astres leur place respective. Tels sont les personnages qui forment le trithéisme *manta* ou la trimourti thalassienne (maritime).

— Mais, demandai-je, puisque toute croyance religieuse est fondée sur une tradition, quel est donc le mode d'enseignement sacerdotal professé par ces prêtres ?

— Leur tradition est orale, comme celle des Druides, répondit-il.

— Ainsi il n'existe point de formulaire de leurs prières?

— Aucun.

— Pas même un fragment?

— Attendez donc un peu, me dit le missionnaire, tout en ayant l'air de chercher dans sa mémoire, il me semble pourtant que si. Je crois avoir eu jadis en ma possession une de leurs prières, écrite depuis longtemps déjà; si je ne me trompe, j'ai dû la mettre dans mon bréviaire.

Voyons donc si cela y est resté.

En disant ces mots, il tira des plis de sa soutane un missel qu'il se mit à feuilleter vivement. Je n'ai jamais vu un livre aussi bourré d'images et de paperasses de toute espèce.

A chaque page il disait : ce n'est pas cela ; et il arriva ainsi jusqu'à la fin du volume, sans avoir trouvé rien de ce qu'il cherchait. Cependant, continua-t-il, il me reste encore une ressource : voyons donc derrière cette étoffe qui enveloppe la reliure ; effectivement elle s'y trouva.

Il me tendit alors un papier assez noir à l'extérieur, mais fort propre lorsque je l'eus déplié.

Voici ce qu'il contenait :

Prière des Manta, recueillie à Analashka, en 1861, par le père Frumence, de la compagnie de Jésus.

« Mes dieux,

« Conservateurs des prestiges du Vahra (?), vous qui couvrez d'un voile transparent les asiles de nos mystères sacrés, vous dont les yeux, fluides et brillants comme des étoiles, vont porter la lumière jusque dans les vertes profondeurs de l'Océan, veillez sur la *Manta*;

son cœur, abrité dans sa poitrine comme le léviathan sous la glace, son cœur, hélas ! est prêt à faiblir et à se séparer de vous.

« Ranimez de votre souffle sublime le feu qui s'éteint, la source qui tarit et votre fille qui tressaille, comme l'herbe desséchée par la brise des continents vastes et hauts.

« Vous qui maintenez l'algue brune à la surface des mers, puisse l'inhalation de vos paroles être, pour mon âme défaillante, un dictame précieux, afin que je vive pour chanter vos louanges, jusqu'à ce que je sois appelée à sommeiller dans votre paix et à toujours.

« Ioupi, Ghémo, Bémi,

« Dites : J'entends, j'entends, j'entends.

« Et gloire à vous.

— Jusque-là, cela va assez bien, dis-je au missionnaire.

— Heu ! pas trop mal, répondit-il ; mais continuez, et vous allez voir ce qui suit.

Je repris donc ma lecture et en voici la fin :

« Mes dieux !

« Si vous n'écoutez pas celle qui vous supplie, que l'éclair vif et bruyant vous brûle et vous écrase ! Que l'ouragan de la haute mer rugisse et vous menace ! Que l'abîme se bouleverse et brise vos têtes, en les entrechoquant l'une contre l'autre !

« Si vous restez sourds à mes paroles, je vous battrai, je vous souillerai et vous jetterai dans un feu dévorant, et j'irai le révéler à l'ennemi, afin que vous soyez maudits et exécrés par les fils des hommes.

« Vengeance !

« Dans tous les siècles que prépare l'avenir.

« Ioupi , Ghémo ,Bémi !

« Ecoutez, écoutez, écoutez; sinon, malheur à vous ! »

— Eh bien ! me dit le missionnaire, quand j'eus achevé de lire, que pensez-vous de cela?

Pour toute réponse, je lui demandai la permission de prendre copie du texte que j'avais entre les mains.

— Faites , si bon vous semble. Ce document, à ce que je crois, n'est pas sans intérêt pour un amateur de littérature , ajouta-t-il sur un ton qu'il voulait rendre indifférent, mais où je sentais percer quelque chose d'intentionnellement froid et âpre au toucher.

J'étais anéanti ! Cette seule prière, devenant pour moi une sorte de révélation, me fit l'effet d'un gouffre dont la puissance attractive absorbait, maîtrisait toutes mes pensées, qui se pressaient et tournoyaient dans ma tête avec une rapidité vertigineuse.

Il me semblait avoir soulevé le coin d'un voile cachant une vision horrible, formidable, inconnue, et entrevoir en ce moment tout un monde de réprouvés, grouillant à part et s'agitant, se tordant et grimaçant aux lueurs rougeâtres d'une conflagration éternelle, qui menaçait de m'envelopper !

Cette fois, c'était là un mystère ou je ne m'y connais pas.

Enfin, quand j'eus achevé la transcription de ces infâmes litanies , j'en remis l'original au missionnaire qui ajouta :

— Mon devoir est de vous avertir que, relativement à cette *Manta,* bien des déceptions vous attendent.

J'ai voulu vous donner une idée de ce qu'elles peuvent être au moral. Plus tard, — je parle du physique maintenant, — plus tard, lorsque votre compagne, ayant atteint la juste limite de sa croissance, commencera à se boucler.....

En ce moment on ouvrit brusquement la porte, et un aborigène vint annoncer à mon visiteur que le téama l'attendait.

Nous primes assez froidement congé l'un de l'autre, et je me revis bientôt seul avec mes pensées, cherchant vainement à pénétrer le sens des dernières paroles que j'avais entendues, sans pouvoir rien découvrir qui s'y rapportât.

J'aurais voulu aller trouver cet ecclésiastique chez le roi. C'était impossible : Répataïvo et moi étions brouillés ensemble.

Il ne me restait donc plus qu'à me mettre en route le lendemain, afin de rencontrer ce Français une dernière fois ; mais arrivé au sommet de la montagne, je vis un bâtiment prendre le large ; c'était celui à bord duquel il était venu qui le remportait. Ce saint homme, tout préoccupé des devoirs de son ministère, n'était venu me voir qu'en partant.

Au reste, la solitude dans laquelle je vivais n'avait pas permis que je pusse être averti de sa présence.

Ma misanthropie m'avait joué là un mauvais tour, mais il fallut bien en prendre mon parti.

C'est égal, ces demi-révélations m'avaient blessé au cœur, et, bien que je voulusse ménager la Fleur-des-eaux, mes vrais sentiments à son égard ne tardèrent pas à se faire jour : c'est-à-dire que je ne la regardais plus que comme un objet digne de la plus profonde aversion, et cherchais un motif plausible pour la renvoyer à la Madre-négra ; elle-même se doutait bien de quelque chose, puisqu'elle craignait les prêtres ca-

tholiques ; mais étant fort jeune, ses idées n'avaient pas
encore acquis leur fixité naturelle ; ensuite, sa candeur
et sa propension au bien l'empêchaient de croire au
mal ; cependant, pour entrer en matière, je me décidai
un jour à lui demander ses dieux.

Elle me les mit immédiatement entre les mains.

Décidément, ces images n'étaient pas dignes de la
moindre vénération : c'était une scupture sans caractère ; trois marionnettes exécutées maladroitement, rien
de plus.

Je demandai à la Fleur-des-eaux de me montrer
Bémi.

— Tiens, tu le connais donc? me dit-elle étonnée.

— J'en ai ouï parler, répondis-je.

Elle me montra en effet Bémi, et me dit le nom des
deux autres, sans y mettre la moindre hésitation.

Après que je lui eus rendu ses dieux, je me mis à
lui lire tout haut la prière des *Manta*, ce qui parut lui
faire plaisir, car elle ne se doutait pas que l'on put
rendre avec autant d'exactitude, et dans une langue
étrangère, des pensées religieuses qui n'ont pas la
moindre analogie avec les nôtres. Elle-même me récita
ses prières en sanscrit, mais sans y mettre aucune
expression : on eût dit un enfant récitant le catéchisme.

Cette ingénuité me désarma.

Après tout, je n'étais pas obligé de me mettre à la
remorque d'un prêtre. Si ces messieurs veulent civiliser un peuple, qu'ils commencent donc par les paysans des Romagnes, et alors je croirai à l'efficacité de
leur doctrine ; sinon, qu'ils nous laissent en paix,
nous et surtout ces pauvres sauvages, que l'on vient
occuper de choses auxquelles ils ne comprennent rien.

D'un autre côté, je me demandais quel pouvait être ce jeune homme, devenu prêtre tout d'un coup ; car il était certainement laïque lorsque je l'avais rencontré, sans le connaître. Puis je revins à la Fleur-des-eaux, dont la nature inoffensive éloignait de ma part toute idée de persécution, de quelque nature qu'elle fût, et je pensai même que mon devoir était, au contraire, de la protéger. Quant à ses sentiments religieux, ils étaient si peu vivaces, en apparence du moins, que je ne voulus pas m'en préoccuper davantage.

Cela fit que j'oubliai le missionnaire presque aussitôt qu'il fut parti. Mon fanatisme n'alla pas plus loin.

J'aurais pu devenir l'ennemi acharné de ma propre femme ; mais que voulez-vous ? on n'est pas parfait.

CHAPITRE XVII

Une après-dînée, comme j'entendais des voix fraîches, riant autour de mon habitation, j'envoyai la Fleur-des-eaux savoir qui ce pouvait bien être. Elle revint peu d'instants après ; amenant avec elle Nancy Wilson et une jeune fille du pays nommée Panohilà. Il paraît que ces dames n'osaient pas entrer, tant elles avaient peur de moi ; mais étant femmes et curieuses par-dessus tout, elles se décidèrent cependant.

Lorsqu'elles furent en ma présence, elles prirent un air sérieux et froid, ce qui est assez habituel aux races primitives, quoique les vrais voyageurs sachent parfaitement à quoi s'en tenir à cet égard.

Nancy Wilson, l'Américaine que je connaissais déjà,

avait été fiancée à un marin de l'Orégon, son pays; mais ce fiancé, la trouvant trop jeune pour en faire sa femme, l'avait transplantée là pour la faire mûrir probablement, car cela datait de dix-huit mois. L'idée était assez originale pour qu'elle méritât d'être mentionnée en passant.

Quant à Panohilà, une belle jeune fille de couleur, il me semblait l'avoir vue à la cascade figurer au premier rang, lorsque je fis choix d'une *popiné* (femme). On la disait parente du téama, à quel degré? c'est ce que j'ignorais alors; toujours est-il qu'elle était admirablement conformée, et l'on s'habituait aisément à son visage franc et ouvert, qui excluait toute idée de mélancolie.

La Fleur-des-eaux, qui tenait ses amies par la main, formait avec elles un groupe ravissant dans son contraste.

Ces jeunes personnes firent ainsi deux ou trois fois le tour de la chambre, sans échanger une seule parole et sans même s'apercevoir que j'étais là; ensuite, elles ouvrirent la porte et sortirent, puis elles rentrèrent bientôt, toujours calmes et presque solennelles. Cependant la conversation, commencée à voix basse, s'anima peu à peu; mais à un certain moment, la belle Panohilà s'arrêta court, puis, avec une jolie expression de malice, dit quelques mots à la Fleur-des-eaux qui, pour toute réponse, fit un signe de dénégation, baissa la tête et devint rouge comme une cerise.

Il paraît que ce qu'avait dit Panohilà n'était pas non plus du goût de Nancy Wilson, car elle s'en montra tout à fait scandalisée, ce à quoi Panohilà répondit par des éclats de rire.

Ce fut alors que je quittai ce charmant trio, pour revenir, un instant après, avec une bouteille de champagne dont je fis sauter le bouchon, au grand étonnement de ma jeune compagnie, qui en but sans trop se faire prier; ensuite on dansa, mais non plus à la manière de Méïo, et surtout beaucoup plus légèrement.

Cette danse, qui était mimée, représentait la chasse aux chèvres sauvages qui, entre parenthèses, sont assez communes dans le pays. Nancy Wilson était le chasseur et Panohilà la chevrette, tandis que la Fleur-des-eaux, figurant l'orchestre et le chœur, me mettait au courant de tout ce petit drame, dont les gracieuses péripéties se déroulaient sous mes yeux.

Au dernier tableau, Panohilà, blessée d'une flèche, vint expirer à mes pieds, tandis que Nancy Wilson prenait une attitude triomphale, et la représentation finit là.

Puis la chèvre, le chasseur et l'orchestre se réunissant, on parla de s'en aller; mais Panohilà, quoique chèvre et blessée mortellement, après avoir regardé la bouteille d'une façon assez significative, ne voulut pas partir sitôt, vu qu'elle demeurait près de chez moi, tandis que Nancy, au contraire, habitait un village bien plus éloigné.

Ensuite, Panohilà trouva que le bal ne durait pas assez longtemps; on l'avait tuée beaucoup trop tôt, selon elle.

Afin de tout concilier, on convint que la Fleur-des-eaux accompagnerait Nancy, et que Panohilà danserait au son de ma musique, dont Méïo lui avait touché quelques mots.

Cette combinaison fut acceptée séance tenante.

On prit donc une légère collation avant de se séparer, et bientôt je me vis seul avec Panohilà, dont le premier mouvement fut d'aller s'assurer si ses compagnes étaient bien réellement parties. Le second mouvement consista à demander de l'eau de feu, après quoi elle se mit à danser, mais d'une manière tellement abracadabrante, que l'orchestre n'y suffisait pas, tant il y avait d'agitation et de trémoussements dans cette chorégraphie océanienne.

Mais pour bien danser, il faut entendre parfaitement ce que l'on joue, afin de tomber en mesure. Pour ce faire, évitez avec le plus grand soin de vous éloigner des instruments, et tâchez, au besoin, d'en faire en quelque sorte le tour; seulement, si quelque téorbe vous gêne, eh bien!... eh bien, envoyez-le au diable.

Et c'est ce que fit Panohilà; mais elle s'arrêta de danser.

Lorsque la Fleur-des-eaux rentra, le soleil était près de se coucher. Il régnait bien un certain désordre dans notre habitation, et Panohilà semblait un peu confuse; toutefois, la Fleur-des-eaux était si chaste, qu'elle n'eut aucun soupçon de ce qui avait pu se passer. L'état dans lequel se trouvait Panohilà lui causa cependant quelque surprise; mais je lui montrai la bouteille à l'eau-de-vie, et ce fut la plus éloquente des justifications.

La nuit vint et Panohilà parla de rentrer. Comme la Fleur-des-eaux était un peu fatiguée de son excursion avec Nancy, je fus naturellement requis pour accompagner ma brune visiteuse, qui ne demandait pas mieux.

La lune brillait d'un éclat inconnu dans nos latitudes septentrionales, l'air était doux et le chemin parsemé d'arbres en fleurs.

Aussitôt que nous eûmes perdu l'habitation de vue, — ce fut Panohilà qui s'en aperçut la première, — nous arrivâmes au pied d'un de ces grands cèdres que les insulaires emploient à la construction de leurs canots. Abrités des rayons indiscrets de la lune et des moiteurs pernicieuses de la rosée par les vastes envergures d'un branchage richement feuillé, nous nous assîmes tous deux.

Ce fut là que Panohilà me fit connaître les beautés silencieuses d'une nuit des tropiques.

Quand je revins à l'habitation, la Fleur-des-eaux n'avait pas fermé les yeux. Il était une heure du matin.

— D'où viens-tu? me demanda-t-elle; la nuit est fort avancée et j'ai craint pour toi. Prends garde, les Canaques sont de fins chasseurs, et leurs yeux sont des lampes qui éclairent souvent la chute de leurs ennemis.

— Je n'ai pas d'ennemis, répondis-je; mais Panohilà étant indisposée, je ne devais pas l'abandonner ainsi.

— Je ne bois qu'à la mer, qu'elle fasse comme moi.

— Je n'admets pas l'eau de mer comme breuvage, répliquai-je.

— Panohilà danse bien, poursuivit-elle, en reportant la conversation sur un autre terrain.

— C'est un talent.

— Panohilà est belle.

— C'est un plaisir pour ceux qui la regardent.

— Panohilà est la nièce du roi.

— C'est un avantage pour celui qui voudra l'épouser.

— Et pourtant je n'aime pas Panohilà.

— Et pourquoi?

— Elle cherche trop à plaire.

7

— Elle est femme.

— Elle est trop libre avec les hommes.

— C'est une princesse.

— Et elle se montre trop aux yeux.

— Elle est belle.

— Et moi, me trouves-tu belle?

— Oui; mais après?

— J'ai sommeil, répondit-elle un peu dépitée.

Ma dernière question avait mis fin à ce dialogue. Aussitôt que je fus couché, je tombai dans cet état de somnolence qui ne vous ôte pas tout à fait la perception des choses extérieures; mais qui précède un sommeil profond; cela fit que je touchais la tête de la Fleur-des-eaux, tandis que j'entendais distinctement la voix caressante de Panohilà, qui semblait me parler encore, lorsque tout à coup je me sentis mordre vivement. N'ayant pas conscience de la situation, je saute sur mon revolver, un coup part, et j'entends un cri perçant. Je descends du lit sans rien voir ni rien rencontrer; j'allume ma lampe et cherche. Rien! A la fin, la Fleur-des-eaux, qui se tenait droite et silencieuse comme une cariatide, me dit :

— Ne cherche pas davantage, c'est moi qui t'ai mordu.

— Ah bah! répondis-je étonné, et pourquoi m'as-tu mordu?

— Pour me faire plaisir. Cela t'a-t-il fait bien mal?

— Certainement, toutes tes dents ont marqué, et ici je saigne.

— J'en suis fâchée, à présent; mais tout à l'heure, c'était bien agréable.

— Tu es donc méchante alors?

— Oh! non.

— Et pourquoi me mordre?

— Je n'en sais rien. En Europe, que fait-on aux popinés qui mordent leur mari?

— On les met à la porte.

— Il fait bien noir et bien froid, à la porte, et puis, j'ai peur.

— Tu devrais avoir plutôt peur de moi.

— Non, je n'ai pas peur de toi, parce que tu es bon et tu ne peux que me vouloir toute sorte de bien. Regarde, voici un bâton, si j'étais la femme d'un Canaque, il s'en saisirait et me ferait dormir du grand sommeil; — moi qui ai déjà le malheur d'être blanche, — eh bien, tu sais que ce bâton est gros et que je suis petite, et si tu m'en frappais, cela me ferait beaucoup de mal, et puis, mes membres et mon corps sont jeunes et demandent à se développer, et moi j'ai besoin de vivre. Ainsi, va-t'en, je ne te mordrai plus; mais quand je l'ai fait, j'en étais bien contente, va! Pourtant, je ne sais pas pourquoi, car je suis douce et fidèle comme la colombe bleue.

Ce langage me démontrait clairement que la Fleur-des-eaux était jalouse; mais sans connaître un mot qui pût exprimer ce qu'elle ressentait en ce moment et pour la première fois.

Quand elle eut fini de parler, au lieu de retourner à sa place ordinaire, elle monta sur son hamac et ne dit plus une parole.

Je me mis donc à réfléchir, en rentrant au lit, et commençai par me donner tous les torts du monde envers cette jeune fille si douce et si affectueuse, et puis, après tout, l'ayant choisie moi-même, elle était fondée

à me vouloir mal d'un instant d'abandon ; cependant,
quand on se marie, on prend une femme et non pas
un enfant en sevrage ; or, ma Goulouti n'étant pas
tout à fait une femme,— à ce qu'elle disait, du moins,
— j'étais visiblement lésé ; mon mariage en droit
n'existant pas en fait. Ensuite, bien que sa beauté fut
extraordinaire, le temps me durait d'être seul à l'admirer

J'aurais voulu que quelqu'un put être jaloux de mon
bonheur, tandis que je n'étais entouré que de sauvages
ignorants. Figurez-vous Raphael montrant ses ma-
dones à des cordonniers.

C'est pour ces différents motifs que je résolus de
rompre définitivement avec la Fleur-des-eaux ; mais
pour se défaire d'une femme, il faut au moins qu'elle
ait une famille ou un refuge quelconque ; or, celle-ci
n'avait ni l'une ni l'autre, et puis, on la croyait noire
et elle était blanche. En la rendant à sa couleur naturelle, j'avais incontestablement nui à son avenir, peut-
être même à sa considération. Un seul moyen pouvait
m'indemniser, dans cette occurence ; c'était d'épouser
Panohilà et faire une esclave de la Fleur-des-eaux ;
mais soumettre la race blanche à la race noire, c'eût
été trahir mon pays et moi-même. Bah ! dis-je à la fin,
la polygamie est permise ici, et je prendrai deux
femmes. Cependant, mes provisions diminuaient à vue
d'œil, et la richesse de Panohilà m'étant inconnue, je
pensais, avec quelque raison, qu'il m'était impossible
de mener la vie d'un sauvage, qui chasse pour nourrir
deux femmes à la fois, et je m'endormis sur cette idée.

Le lendemain, il était près de onze heures quand je
m'éveillai ; la Fleur-des-eaux n'étant pas là, je m'ha-
billai et attendis.

Elle revint au bout d'une heur , apportant ou plutôt traînant un énorme poisson.

— Tiens, me dit-elle en arrivant, si Panohìlà vient nous voir, il y a ici à manger pour nous trois. Pour nous trois ! ajouta-t-elle avec un soupir.

En effet, Panohìlà ne tarda point à entrer. Elle jeta sur la table deux perroquets, fruit de sa chasse, et après avoir déposé dans un coin son arc et ses flèches, vint me saluer à la mode du pays, qui consiste à frotter son nez contre celui de la personne que l'on aborde, en faisant entendre une forte aspiration, ce qui n'a rien de trop désobligeant, surtout quand c'est une jeune fille, puis elle alla fricotter avec la Fleur-des-eaux.

Notre festin fut somptueux ; Panohìlà mangea comme un ogre, je la suivis d'assez près sur ce terrain, vu que l'exercice de la veille avait développé chez nous un fort bel appétit ; mais la Fleur-des-eaux mangea peu, et à la fin du dîner, elle dit à Panohìlà :

— Prête-moi ton arc et tes flèches, puisque je te prête mon bien-aimé.

— Prends, répondit celle-ci.

Et la Fleur-des-eaux s'éloigna.

Quand Panohìlà se vit seule avec moi, elle se mit à chanter avec un entrain qui me donnait le vertige.

Pour faire court, cette journée se passa à peu près comme celle de la veille ; seulement, la Fleur-des-eaux alla se coucher en silence sur son hamac et ne me mordit plus.

Quoique cette manière de vivre me parut assez logique à première vue, c'est-à-dire la Fleur-des-eaux complétée par Panohìlà, ce n'était pourtant pas là le bonheur ; l'âme et le corps se trouvant divisés. Panohilà était une femme de quinze ans accomplis, belle et folâtre, et rien de plus, tandis que la Fleur-des-eaux, non-seulement était capable des sentiments les plus élevés ; mais toute sa personne respirait un parfum ineffable de poésie : tout Européen qui l'eût vue une seule fois, l'eût saluée avec respect et s'en serait souvenu toute sa vie. Il y avait donc ici un partage qui, à un moment donné, devait être fatal à l'une des deux Indiennes.

Chaque fois que Panohilà me quittait, c'était avec la promesse de revenir le lendemain, et je dois à la vérité de dire qu'elle n'y manqua jamais. Lorsque la Fleur-des-eaux la voyait arriver, elle saisissait l'arc et les flèches et partait ; mais un jour, il pleuvait si fort, qu'elle ne put pas sortir, et Panohilà, qui avait fini par se croire tout à fait chez elle, vint m'aborder avec ce sans façon dont j'ai donné une idée.

La tentative ne fut pas heureuse, cette fois, et son peu de retenue me jeta dans un embarras facile à concevoir, ce qu'elle semblait comprendre à peine, car elle me dit naïvement :

— Qu'as-tu donc aujourd'hui, ne me trouves-tu plus belle ?

— Si, tu es toujours belle ; mais tu n'es pas ma femme.

— Tiens, c'est vrai, je n'y pensais ma foi plus ; si cela me revient à l'idée ; je tâcherai de l'être ; mais quand on a une tête aussi légère que la mienne, on néglige bien de ces petites choses, ajouta-t-elle en se retirant à l'écart.

Et la Fleur-des-eaux était là ! Cependant, malgré sa timidité naturelle, celle-ci se décida à lui dire :

— Les chrétiens n'ont qu'une femme, et c'est moi que le chrétien a préférée à toute autre.

Ce à quoi Panohilà répondit en exécutant deux ou trois gambades, tandis qu'elle chantait une chanson alors à la mode dans le pays. Ensuite, elle s'assit à la manière des Orientaux, et se mit à jongler avec une poire à poudre, un couteau et un chandelier.

Son adresse était prodigieuse; on sentait là l'influence de l'Inde, bien que nous en fussions à une distance considérable.

Enfin, on se mit à table, et Panohilà partit sans vouloir être accompagnée, parce que les chemins étaient mauvais et peu propices aux rêveries sous les cèdres.

Après son départ, je m'aperçus qu'elle avait oublié sa ceinture.

CHAPITRE XVIII

C'est à cette époque que je travaillais le plus au paysage; car chaque matin je partais au soleil levant, pour revenir avec une esquisse nouvelle.

On trouve, dans le centre de l'île, une plaine désolée, et, ce qui ajoute à son caractère mélancolique, est une sorte de monument formé de pierres énormes, figurant de loin comme une sentinelle qui semble veiller sur toute cette désolation. Cependant, cette plaine a un nom fort gai, on l'appelle « la salle des crevailles, » et chaque année, les habitants de l'île y vont en pèlerinage, car c'est ici que se trouve le tombeau de Vouméa-le-Grand, qui n'était pas un homme ordinaire,

Troisième fils du roi Po-ho, il tua d'abord ses deux frères aînés, puis il pendit son père et noya sa mère, en sorte qu'il devint, de cette façon, paisible possesseur du trône.

Jusque-là, il n'y avait rien à dire, puisque cela se voit dans l'histoire de tous les pays civilisés ; mais certains hommes, de ceux que l'on appelle les mécontents, refusèrent de payer le tribut à ce nouveau roi, et voilà pourquoi on fit agir la noblesse ; mais la noblesse étant menacée d'y perdre ses esclaves, elle se retira à temps. Alors on envoya des prêtres, qui ne furent guère mieux écoutés, ce qui est toujours un mauvais signe, car à la fin, Vouméa impatienté, fit cerner l'endroit où se tenaient ces rebelles, et il furent faits prisonniers ; ensuite, on les mangea sur place ; comme ils étaient nombreux, cela dura longtemps, et jamais le peuple ne fut aussi heureux qu'à cette époque-là.

Malheureusement il survint de grands revers, car c'est en mangeant un de ses derniers prisonniers, que Vouméa, atteint d'une indigestion, dut dire adieu aux bonnes choses de ce monde pour aller voir ses dieux.

Il pardonna à ses cruels ennemis, — il en restait trois sur six cents, — et ordonna qu'après sa mort, la salle des festins fut brûlée, ainsi que le village et ses dépendances. On exécuta toutes ses volontés ; mais ses ministres, pour des raisons d'Etat, mangèrent les trois prisonniers restants.

Qu'en dut penser la grande âme de Vouméa ?

C'était un prince plein d'honneur : beau, bien fait, généreux, d'une intelligence rare et d'une bravoure qui n'avait d'égale que sa prudence. Le peuple l'a longtemps pleuré et le regrette toujours, car il joignait aux meilleures intentions, les plus vastes projets que l'esprit humain puisse concevoir,

C'est ce qui lui a valu le surnom de Grand.

Il détestait les flatteurs.

Tel fut le père de Répataïvo qui était, comme je l'ai dit, fils du roi Po-ho et petit-fils du soleil, au-delà duquel il n'y a plus rien.

Voilà l'histoire complète de l'île d'Oualan, racontée par la princesse Panohilà, jeune fille accomplie, quoique l'on prétende qu'elle soit un peu légère.

Cependant, s'il est une justice à rendre à Panohilà, c'est qu'elle n'usa jamais de subterfuges d'aucune sorte. Ainsi, dans l'île d'Onalan, lorsqu'une femme veut aller à un rendez-vous, elle prend des habits de deuil et se fait précéder d'un esclave qui, avec une espèce de cliquettes qu'il frappe de temps en temps, fait fuir les naturels, car la rencontre d'une veuve est considérée comme un mauvais présage.

Ce deuil, que l'on appelle *Céva*, consiste à se placer sur la tête des plumes disposées d'une certaine façon, et à porter un voile qui cache le visage, tandis qu'un long manteau enveloppe le reste du corps. C'est donc, comme on le voit, un moyen d'abriter des amours illicites sous des dehors respectables, et même de véritables veuves s'en servent quelquefois pour le même objet; mais c'est l'exception.

Le lendemain, Panohilà ne vint pas et continua à ne pas revenir.

Comme la Fleur-des-eaux se tenait constamment à l'écart, le temps commença à me durer, et un jour je me disposais à sortir, quand je vis entrer Méïo, qui m'apprit que le roi me demandait et s'estimerait heureux de vivre en bonne intelligence avec moi.

— J'irai le voir demain, lui répondis-je.

Ce peu de mots sembla causer une grande satisfaction au vieux *taoua* (prêtre, médecin, sorcier).

Notre conversation fut courte, parce qu'il y avait, non loin de là, un naturel chargé de porter ma réponse à Répataïvo. Je le fis entrer et le chargeai de m'envoyer un guide, au soleil levant, après quoi nous nous séparâmes, Méïo et moi, et je pris mes dispositions pour partir.

La Fleur-des-eaux m'avertit que le village où je devais me rendre, étant fort éloigné, elle ne m'y accompagnerait pas; mais que j'aie à me tenir sur mes gardes, parce que le roi était un homme tellement supérieur aux autres, et surtout aux Européens, que j'use, à son égard, de la plus grande circonspection; car, ajouta-t-elle, vous autres, vous avez beaucoup de savoir et d'industrie; vos armes sont sûres et brillantes, vos pirogues sont de gros oiseaux qui vous portent à des distances dont j'ai une faible idée, quoique je vienne de loin; mais vous êtes aussi faciles à surprendre que la tortue endormie à la surface des mers, et toi, tu es peut-être l'homme le moins astucieux que j'aie jamais vu. Tu dois passer, dans ton île, pour un enfant que l'on mène où l'on veut.

— Il est vrai que tu m'as trompé, répondis-je.

— Plus que tu ne le supposes; mais qu'importe, si c'est pour ton bien.

En général, si un homme veut passer pour imbécile, il n'a qu'à se marier, et plus il aimera sa femme, plus elle le trouvera « bête, » c'est le mot consacré, et plus il la protégera, plus elle croira le protéger.

Il n'y a à ce mal que deux remèdes : le premier nous vient des Orientaux, c'est un bâton ; le second, c'est le veuvage. En effet, lorsqu'une femme se trouve seule et aux prises avec toutes les difficultés de la vie, elle commence à s'apercevoir qu'un homme, si simple qu'il soit, a bien encore son petit mérite, et cela la met à la raison ; mais nous ne sommes plus là pour le voir. Or, comme les deux remèdes ne nous sont pas avantageux, et que les femmes sont incorrigibles, nous n'avons donc qu'à en prendre notre parti, si nous ne voulons pas rester garçons.

La journée se passa entre nous tellement triste et froide, que l'on eût dit un mariage datant de dix années et plus.

Nous nous couchâmes chacun de notre côté, et selon notre habitude, le lendemain, à cinq heures ; j'étais debout.

Je sortis pour savoir si je découvrirais mon guide, ce qui me fut bien aisé, car il avait passé la nuit couché en travers de ma porte.

Je le fis entrer, et après avoir pris quelque réconfortant, je passai mon fusil en bandoulière, mis dans ma ceinture différents objets destinés au téama : puis, déposant un baiser sur le front de la Fleur-des-eaux, je passai la porte, accompagné de mon guide.

Il était cinq heures et demie, et nous avions environ trois lieues à faire. Nous arrivâmes donc d'assez bonne heure au lieu du rendez-vous.

CHAPITRE XIX

Lorsque je fus à l'entrée du village, le roi vint à moi et me conduisit dans sa résidence, un grand hangar bâti en torchis.

Pour cette réception officielle, ce personnage avait déployé un faste justement digne de faire écarquiller les yeux à toute l'assistance, qui n'avait jamais rien vu d'aussi beau.

Son diadème, surmonté de trois plumes magnifiques, était composé d'une plaque de fer-blanc sur laquelle on lisait : *Girard, fabricant de conserves de petits pois, en face de la maison de Tristan Lhermite. Tours. Indre-et-Loire.* Deux perles énormes pendaient à ses boucles d'oreilles. Sa poitrine, couverte d'un manteau de plumes artistement travaillé, était croisée par la buffleterie d'une giberne datant de la Restauration. A partir du sternum, c'est-à-dire au-dessous du manteau, le corps était nu jusqu'à la ceinture, où se trouvait attaché un jupon assez court et laissant les genoux à découvert. A son côté gauche était appendu, en guise d'épée, un parapluie chinois, et à droite, un joli éventail de plumes. Enfin, le costume se complétait par une paire de bottes ayant appartenu à un cavalier autrichien.

Je fus introduit auprès de la reine, une femme énorme, pouvant avoir cinquante ans environ. Elle était assise sur une natte; son costume se composait d'un foulard des Indes lui enveloppant la tête, ensuite, venait un grand manteau bariolé de plumes de toutes

couleurs ; son cou était orné de perles fines, attachées
ensemble, et ses bras, chargés de bracelets. Sa jupe
était soutenue par une ceinture de soie rouge, fabriquée
en Europe, et c'était tout.

Quant à sa physionomie, elle n'exprimait que le
sommeil, et n'avait de vivant que ses petits yeux, qui
me suivaient d'un air stupide et ennuyé.

J'oubliais de dire qu'elle était tatouée, et qu'à partir
des seins, son corps se trouvait peint en bleu jusqu'à
la ceinture. Son nom était Trône-des-plaisirs. Je me
prosternai jusqu'à terre, et lui fis présent d'une paire
de ciseaux et d'une boîte de dragées, après quoi, je me
mis à genoux et la saluai à la mode du pays.

Une seconde reine, ne différant de celle-ci que par
l'âge, — elle n'avait guère que trente ans, — paraissait
assez jolie, quoique moins parée que la première.
J'accomplis envers elle le même cérémonial, et lorsque
j'eus fini.

— Voici mes deux femmes, me dit Répataïvo. C'est
mon fidèle Tépéhé qui les mises au courant du ménage, ajouta-t-il en jetant sur son intendant un regard
paterne.

— Je comprends, répondis-je, il leur a appris à cou-
dre, à cuisiner.....

— Vous ne comprenez pas, interrompit le roi.
Lorsque nous nous marions, comme un sentiment de
dignité vraiment royale s'oppose à ce que nous coha-
bitions avec une femme neuve, nos intendants sont
dans la stricte obligation de les mettre en état de nous
être présentées décemment, et tel qu'il convient à un
monarque qui se respecte. C'est pourquoi Tépéhé les
garde huit ou dix jours avec lui, après quoi, il me les
amène.

Je me mis à considérer Tépéhé ; le drôle s'inclina avec un air modeste qui semblait dire : hélas! que voulez-vous? ce sont mes fonctions qui m'y obligent.

— Pauvre Tépéhé! dis-je alors.

— Tenez, monsieur, hurla tendrement le roi, cet homme, qui vous paraît déjà si sympathique, m'est tellement dévoué, qu'un jour, et pour m'être agréable, il a souffleté son père et craché au visage de ses meilleurs amis. Avez-vous des ministres comme cela, en Europe? ajouta-t-il triomphalement.

Cette question m'embarrassa, et, ne trouvant rien à répondre, je me tournai du côté des reines, en faisant remarquer à Répataïvo une troisième personne voilée, à laquelle je n'avais rien offert.

Elle était assise à l'européenne, sur une caisse de sapin où l'on lisait : *Savon de Marseille.*

— C'est juste, poursuivit le roi, allez donc vous placer en face d'elle, et comme elle me touche de près, observez à son égard le même cérémonial qu'avec les deux autres : inclinez-vous fortement.

Lorsque je m'inclinai devant cette femme inconnue, elle détourna légèrement la tête et, par un mouvement de distraction, sans doute, ramena son pied droit sur son genou gauche.

Tiens! me dis-je tout à coup en levant les yeux, mais voilà quelqu'un de ma connaissance.

Mes trois salamalecs terminés, je me remis debout, la femme voilée m'imita, puis, relevant le voile léger qui lui cachait le visage, se présenta à moi les yeux baissés, et je reconnus Panohilà, car c'était elle.

Je me mis en devoir de la saluer à la mode du pays, et pendant ce salut, nous eûmes le temps d'échanger les paroles suivantes, à voix basse, s'entend.

— Je t'ai fait signe que ma ceinture me manque, dit-elle.

— Elle est dans ma poche.

— Donne-la-moi.

Alors je lui offris un petit miroir en lui disant :

— Prends garde, c'est en dessous.

Elle prit les deux objets à la fois et partit les yeux baissés, pour revenir un moment après.

Chacun tomba d'accord à louer son extrême modestie, que n'excluait pas un certain air de haute dignité.

Elle allait remettre sa ceinture.

Bientôt on apporta des noix de coco, des bananes, des ignames et divers autres fruits, auxquels on ajouta du cochon, de la chèvre sauvage, du singe, de la volaille, du gibier et du poisson, puis on se mit à table incontinent.

Le roi découpait avec un de ces vieux sabres que nous avons appelés coupe-choux, et offrait ensuite à ses convives chaque morceau piqué au bout de cet ustensile culinaire.

Pendant le repas, il me demanda ce que l'on pensait de l'île d'Oualan, en Europe. Je répondis aussi platement que je le pus.

— Ah ! poursuivit-il, si l'empereur des Flazets voulait contracter avec moi un traité d'alliance offensive et défensive, je suis sûr qu'à nous deux, nous ferions trembler l'univers, et notamment les trois ou quatre îlots qui m'avoisinent ; il y a là des polissons qui me prennent mes femmes.

Je lui demandai alors de quel empereur il entendait parler.

— Parbleu ! du vôtre, de Napaliau, répondit-il.

Ce que c'est pourtant que la distance : en Europe, et parmi les nations qui nous entourent, c'est à qui estropiera le mieux notre nom. Nous sommes bien encore des Fallançais en Chine, et c'est un peu reconnaissable ; mais dans l'île d'Oualan, nous, les fils des vainqueurs de l'Europe, nous ne sommes plus que des Flazets ; j'en étais humilié.

Le roi ajouta ;

— L'empereur des Flazets est-il brave ?

— Brave comme son épée.

— L'empereur des Flazets est-il prudent?

— Il a autant de prudence qu'un éperlan.

— Diable !..... et profond?

— Profond comme le ciel. Tenez, il a écrit dernièrement un ouvrage qui est tellement au-dessus de l'intelligence humaine, que personne ne peut encore le déchiffrer. Cela s'appelle la prose de l'avenir ; on prétend que les générations futures liront cela à livre ouvert, ce qui nous console un peu de cette espèce de profondeur.

— *Eri-t-Era* (roi de lumière) ! s'écria Répataïvo, cet empereur des Flazets est décidément un remarquable sorcier. Trouvez-vous que j'aie un peu de ses airs ?

— Oui, dans le front, siége du conseil, répondis-je.

En ce moment, je me pris à éternuer.

— *Evaroua-t-Oupa* (que le bon Oupa te réveille) ! dit le roi.

— C'est à peu près comme chez nous, fis-je observer à Répataïvo.

— Il se peut, dit-il, qu'il y ait une certaine analogie entre l'esprit des deux peuples ; cependant, nous différons d'opinion sur quelques détails.

— Et lesquels?

— Par exemple, vous trouvez que le front est le siège du conseil, n'est-ce pas?

— Oui.

— Eh bien! moi, je pense que c'est l'estomac.

Cette idée, sans valoir la mienne, n'était pas dépourvue d'un certain sens pratique.

Le repas tirait à sa fin, et si j'eusse été moins distrait par Répataïvo, j'aurais pu remarquer que Pano-hila, quoique me faisant vis-à-vis, n'avait pas eu l'air de m'apercevoir, c'était pourtant l'exacte vérité.

Allons, me disais-je, la Fleur-des-eaux se sera trompée. Au reste, les Européens ont assez d'expérience pour déjouer toutes les ruses d'un pauvre sauvage, fut-il même aidé de tous ses satellites.

Le roi se levant, l'assemblée l'imita. On jeta ensuite par les fenêtres quelques os, sur lesquels le peuple s'élança avec une voracité frénétique, et les plats restés entiers furent enlevés en un clin d'œil.

Au même instant, comme j'entendais un bruit cadencé, partant d'un certain coin, je voulus savoir ce que c'était. Plusieurs Canaques, tenant des coquilles à la main, s'en servaient en guise de castagnettes; j'en demandai la signification à Méïo.

— C'est, me répondit-il, le bal de la cour qui commence.

Effectivement, le roi s'avança et se mit à danser seul. Chacun en fit autant, sans s'occuper de son voisin, ni surtout de sa voisine, ce qui m'étonnait.

— A la cour, me dit Méïo, chacun danse pour soi-même, le reste ne nous regarde pas.

Comme c'était franc et logique, je revins aussitôt de

8

mon ébahissement. Quelques minutes plus tard, je me sentis heurté par quelqu'un qui me dit en anglais :

— *We will set out together.*

C'était Panohilà, qui se perdait bientôt dans la foule, après m'avoir averti que nous devions partir ensemble.

Le roi vint alors à moi en me disant :

— Si cela ne vous déplaisait pas trop, je vous ferais entendre un discours à mon peuple, en vous rendant témoin d'une petite cérémonie que j'ai instituée, après quoi, vous êtes libre ; mais je crains que cela n'ait que fort peu d'intérêt pour un Européen ; en tout cas, j'ai craint qu'il fut malséant de ne pas vous en avertir. Vous savez, ajouta-t-il, ne vous gênez en rien ; si vous préférez partir maintenant, usez-en à votre aise.

Toutefois, je dois vous dire que ce ne sera pas long ; et puis, ce peut être pour vous un souvenir de voyage.

La manière obligeante dont cette offre était faite, le plaisir d'assister à une cérémonie publique et d'entendre ce morceau d'éloquence fauve, étaient des choses si dignes de fixer l'attention d'un Européen, qu'elles ne devaient pas m'être tout à fait indifférentes, comme on ne tardera pas à s'en apercevoir. C'est pourquoi j'acceptai.

Cependant, je dois avouer qu'un discours de la couronne m'a toujours produit l'effet des fantastiques élucubrations d'un huissier amoureux, chantant des vers à sa belle, juste un quart-d'heure avant de lui emporter sa paillasse. Tel est mon tempérament.

Enfin, le roi, suivi de toute sa cour, alla se placer sur un tertre assez élevé, où croissait un grand saule pleureur, appelé dans ce pays « l'arbre royal. » Pour montrer ensuite à la foule qu'il allait dire des choses

savoureuses, il ouvrit son parapluie, insigne de sa
haute dignité, et après m'avoir fait placer à sa droite
et Panohilà à sa gauche, il prononça les paroles suivantes, au milieu d'un silence profond :

« Guerriers d'Oualan,

« Par la lune qui passe, le monde entier a les yeux
arrêtés sur vous. (Assentiment général.)

Le roi continuant :

« Mon frère blanc, le formidable empereur des Flazets, vient de m'envoyer un de ses plus alertes enfants,
qui n'est pas son fils; en tout cas, le voici. (Témoi-
gnages nombreux de curiosité.)

Le roi poursuivant :

« Or, ce jeune Flazet, attiré par la beauté du pays
et le visage tranquille de ses habitants, a voulu sommeiller dans notre ile. Jusque-là, rien de plus naturel.
Mais un jour, oubliant les lois sévères qui forment le fond
de nos arrangements, il a osé regarder plus haut que le
talon jusqu'à la princesse Panohilà, ma nièce. (Oh! oh!)

« Cette jeune fille, quoique sans astuce; mais sou-
verainement effarouchée, le repoussa avec mépris.
(Bravo! bravo!)

« Toutefois, ce ne fut pas sans lui montrer de ces
signes bienveillants, qui n'ont rien d'incompatible
avec les devoirs de l'hospitalité. (Ah! ah!)

« Aussitôt ce téméraire, trompé sur le véritable sens
de ces bontés, voulut aller plus loin (grognements);
mais Panohilà, fière comme la tigresse de Surinam,
et chaste comme l'éléphant de Malacca, sut éviter
toutes sortes d'embûches. (Mouvements divers.)

« C'est alors que cet amant, réduit au désespoir, se
traîna jusqu'à ses pieds et lui annonça, en grinçant les

dents, qu'il allait mourir. Ah ! il était bien malheureux !
Pleurez ! (En ce moment, l'assemblée entière pousse
des cris lamentables.)

Le roi, changeant de ton :

« Mais la douce Panohilà, auteur involontaire de
tant de souffrances, et battue tant de fois par cet amour
invétéré, daigna à la fin jeter sur son esclave un de ces
regards de famille, qui l'illumina comme un rayon du
soleil, mon ancêtre. (Tiens ! tiens !)

« Et depuis lors, ce mécréant, naguère si désolé, vit
la joie entrer dans son cœur. Riez ! (Rire général. —
Un certain tumulte se produit auprès de moi : c'est
Panohilà qui, à force de rire, vient de tomber à la renverse. — Rires universels et prolongés.)

Le roi, d'une voix assurée :

« Or, prenant en considération la sincérité de cette
affection mutuelle, et à l'humble requête des parties
contractantes, moi, Répataïvo, roi de l'île d'Oualan,
en vertu des prérogatives qui me sont envoyées par le
soleil, mon digne aïeul, acceptées par la nation, et dont
je dispose par droit de naissance, je déclare, en ce
jour, donner ma nièce Panohilà, légitime héritière du
trône, au Flazet que voici.

« Dans trois semaines le mariage sera célébré.

« Que mes volontés soient des ordres ! »

(Cris nombreux de : vive le roi ! vive Panohilà ! vive
le Flazet ! — L'effronterie de ce monarque m'ahurit
complètement. Je voudrais bien n'être pas venu.)

Le roi, d'une voix plus radoucie :

« Sans doute, on sera obligé de grossir encore le tribut
qu'on m'apporte chaque année ; mais voyez ! quelles
améliorations se sont réalisées dans ces derniers temps :

jamais on n'a aussi bien pêché à la ligne, ni autant récolté de fruits, car ces arbres que vous voyez, ont tous grossi à la fois sous mon règne. (Assentiment général.)

« Or, si les arbres grossissent, les impôts, chose bien plus importante et plus nécessaire à votre bonheur, et un peu au mien, ne doivent pas suivre une période décroissante.

Une voix :

— Oui, mais quand l'arbre cesse de grossir, il est bien près de tomber. (Mouvement général de réprobation. On demande l'auteur.)

Le roi :

« Si les arbres tombent, les impôts ne tombent jamais. (Tonnerre d'applaudissements.)

« Maintenant, voulant donner au peuple des marques de ma haute munificence, il va y avoir promenade à la giberne; je crée aujourd'hui deux grands dignitaires de la couronne, dont voici les insignes que vous connaissez bien.

« Formez le cercle, la cérémonie va commencer. » (Cris enthousiastes et mille fois répétés de : vive le roi!)

CHAPITRE XX

Ce fut ainsi que se termina le discours de la couronne.

Le roi, en effet, tirant de ses bottes deux grains de verre bleu, attachés à un bout de ficelle, les introduisit dans son auguste giberne, ensuite il descendit dans le cercle qui venait de se former rapidement, au milieu de grandes démonstrations de joie, puis, se croisant

les bras d'une manière toute napoléonienne, il se mit
à marcher un bon pas, avec le sang-froid imperturbable d'un homme qui a conscience de sa mission.

Le beau de l'affaire consistait à enlever de cette giberne, toujours en mouvement, un seul des insignes
en question, et cela sans toucher au roi, qui faisait le
tour de cette vaste circonférence, à peu près comme
un cheval de cirque. Tépéhé suivait, tenant un bâton
à la main, afin d'assommer, le plus honnêtement possible, quiconque transgresserait les paragraphes ré-
glementaires de la cérémonie.

Il se présenta un amateur, puis deux, puis quinze.
On se montait sur les épaules, on se sautait par-dessus
la tête. Les plus fins passaient entre les jambes des
plus près. Tout cela marchant, sautant, grouillant.
Il y avait des culbutes épouvantables, des horions à
faire trembler un éléphant; en cas de complications,
la matraque officielle de Tépéhé faisait son jeu, et tout
rentrait dans l'ordre, au milieu des éclats de rire les
plus bruyants et les plus nourris que l'on puisse imaginer.

A la fin, un des insignes fut enlevé, et le roi ayant
besoin de prendre quelques minutes de répit, je pro-
fitai de cet intermède, pour demander à Méïo s'il n'y
avait pas danger pour l'Etat à ce que les places fussent
ainsi données au hasard.

— Mon dieu, me répondit-il, en fait de charges publiques, un homme est ce qu'on le fait, et si, en France,
on vous nommait garde-champêtre ou préfet, vous
seriez préfet ou garde-champêtre, selon l'uniforme et
les appointements afférents à votre emploi.

Qui oserait en douter?

— Personne assurément. Mais, objectai-je, il faut encore des capacités pour administrer.

— Au contraire, quand on est en place, il ne faut que des capacités digestives et pas d'autres; et si l'on me créait grand référendaire à la Cour des comptes ou surintendant des Beaux-arts, j'aimerais autant, en mon âme et conscience, être nommé épousseteur général des paratonnerres de l'Etat, c'est-à-dire rien du tout, très-persuadé que je suis qu'il est immoral d'entretenir, à grands frais, des hommes qui s'accagnardissent dans une fastueuse stérilité. Et même au palais des Tuileries, ajouta-t-il, pensez-vous que l'on y soit très-capable?

— Il est vrai, dis-je à mon tour, que j'aimerais mieux y être nommé garçon d'écurie que professeur de syntaxe. Il y a là des chevaux qui courent si bien !

Mais puisque vous parlez d'immoralité, quelle confiance pouvez-vous avoir en cet homme qui vient d'être nommé d'une façon semblable, pas plus que dans celui qui va suivre? Et si leur conduite n'est pas conforme à leur haute position, cela peut donner lieu à un scandale public, dont la responsabilité remontera jusqu'au trône, c'est-à-dire au plus haut degré de l'échelle sociale, et où doivent tendre tous nos respects.

— Ceci est une plaisanterie, répondit Méïo; tenez, je veux aller à la cour de France, en tenant mes deux hommes par la main, j'y prendrai deux courtisans dans le tas, les premiers venus, et s'ils ont le courage de faire devant moi une confession générale et à haute voix, je parie qu'ils sont plus gredins que ces deux gredins dont on va proclamer la nomination tout-à-l'heure. Même, sans bien connaître les hauts personnages de notre époque, j'ose penser que certains d'entre eux ne figureraient pas trop désavantageusement à la potence, si j'en crois la rumeur publique.

Quant à ce respect que l'on porte au trône, il doit être proportionné aux vertus de celui qui l'occupe, et voilà tout.

Jugez-en vous-même :

Ainsi, Napoléon premier assassine le duc d'Enghein, un Bourbon de Naples assassine Murat, tandis qu'un Bourbon de France assassine des maréchaux d'empire, etc., etc., etc., d'où j'infère que si ces messieurs, qui assassinent si bien, veulent qu'on les aime, qu'on les chérisse et même qu'on les adore, ils devraient donc commencer par s'aimer, se chérir et s'adorer entre eux, puisqu'ils se valent. Et jugez, d'après cet échantillon, de ce que peut valoir leur entourage.

— Quoique vos arguments me paraissent un peu pointilleux et mesquins, dis-je à Méïo, vous semblez néanmoins ne pas manquer d'un certain savoir.

— N'en croyez rien, répondit le bonhomme, car à part ma langue maternelle, je ne parle guère que le français, l'anglais, l'espagnol, le russe, le chinois, l'indien et le malais.

— Ah! bah?

— Certainement; cela tient à ce que j'ai un peu voyagé.

— Ah! si vous veniez en France !...

— Maintenant que nous nous connaissons, je puis vous dire que j'y suis allé en France, et en qualité de Charrua. Comme nous étions censés venir de je ne sais plus quel pays lointain, c'était la langue espagnole que nous avions choisie, mes amis et moi, afin de pouvoir communiquer plus facilement avec les naturels appartenant aux nations latines. Je me souviens même qu'un jour, à Paris, nous voyant entourés d'une horde de savants, faisant irruption d'une académie quelconque, je me hasardai à demander à haute voix, et en fort bon espagnol, ce que me voulaient ces gaillards-là; je crois que la question s'adressait à un monsieur Virey, voilà-t-il pas qu'il n'y comprit rien, ni ses complices non plus?

Nous en rîmes assez, mon compère Léon Gozlan et moi.

Mais par la suite des temps, comme le Charrua ne donnait plus, je me vis obligé pour vivre, et pendant six ans, d'être tour à tour garçon de café, décrotteur, professeur de gymnastique dans un pensionnat de demoiselles, puis saltimbanque. Ce fut un représentant de la maison Aubel, de Bordeaux, où j'exerçais la profession de portefaix, qui me présenta à son patron; lequel, touché de ma profonde misère, me fit rapatrier. A part un rhumatisme, voilà tout ce que j'ai gagné en France, pays de lumières.

La cérémonie, qui recommençait en ce moment, mit fin à notre conversation.

Pendant que je n'avais rien à faire, je voulus me procurer la satisfaction de voir Panohilà de près, et, afin de bien l'examiner en détail, j'en fis le tour.

Elle était superbe, à première vue.

J'ai déjà dit que son trône se composait d'une caisse à savon; assise ainsi, dans son calme majestueux, elle figurait assez bien une de ces dames en pierre qui ornent la place de la Concorde; seulement il y avait dans son costume quelques détails qui en modifiaient l'aspect, car, à part les perles dont elle se trouvait chargée, je fus frappé de l'éclat de son diadême, orné de trois disques brillants. Sur celui du milieu, le plus important par sa grosseur, on lisait : *Cirage de Jacquand. petite-rue Longue, Lyon.*

C'était le couvercle d'une boite de cirage à vingt centimes, les deux autres couvercles, sortant de la même maison, avaient renfermé le même article, à prix réduit en raison de sa quantité.

Au-dessus de ce diadême, et en guise de calotte, on distinguait un entonnoir tout neuf, dont le goulot était surmonté d'une touffe de plumes jaunes, tandis que l'orifice, posé sur la tête, s'y trouvait assujetti par une jolie ficelle rouge, passant sous le menton. Le front était orné d'une sorte de féronnière d'acier fort brillant, représentée par l'entrée d'une petite serrure.

Au centre d'un riche collier de perles, on voyait appendue, en guise de pierrerie, une petite bouteille noire avec cette étiquette : *Encre de la petite vertu.* Quant aux pieds, ils étaient chaussés de souliers pointus, tirés de l'Hindoustan.

De plus, Panohilà tenait de la main droite une lance très-flexible, et ne pouvant guère être bonne qu'à faire des cure-dents ; mais c'était gracieux, tandis que la main gauche reposait sur un bouclier magnifique, sorte de rondache en bois de fer, dont le centre, occupé par un large disque de cuivre percé à jour, et orné de dessins exécutés avec une régularité parfaite, surprenait au premier abord ; mais en l'examinant de près, je reconnus avec une douce émotion, le couvercle d'une bassinoire dont on avait enlevé la charnière.

Que l'on ajoute à ces ornements, empruntés à l'ancien monde, un fouillis de plumes, de perles, de coquilles, de fruits et de fleurs, et l'on comprendra combien cette jeune princesse sauvage resplendissait, sous les rayons embrâsés d'un soleil des tropiques.

On n'avait pas amené les deux reines, parce que, vu leur poids, on les avait considérées comme étant d'un transport trop difficile.

La cérémonie achevée, mon terrible téama vint à moi sans façon, tandis que Panohilà rentrait à la résidence royale pour se déshabiller.

Répataïvo me fit l'éloge du peuple d'Oualan, que son intendant avait achevé de former aux usages monarchiques; en effet, on ne pouvait pas désirer mieux. La conversation se prolongeant, Panohilà revint prendre congé de son oncle, qui lui adjoignit Tépéhé pour l'accompagner dans sa route. Je dis également adieu au roi, sans lui parler d'autre chose, puis, faisant signe à mon guide, nous partîmes tous quatre ensemble.

Chemin faisant, Tépéhé m'entretint longuement du souci des grandeurs et de la cuisine, — une immense faribole que je connaissais déjà,— ainsi que du bonheur infini du pauvre, qui se nourrit de son travail, et qui nourrit en même temps les gens qui ne font rien.

Cela dura une heure, après quoi il demanda à s'en retourner; car, disait-il à la princesse, on s'use vite aux affaires, et songez que c'est moi qui autrefois ai mis au courant du ménage vos respectables tantes.

Ah! mais, c'est un travail cela, savez-vous ?

— Bon Tépéhé, lui répondit Panohilà, vous pouvez partir sans crainte, le Flazet n'est pas mon ennemi.

Et Tépéhé s'en alla.

Bientôt, comme nous approchions de la cascade, Panohilà demanda à se reposer, et le guide me dit :

— Frère, je suis près de ma hutte et toi de la tienne, où est mon présent?

Je lui remis un petit couteau, qu'il s'empressa de saisir, et disparut en sautant comme un singe. Je me revoyais donc seul avec Panohilà.

La nuit vint, et Panohilà se mit à contempler les étoiles.

CHAPITRE XXI.

C'est en rentrant à la maison que, faisant un examen sur l'emploi de ma journée, je trouvai fort original que Répataïvo m'eût marié, sans même me demander préalablement mon avis.

La Fleur-des-eaux avait donc eu raison de m'engager à me tenir sur mes gardes avec ce bonhomme de roi; mais il était trop tard, car le tour était joué, et joué avec un esprit que n'eût pas désavoué monsieur de Talleyrand; seulement, pensai-je, si le téama a mis peu de réserve dans sa conduite, j'ai le droit d'en mettre dans la mienne; et si pourtant ce mariage est l'œuvre de Panohilà, de quoi puis-je me plaindre, me dis-je fort sensément.

Lorsque j'ouvris la porte de chez moi, la Fleur-des-eaux me demanda si je m'étais bien amusé, et voilà que, sur ma réponse affirmative, elle se mit à fondre en larmes.

— Pourquoi pleures-tu? lui dis-je.

— Parce que je suis seule.

— Mais tu n'es pas seule quand je suis là?

— Oh! si.

A ces deux mots si parfaitement justes, ne trouvant rien à répondre, je me mis à table pour me donner une contenance, après quoi j'allai me coucher.

Inutile de dire que Panohilà continua de plus belle ses visites quotidiennes; mais l'orage menaçait, et il ne fallait qu'une occasion pour qu'il éclatât, ce qui arriva tout naturellement; car un jour la Fleur-des-eaux, voyant à Panohilà un autre collier dont je lui avais fait présent, lui dit :

— Tu as là un nouveau collier qui est fort joli.

— Gagnes-en un semblable, lui répondit fièrement la fille des rois.

La Fleur-des-eaux, qui comprenait la portée de ces paroles, se mordit les lèvres, et, en lançant à Panohilà un de ces regards chargés à mitraille, elle lui jeta ces mots :

— La pirogue est frêle et la mer est profonde.

— La terre est belle quand elle rougit, riposta Panohilà.

Cela n'allait bien pas trop mal, pour un début, puisque ces dames parlaient tout simplement de s'ôter la vie l'une à l'autre, soit par la noyade, soit par le tomahawk.

Néanmoins, la Fleur-des-eaux continua :

— L'Océan subjuguera la terre.

— Je n'ai pas à m'en préoccuper, répondit Panohilà en riant, tu sais bien que je ne raisonne pas avec les poissons.

A ces mots, dont le sens m'échappait, la Fleur-des-eaux vint toute égarée et presque évanouie, tomber auprès de moi, en murmurant :

— *Ay de mi ! soy...* (Malheureuse ! je suis.....)

— Si je gêne quelqu'un, interrompit Panohilà, je m'éloigne et ne reviendrai que sur les ordres de mon mari ; mais que mon mari commande où il est maître, sinon, adieu, ajouta-t-elle en sortant.

Lorsque je me revis seul avec la Fleur-des-eaux, comme j'allais la secourir, elle se leva aussitôt et disparut ; puis, revenant un instant après, chargée de ce petit coffre d'Ormouzd auquel je ne pensais plus, elle me le mit entre les mains en disant :

— Tiens !... voilà tout ce que je possède. Il y a là des objets dont j'ignore la valeur, et que mon père m'a laissés en mourant ; ils t'étaient destinés et j'en ai pris soin depuis longtemps, car je t'attendais avant de te connaître. Prends ceci et rappelle-toi.

La fleur séparée de l'arbre qui la soutient, tombe et se fane. Adieu.

Les efforts que je fis pour la retenir ne prévalurent pas, car elle s'esquiva juste au moment où je croyais avoir vaincu toutes ses résistances, et alla se cacher dans les fourrés voisins, d'où je la vis ensuite s'élancer d'un pas ferme dans la direction de la montagne.

Arrivée à mi-côte, elle se reposa quelques instants, puis, reprenant sa route, elle ne tarda pas à disparaître tout à fait.

Dès que je ne la vis plus, je rentrai péniblement impressionné par le silence qui régnait dans mon habitation, car je compris, hélas ! que mon roman de cœur était fini, et me voyais avec effroi obligé d'en commencer un autre, peut-être amusant à lire ; mais fort désagréable pour celui qui en est le héros : je veux parler d'André Selkirk, dont on a fait Robinson. Il est vrai qu'il me restait encore un ami dans l'île; mais personne ne pouvant remplacer ce que je venais de perdre, le dénouement de ce drame à trois personnages tournait donc entièrement à ma confusion, et de ces trois victimes, je n'étais pas la moins à plaindre, malgré tous les revers qui frappaient la malheureuse Fleur-des-eaux.

Il eût fallu alors prendre une résolution, et il y avait matière à cela; mais dans mon trouble, tout acte pré-cipité m'eût semblé imprudent, puisqu'il s'agissait d'opter entre deux rivales ou rester seul. Je remis donc au lendemain pour cela, c'est-à-dire que je dînai mal et ne dormis point. La nuit me parut longue.

Au soleil levant, j'étais debout.

Le premier objet qui frappa ma vue alors, fut ce malheureux téorbe, qui me sembla si triste dans son inaction. Je me mis à tousser, et toutes ses cordes vi-brant à la fois, je crus n'être pas seul. Encouragé par ce semblant de succès, j'allai auprès du hamac, où j'avais jeté tant de regards d'adoration, et j'y décou-vris, cachée sous les plis du madras, la Trimourti des *Manta;* mais que faire de ces dieux, ils étaient si laids!

Fatigué de ma propre inaction, je pris mon fusil et résolus d'aller explorer le voisinage; pendant cette absence, qui dura plus de trois heures, rien ne s'offrit à mes regards.

Je rentrai donc sans avoir tué, et vis, avec étonne-ment, que le téorbe et la Trimourti avaient disparu.

Trouvant sur la table quelques régimes de fruits, j'en conclus que la Fleur-des-eaux rôdait autour de mon habitation; sortant aussitôt, je l'appelai; mais ce fut inutilement : personne ne répondit.

La seule chose qui me restât, était ce coffre ; mais pénétrer dans les secrets d'une famille étrangère, endormie dans la mort, m'a toujours semblé une profanation ; ensuite, remuer ces choses, palpées sans doute par des mains qui suaient l'agonie, éveillait en moi un sentiment instinctif de répulsion ; puis c'était le legs d'une personne encore existante, et mourant victime de mon ingratitude, autre motif de trouble. Toutefois, réfléchissant que le sort de la Fleur-des-eaux se trouvait confié à ma sauvegarde, et qu'étant le seul être au monde en qui elle eût placé son affection, mon titre d'époux, si fragile qu'il put être, m'imposait l'obligation de prendre connaissance des intérêts de la femme qui m'était échue, afin de les diriger au besoin ; j'ouvris donc le coffre qui, à mon grand ébahissement, en contenait un autre, fort bien travaillé et enveloppé dans un papyrus que j'ouvris également ; un papier se trouvait là, je le pris et y lus la phrase suivante :

A celui qui épousera ma fille.

E. Arojos.

Et c'était tout. Voilà, dis-je en moi-même, un beaupère qui n'abuse pas des recommandations. Ensuite, soulevant une sorte de ouate assez fine, j'aperçus des perles d'une beauté et d'une grosseur inusitées. Sous cette couche de perles, il y avait un lit de gros sable rouge, que je reconnus pour être des rubis. Puis, renversant le coffre sur la table, il se trouva contenir, outre ces rubis, plusieurs diamants bruts dont le plus important pouvait avoir le volume d'une grosse noix.

En ce moment, me trouvant distrait par des cris poussés au dehors, je réintégrai promptement chaque chose à sa place et mis le coffre en sûreté.

Décidément, en épousant la Fleur-des-eaux, j'avais fait, comme on dit en France, « une bonne affaire, » et cela, sans m'en douter le moins du monde ; c'est pourtant ce qui donna une tout autre tournure à mes projets.

Mais les cris devenant plus nombreux et plus rapprochés, je crus devoir sortir pour en connaître la signification.

CHAPITRE XXII

Il faut avoir habité une de ces îles perdues de la Polynésie, pour se figurer l'effet que produit, sur les habitants, l'arrivée d'un navire. On l'annonce dès la veille, car il y a des sauvages capables de le distinguer à vingt lieues en mer. Aussitôt le signal est donné, et toute la population marchant à sa rencontre, chacun porte avec soi son contingent de richesses qui se composent, en général, de fruits, do gibicr, dc plumes et de coquillages. C'est alors qu'on échange tout, qu'on vend tout et qu'on livre tout : ses provisions, ses vêtements, sa femme et sa fille, et cela pour avoir en retour des hochets qui ne mériteraient pas la moindre attention de tout homme quelque peu civilisé. Et une fois le navire parti, l'acte le plus simple qui s'y rapporte est gravé à perpétuité dans la mémoire des habitants, qui en parleront tous les jours et durant plusieurs années.

Comme il s'agissait précisément de cela, je m'acheminai donc vers la petite baie située en face de mon habitation, et de là je pus contempler, mouillé au large, un navire sous pavillon hollandais, dont la chaloupe,

9

montée par huit hommes, n'était plus qu'à quelques encâblures du rivage, et marchait directement vers Répataïvo qui l'attendait avec une énorme branche de palmier à la main. Dès que je fus à portée de connaître, je saluai à l'européenne, et la chaloupe, virant de bord, se dirigea vers moi. Le capitaine se tenait à l'avant, et lorsqu'il eut mis pied à terre, je lui sautai au cou.

— Soyez le bienvenu, lui dis-je; je suis Français, je connais la langue du pays, et s'il vous manque quelque chose, comptez sur mon entremise.

— J'ai, répondit-il, quatre hommes sur les cadres, malades du scorbut, et un coup de vent, qui m'a pris par le travers, a jeté ma Gertrude sur les récifs, ce qui lui a enfoncé plusieurs côtes; elle a donc besoin d'être solidement rapetassée, avant de reprendre la mer.

— Eh bien, il y a ici du cresson et de l'air pur pour vos malades. Quant au bois, comme vous le voyez, nous l'avons en abondance. Je vous présente le roi de cette île, ajoutai-je, en prenant Répataïvo par la main, et si vous voulez traiter de n'importe quoi avec lui, venez chez moi pour arranger l'affaire.

Répataïvo, qui venait de nous rejoindre, était accompagné de Méïo et de Tépéhé. La foule était énorme.

J'emmenai donc ces personnages chez moi, où l'on convint que le personnel du navire, qui était de douze hommes, séjournerait quinze jours dans l'île, y ferait de l'eau et du bois, y exercerait le droit de chasse et de cueillette à discrétion, moyennant une hache, une herminette, deux scies, un rabot et deux cents clous.

Comme ces conditions n'avaient rien d'exorbitant, elles furent acceptées séance tenante.

En sortant de mon habitation, nous nous dirigeâmes vers la cascade , où je laissai la compagnie pour aller voir la Madre-négra, qui vint à moi dès qu'elle m'aperçut, afin de me demander si j'avais revu sa Goulouti. Quant à moi, ajouta-t-elle, je l'aurais reçue avec plaisir ; mais mon mari l'a chassée après l'avoir battue.

A cette nouvelle, qui me déconcerta, je m'acheminai vers l'endroit où se tenait la foule et, arrivé auprès des naturels, j'offris une récompense à qui me ramènerait la Fleur-des-eaux ; mais aucun d'eux ne voulut s'en charger ; d'ailleurs, comme le navire absorbait toute leur attention, les uns me firent observer que les forêts étaient peuplées d'arbres tellement vieux et de fourrés si épais, que l'on pourrait y abriter toute la population sans qu'il y parut, comme cela se pratique en temps de guerre ; d'autres me dirent :

— Vous êtes singuliers, vous autres Européens, vous avez toujours cinq ou six vêtements, tandis que vous n'avez jamais qu'une seule femme ; eh bien, si vous voulez vivre tranquille, lorsque vos moyens vous le permettent, faites comme nous, ayez beaucoup de femmes et peu de vêtements ; voyez-vous, ajoutèrent-ils, les femmes aiment le bruit et les querelles, or, si elles sont seules auprès d'un homme, elles lui jouent de ces tours à elles connus, qui lui rendent la vie insupportable ; tandis que si elles sont plusieurs, elles se jouent ces tours à elles-mêmes, et l'époux ne s'en aperçoit pas le moins du monde, puisqu'elles ont une proie. Au reste, si vous avez perdu votre femme, cherchez votre bâton, et vous trouverez l'un et l'autre, puisque ce sont deux objets doués d'un privilége d'attraction réciproque.

Ces raisonnements grossiers s'appliquaient si mal à ma situation, que, faisant immédiatement volte-face, je rentrai chez moi dans un état difficile à décrire. J'aurais voulu trouver quelqu'un à battre ou quelque chose à briser. Mais n'ayant rien sous la main et personne devant moi, je me laissai tomber sur mon sopha, et en voyant ma chambre si froide et si triste, je me pris à pleurer comme un enfant.

Quand j'eus suffisamment pleuré, voici le plan que j'établis :

Ormouzd doit être le nom indien d'Ormus, île de l'Hindoustan, jadis célèbre par son collége de prêtres brahmines et par ses huîtres perlières.

D'autre part, Arojos pouvait être un de ces intrépides chercheurs de trésors enfouis dans les entrailles de la terre, et jusque dans les profondeurs de l'Océan ; or, comme le contenu de ce coffre tombé entre mes mains est le résultat de longues années d'un travail opiniâtre, accompli par un vrai connaisseur, il doit y avoir ici des pierres dont la plus importante peut atteindre le chiffre de cinq cent mille francs, une fois taillée, et comme il se trouve actuellement sous ma main un navire en partance pour l'Europe, réflexion faite, j'emmène avec moi la Fleur-des-eaux, que j'épouse légalement dès mon arrivée à Marseille, puis je m'embarque pour Lyon, et de là à Genève, il n'y a qu'un pas.

Arrivé en Suisse, je me mets en rapport avec la famille de monsieur Bovet, premier horloger de l'empereur de Chine ; si mes affaires avec cette maison n'aboutissent pas, eh bien ! je prends tout simplement la voiture de la mère Ailloud, et je m'arrête à Ferney-

Voltaire, pour y faire connaissance avec la maison David, dont le chef est un des premiers lapidaires de de l'Europe. Au cas où je ne réussirais pas là, je file sur Paris, après avoir préalablement fait estimer mes diamants à Gex, où je laisserai sans doute le menu frétin de ma pacotille, sinon je traverse la Faucille, je passe à Mijoux, de là aux Molunes, et je tombe sur Sept-Moncels, que je ne quitterai pas sans avoir fait quelques affaires. J'y ai des amis.

Mais avant tout, il s'agit pour moi de retrouver la Fleur-des-eaux, et c'est là le plus difficile de l'affaire.

La nuit tombait; je me mis à table en me promettant d'aller surveiller ma jeune fugitive. En conséquence, je me plaçai dans le bois voisin de mon habitation et y passai la nuit à attendre; mais rien ne bougea. Il est probable que j'avais été aperçu; je résolus donc de m'y prendre autrement, et rentrai à la maison aux approches du jour.

Le capitaine du bâtiment hollandais vint me voir dans l'après-midi; nous déjeûnâmes ensemble, et après quelques propos insignifiants, le dialogue suivant s'établit entre nous :

— Pourriez-vous, lui dis-je, prendre deux passagers à votre bord?

— Cela dépend... Qui sont-ils? Vous, sans doute?

— Précisément.

— Et l'autre?

— Une femme.

— Qui est un peu la vôtre, je soupçonne. Et elle est de ce pays?

— A peu près.

— Je comprends : une dame olivâtre, ayant un an-

neau passé dans le nez et deux os de poisson qui lui
traversent les oreilles, le reste du corps à l'avenant,
c'est-à-dire barbouillé de tatouages, comme toutes les
femmes de l'endroit, en sorte qu'elles ont toujours l'air
d'être vues à travers la grille d'un jardin anglais. Ah !
ça, vous voulez donc vous établir limonadier sur le
boulevard Montmartre ?

— Capitaine, répondis-je sur un ton fort sérieux, je
vous trouve plus gai que perspicace, en ce moment. Ce
n'est pas de cela qu'il s'agit.

— Allons donc ! Vous voulez, vous, jeune homme,
en remontrer à un vieux loup de mer comme moi ?
Tenez, je vais vous prédire le sort qui vous attend,
avec votre princesse anthropophage. Si je la prends à
mon bord, je veux qu'avant huit jours de traversée,
elle m'ait gaspillé pour six mille francs de marchandises
et débauché tous mes matelots. Et maintenant, dites-
moi quelle sera la plus grande dupe de vous ou de moi ?
Heureusement que je ne poursuis pas ce gibier-là, ce
qui me permet de vous répondre carrément :

C'est impossible.

Mes paroles sont peut-être d'une digestion un peu
laborieuse pour vous; mais c'est franc et vigoureux.
Réfléchissez.

Ensuite, si vous allez présenter une femme de cette
espèce à votre famille ou à vos amis, on va en rire,
croyez-le bien, ce qui est toujours désobligeant, quand
on a du goût pour les déesses enfumées.

— Capitaine, dis-je à mon tour, je voudrais que
l'eussiez vue une seule fois, et vous changeriez de
langage.

— Mais j'y songe, reprit-il, où est-elle donc ?

— Elle est, répondis-je un peu embarrassé, en visite chez sa mère.

— Oui, oui, je comprends, il y a festin par là-bas. On est sans doute en train de grignoter quelque ennemi. Tiens! à propos, mais vous portez sur cette main l'empreinte de plusieurs dents, est-ce que, par hasard, elle vous aurait déjà goûté? Dam! cela s'est vu, n'en rougissez pas.

Effectivement, je sentis, à ces mots, le sang m'affluer au visage avec une telle force d'intensité, que je me vis obligé de quitter la table. J'étouffais.

Le bon Hollandais, comprenant que ses paroles avaient dépassé les bornes prescrites par la bienséance, vint à moi en me disant :

— Que diable! mon garçon, il ne faut pas prendre mes plaisanteries en mauvaise part. Eh! *God verdomen!* je sais bien que les jeunes filles de tout pays ne mordent pas leurs amoureux, sans cela où en serions-nous, bon Dieu? Ensuite, si vous êtes dominé par une maîtresse qui vous oblige à régulariser sa position, je ne vois rien là que de très-honorable à vous. C'est même chevaleresque.

A propos, a-t-elle beaucoup d'enfants?... Enfin, je la verrai.

Comme chaque parole du capitaine offrait un non sens, que l'on eût dit calculé pour me jeter hors des gonds, je lui répondis :

— A la fin, en voilà assez sur ce sujet. Voyez-vous, votre calme m'exaspère, votre prud'hommie me tyrannise, et quant à de l'expérience, je tiens à n'en jamais avoir. J'aime l'inconnu, l'imprévu et l'inédit; or, toutes les vulgarités que vous me débitez là sont si

complètement opposées à mes goûts, et s'adaptent si
peu à la situation, que vous en jugerez vous-même, et
tenez, si vous le voulez bien, allons d'abord faire un
tour jusqu'à l'endroit où se trouve votre navire; cela
nous distraira plus utilement que des discussions pré-
maturées.

Le vieux loup de mer, qui ne demandait pas mieux
que l'on portât intérêt à ce qui l'intéressait lui-même,
parut charmé de la proposition.

Lorsqu'il fut hors de la palissade, je le priai d'aller
devant, pendant que je jetterais un coup d'œil sur ma
basse-cour, et dès qu'il fut un peu éloigné, je lui criai
de toute la force de mes poumons :

— Eh! dites donc, je dîne avec vous et couche sous
votre tente.

— D'accord, répondit-il, si cela vous convient.

De cette façon, dis-je en moi-même, la Fleur-des-
eaux doit au moins m'entendre, au cas où elle serait
cachée dans les environs.

Et j'allai rejoindre mon nouvel ami dont le navire,
échoué à une lieue nord-ouest de mon habitation, se
trouvait ainsi à l'abri des vents alisés, grâce à un promontoire, adossé lui-même à l'estuaire du ruisseau
formé par la cascade. Car tel était l'endroit qu'il avait
choisi pour camper.

Le dîner fut gai; mais au dessert, changeant de
langage tout à coup, je témoignai le désir de revenir
sur mes pas, sous le prétexte assez naturel que mon
habitation n'était pas gardée. Le capitaine fit donc peu
d'objections à ma demande, et je le quittai. Seulement,
au lieu de retourner directement chez moi, lorsque
j'eus traversé le promontoire, je longeai le pied de la

montagne, à l'est, et vins retomber au sud de la cascade. Il faisait nuit depuis plus d'une heure. Arrivé là,
malgré l'obscurité, je me jetai dans les bois, bien
résolu d'attendre jusqu'au jour, s'il le fallait, afin de
surveiller ma jeune fugitive.

CHAPITRE XXIII

L'air était calme et le silence si profond, que j'entendais distinctement la voix des matelots, quoiqu'ils
fussent à une demi-lieue de là.

Ce bruit devait favoriser mon entreprise, car il
s'agissait pour moi d'arriver aux alentours de mon
habitation, sans que ma présence pût être soupçonnée.
Je marchai donc longtemps et avec précaution.

Arrivé à une clairière, que je crus devoir choisir
comme poste d'observation, je m'assis auprès d'un
arbre et attendis.

Une grosse étoile clignottant au sud, semblait sourire aux vagues qui scintillaient à sa lumière. Bientôt
l'étoile disparut derrière l'horizon. Il était neuf heures
et demie. Au nord-ouest, les feux du campement ne
jetaient plus que des lueurs incertaines, on entendait
le cliquetis des cuillères et des fourchettes, tintant
doucement sur les plats d'étain ; le mousse achevait de
nettoyer la vaisselle, lorsque la voix du capitaine se
fit entendre une seconde fois, alors le son argentin des
ustensiles de cuisine cessa, et le feu s'éteignit.

Un instant après, un nouveau bruit retentit sourde-
ment : c'était la crosse d'un fusil retombant sur la terre,

ensuite on fit craquer les crans de l'arme, qne l'on mettait en état de faire feu à la première alerte. Les pas de la sentinelle étant étouffés par le sable, n'arrivaient pas jusqu'à moi.

Une heure s'écoula dans un calme absolu, et je sentais le sommeil s'emparer de moi, lorsqu'une feuille tomba; quoique ce fut à une certaine distance, on pouvait néanmoins percevoir le bruit résultant des chocs répétés qu'elle recevait des branches obstruant son passage.

Un oiseau, sans doute, avait fait un mouvement. Puis tout rentra dans le silence.

Tout à coup, j'entendis roucouler un pigeon dans la forêt.

Quelqu'un venait de passer sous l'arbre où il s'était endormi, et le bruit résultant de pas sur l'herbe l'avait éveillé. Je tendis l'oreille et écoutai. Un léger frôlement produit sur les fougères, m'avertit que je n'étais pas seul. En effet, un moment après, je vis apparaître une ombre qui semblait d'abord ne pas bouger de place, quoique, en réalité, elle vint dans ma direction. Peu à peu, la forme de cette ombre était devenue plus distincte; car elle s'arrêta immobile et eut un instant d'hésitation; cependant, après avoir regardé de tous côtés, elle reprit sa route.

Je me baissai instinctivement, — elle marchait sur moi, — il est probable que l'ombre s'en aperçut, car elle s'arrêta de nouveau et sembla tressaillir; mais soit qu'elle ne m'eut pas bien vu, soit qu'elle eut pris la réalité pour une illusion, elle continua d'avancer.

Bientôt je pus distinguer un petit chapeau pointu; mais dans ce pays-là, toutes les femmes en portent.

Cependant, l'ensemble du costume était sombre, contrairement à ce que j'avais l'habitude de voir. Etait-ce une veuve? Et d'où pouvait-elle venir? Il n'existait, dans cette partie de l'île, ni hutte ni sarcophages, ni aucun habitant autre que moi. Cette partie sombre du vêtement pouvait encore être ce madras, pauvre guenille, que ma compagne avait abandonnée dès le jour de son entrée à mon habitation.

J'attendis encore, l'ombre avançant de plus en plus.

Décidément c'était la Fleur-des-eaux, et tellement rapprochée de moi, qu'il lui devenait impossible de m'échapper en ce moment; car j'étais là haletant et prêt à fondre sur elle comme sur une proie. Le cœur me battait avec violence.

Lorsqu'elle m'eut dépassé, je l'appelai. Elle s'arrêta incontinent, et me dit :

— Est-ce toi, *tayo?* (ami).

Alors m'approchant d'elle, pour toute réponse, je me mis en devoir de l'emporter. Elle tremblait de tous ses membres.

— Attends, ajouta-t-elle, ma tête est mal placée ainsi…. tu ne veux pas me faire de mal, n'est-ce pas?

Et elle mit sa tête sur mon épaule. Je sentais ses cheveux qui, en voltigeant, venaient effleurer mon visage. Elle dit encore :

— Tiens! voilà mon chapeau qui vient de tomber; penche-moi vers la terre, afin que je le ramasse… Si cependant tu me mettais debout, je marcherais, et tu ne te fatiguerais pas… Mais voilà tes larmes qui tombent sur ma main. Oh! suis-je donc bien méchante?

Puis elle cessa de parler. Quant à moi, l'émotion m'avait complètement ôté l'usage de la voix.

Arrivé à la palissade, j'ouvris la barrière et fis passer devant moi la Fleur-des-eaux le plus vite que je pus.

— Attends, me dit-elle, j'apportais du maïs à nos poules, je vais le leur donner, ce sera pour demain, n'est-ce pas?

Lorsque nous fûmes entrés, je refermai la porte avec soin, allumai ma lampe et, après avoir enlevé le madras dont s'enveloppait la Fleur-des-eaux, je me mis à l'examiner attentivement. Elle semblait avoir un peu maigri; mais à part quelques épines, qui avaient déchiré son épiderme en différents endroits, elle était intacte.

Enfin, je l'avais retrouvée!

En se voyant l'objet d'un examen aussi attentif, et auquel elle ne comprenait rien, elle me dit tout effrayée :

— Que veux-tu faire de moi?

Je pris alors ses deux mains et, appuyant doucement sa tête sur ma poitrine, je me mis à fondre en larmes. Le bonheur de la sentir auprès de moi, et le regret de l'avoir trahie, me causaient en ce moment une émotion dont je ne me croyais pas capable.

Bientôt, retirant ses mains, toutes deux cachées dans l'une des miennes, elle se releva et me dit, en écartant mes cheveux :

— Ne pleure pas, va, je ne m'en irai plus, car je n'ai de bonheur que là où tu es.

— As-tu faim? lui demandai-je.

— Oui.

Elle mangea un peu et demanda à se coucher.

Après l'avoir fait monter dans son hamac, où elle s'endormit, je passai la nuit assis auprès d'elle.

Il était dix heures du matin lorsque je m'éveillai. La Fleur-des-eaux dormait encore ; mais au bruit que je fis en marchant, elle s'éveilla et me fit signe d'approcher, pour me demander si je n'avais rien dit au chef du grand oiseau endormi sur la mer.

— Que veux-tu savoir ? lui répondis-je.

— Je veux savoir si le chef blanc ne t'emportera pas avec lui.

— Hum ! fis-je alors, cela dépend des circonstances.

— Et s'il t'emporte, que vais-je devenir ?

— Ce que tu étais auparavant.

— Non ; je veux m'en aller avec toi.

— Si le chef du grand oiseau le veut bien, d'accord.

— S'il ne le veut pas, tu resteras ici, toujours et auprès de moi.

— Nous n'avons presque plus de provisions.

— J'irai à la chasse, à la pêche, à la cueillette, et tu ne manqueras de rien ; je te nourrirai sans que tu aies besoin de te déranger.

— Et moi, répliquai-je à mon tour, je veux t'emmener en France, et arrivée là, je t'abriterai dans une belle hutte et te ferai conduire dans une maison roulante par deux *boaafac tanta* (chevaux).

— Tu es donc un chef bien puissant dans ton île ?

— Tu en jugeras,

— Et Panohilà ?

— Toi seule es ma popiné, et je n'emmène que toi.

— Je vais bien t'aimer, va ! A propos, ajouta-t-elle, as-tu visité mon coffre ?

— Oui.

— Et qu'y as-tu trouvé ?

— Des perles et des pierres.

— Les perles sont assez belles ; quant aux pierres, tu pourrais les jeter à l'eau, car elles ne valent pas la peine d'être ramassées, surtout les grosses qui me paraissent malpropres, — elle voulait parler des diamants ; — mais en appuyant sur un clou, une planchette se lève, et là il y a... tu sais, des coquilles jaunes qui sonnent.

J'allai alors prendre le coffre où je l'avais caché, et la Fleur-des-eaux, après en avoir ôté ce que je connaissais déjà, fit jouer un ressort, et il se trouva que le double fond renfermait environ quatorze ou quinze mille francs en or, venant de la Russie, de l'Inde et des Etats-Unis.

Cette nouvelle découverte me mit du baume dans le sang, car j'avais à peine de quoi payer mon passage en Europe. Je pris donc toutes ces pièces et les mis avec les miennes,

En revenant près de la Fleur-des-eaux, je lui conseillai de remettre chaque chose à sa place, et de n'en souffler mot à âme qui vive. Précisément on frappa à la porte ; c'était le capitaine, que je priai d'attendre un moment. Après avoir mis le coffre en sûreté, j'allai ouvrir et il entra.

CHAPITRE XXIV

— Ah ! ça, dit-il, je craignais que vous ne fussiez malade. Mes sentinelles ont aperçu du feu chez vous à une heure assez avancée de la nuit, et depuis ce matin, j'ai beau braquer ma lunette sur votre habitation, on n'y donne pas signe de vie. Est-ce que, par hasard, votre insulaire serait de retour? Et peut-on faire sa connaissance?

— La voici, répondis-je.

Alors la Fleur-des-eaux s'avança, drapée dans son moustiquaire, et, mettant une main sur sa poitrine, selon l'usage des femmes d'Oualan, elle dit au Hollandais :

— *Buenos dias, senor.* (Bonjour, monsieur.)

A cette apparition étrange, le capitaine se troubla et, ne trouvant rien à répondre, balbutia quelques mots d'espagnol inintelligibles.

Il est vrai que la Fleur-des-eaux, entourée de cette gaze légère, avait quelque chose d'enchanteur, dont aucune description ne saurait donner l'idée. C'était une nature *sui generis,* comme disent les savants en *us,* de l'éclat, de la noblesse, et je ne sais quelle fluidité frémissante, qui en faisait une sorte de caméléon blanc, car tout cela vivait, brillait et bruissait.

Le bon Hollandais se tournant vers moi, comme pour chercher un point d'appui, me dit alors, et après avoir respiré bruyamment :

— Vertubleu! et c'est là votre femme?

— C'est ma fiancée du moins.

— Y en a-t-il beaucoup comme cela dans cette île?

— Elle est seule de sa race.

— On dirait le Génie des mers, parole d'honneur.

— Oh! oh! vous devenez poétique, mon capitaine.

— Et son nom?

— Goulouti.

— Qu'est-ce que cela voudrait-il bien dire?

— Fleur-des-eaux, en polynésien.

— Bien trouvé, ma foi. Tenez, on rencontre de belles filles à Rotterdam..... A propos, combien faut-il vous prendre pour vous ramener en Europe ?

— Cela dépend de vous.

— Etes-vous riche ?

— Quand on est artiste et voyageur..,... Hum!.....

— Cette habitation est à vous ? naturellement.

— Je la donne, dis-je en pensant à Panohilà.

— Bien. Vous avez quelques provisions : de la volaille, un peu de mobilier et des outils ?

— Vous prendrez les provisions et certains outils, je donne le reste.

— Mon navire touche au cap Horn, à Rio-de-Janéïro, au cap Saint-Vincent, en Portugal.

— C'est près de Cadix, débarquez-nous là.

— Alors le voyage vous reviendra à trois mille cinq cents francs pour les deux, dit-il un moment après.

— Je vous en donnerai quatre mille.

— C'est honnête ; mais enfin, vous en profiterez et l'équipage aussi, car je ne tiens pas à gagner sur les voyageurs, et surtout quand ce sont des amoureux, ajouta-t-il galamment.

La Fleur-des-eaux ne se possédait plus de joie, quoiqu'elle ne comprît que la moitié de notre conversation ; aussi, dès que je lui fis signe de mettre le couvert, tout était déjà prêt.

Le repas fut gai, et en nous levant de table, nous allâmes accompagner le capitaine jusqu'à moitié chemin de son campement, puis nous regagnâmes notre gîte.

CHAPITRE XXV

Seulement, à notre retour et chemin faisant, la Fleur-des-eaux me quitta pour revenir quelques minutes après, avec son téorbe et ses trois manitous, qu'elle rapportait précieusement.

C'est alors qu'elle me dit :

— Tu me promets de ne jamais m'abandonner, quoique je devienne, n'est-ce pas?

— Tu ne peux que devenir ma femme, répondis-je, et selon les lois françaises; je compte même m'en occuper en débarquant.

— Peut-être, ajouta-t-elle en hésitant un peu, peut-être serais-je coupable si je ne t'informais pas exactement de ce que je suis; mais dès qu'on nous connaît, on nous persécute, on nous chasse, on nous tue! car toi-même qui me connais si bien, sais-tu ce que c'est qu'une *Manta?*

— Non, pas au juste.

— Eh bien! une *Manta,* c'est moi. Je suis un monstre.

— Quel crime as-tu commis?

— Hélas! tu ne me comprends pas, tu ne veux pas me comprendre; mais je sens cette transformation qui doit survenir, et alors que deviendras-tu? Que seras-tu pour moi? Et que deviendrai-je moi-même? Oh! c'est bien malheureux! Faudrait-il nous quitter? poursuivit-elle.

J'étais singulièrement ému, et ne comprenais rien à ses paroles, car ce mélange d'amour et de chasteté,

10

ces réticences accompagnées d'une confiance absolue, compliquaient encore ma situation. Cependant, pour sortir de ce dédale, inextricable pour moi, je lui dis :

— Quel homme était ton père?

— Mon père adorait ma mère, autant qu'il me chérissait. Serais-tu moins bon que lui?

— Je serai aussi bon pour toi que l'était ton père.

— Alors, écoute, car je veux te dévoiler tous les mystères qui se rattachent à ma race, et si, après m'avoir entendue, tu te retires de moi, je disparais sous les eaux, et tu ne me reverras jamais.

En disant ces paroles, comme sa voix s'altérait sensiblement, je craignais que son émotion, qui ne faisait que grandir de plus en plus, offrît quelques dangers pour cette nature si impressionnable, et c'est pourquoi je lui répondis aussitôt:

— Tu es belle, jeune et pure, cela me suffit. Tout ce que tu pourrais m'apprendre ne saurait me détacher de toi; car étant uni à ta vie, je ne reculerai jamais d'un pas pour te soutenir et te défendre.

— Eh bien, ajouta-t-elle, jure par mes dieux que tu ne m'abandonneras jamais, sinon, que la mer te maudisse !

Alors, et comme elle venait de mettre ses manitous entre mes mains, je fis le serment suivant, sans me douter de l'importance qu'il pouvait avoir :

— Ioupi, Ghémo, Bémi,

Je jure, à la face du ciel et de l'Océan, de rester uni à la Fleur-des-eaux, votre fille aimée, et si jamais mon affection pour elle cesse un jour, une heure, un instant, eh bien..... que la mer me maudisse !

— Cette fois, je te tiens, dit-elle, en jetant sur moi

un regard triomphant et ensorcelé que je ne lui connaissais pas encore, elle variait à chaque instant; mais
son fanatisme, quoiqu'il fut mêlé à tant d'appréhen-
sion, dès qu'il se rattachait à un sentiment fort légitime, n'avait rien en soi qui put exciter ma pitié, loin
de là, car je crus lui être agréable en lui faisant
observer une vague plus grosse que les autres.

— Regarde, lui dis-je, on dirait que la mer applau-
dit.

— La mer me connaît depuis ma naissance, répondit-elle d'un air mystérieux.

Cette scène, qui se passait au milieu d'une nature
primitive, et n'ayant d'autres témoins que le ciel et les
eaux, était empreinte d'un caractère plein de grandeur
et d'étrangeté.

Nous rentrâmes bientôt, et trois jours se passèrent
sans donner lieu à aucun incident.

Le quatrième jour, nous reçûmes la visite de Méïo,
qui devint fort triste lorsque je lui eus annoncé mon
départ; car selon lui, il n'y avait rien de bon ni de
beau hors de l'île d'Oualan, et même ma femme, si
incomplète qu'elle fut, semblait, disait-il, avoir été
transplantée là pour le plaisir de mes yeux. Puis il me
donna à entendre que j'avais tort de m'en tenir à une
Manta, dont on riait dans le pays, tandis que Panohilà,
en me cédant sa couronne éventuelle, ne pouvait
manquer de me rendre le plus heureux des hommes,
et au cas où cela ne m'aurait pas suffi, je pouvais lui
adjoindre Nancy Wilson, qui s'ennuyait à mûrir. De
cette façon, je devenais seigneur et maître de trois
femmes à la fois, ou plutôt de deux, la Fleur-des-eaux
n'étant comptée pour rien par l'honnête taoua. Ensuite,

si j'avais besoin d'un ministre, je pouvais compter sur lui, principal auteur du discours de la couronne prononcé devant moi, car lui-même en était l'inspirateur; mais il n'avait agi qu'à la sollicitation de Panohilà, et en vue de mes intérêts, qu'il considérait comme étant étroitement liés à la cause de la civilisation. Voilà des sentiments dignes d'un Européen.

Je lui demandai alors comment un homme distingué comme il l'était, pouvait s'abaisser à danser pour un clou?

— Parbleu! me répondit-il, si ce clou m'est plus nécessaire qu'un équipage à huit chevaux, quel mal y a-t-il à ce que je le gagne au lieu de le voler?

Comme Méïo était un de mes meilleurs amis, je lui donnai une certaine quantité de clous, et des outils de plusieurs sortes; puis je lui remis une lettre pour Panohilà, que j'instituais seule propriétaire de ma maison et de ce qui pouvait y rester, nous partis.

CHAPITRE XXVI

Enfin, le moment de notre départ arriva. Ce jour-là, toute la population de l'île s'était rendue sur la plage.

Comme j'allais m'embarquer, une femme en grand deuil, se détachant de la foule, accourut à moi; c'était Panohilà.

— Écoute, me dit-elle, je n'ai jamais eu aucune arrière-pensée en me donnant à toi; mais si tu voulais me croire, tu resterais encore un an ici, car, vois-tu, ton mariage avec la Fleur-des-eaux n'est qu'une amère dérision ; tandis que moi, qui suis ta véritable popiné, tu me délaisses! Ce n'est pas parce que je suis la fille des rois qui ont régné sur cette île, que je t'adresse ce reproche. Sans doute, tu es puissant parmi ceux de ta nation; mais tu pourrais trouver ici un bonheur que rien ne saurait remplacer nulle part. Crois-le, tu regretteras d'avoir fui mon île; mais si tu le peux, reviens, et je serai là à t'attendre. Je te donne cinq ans pour y réfléchir, après cette époque, je suis obligée de songer à mes devoirs de princesse, qui sont de ne pas laisser le trône inoccupé, sans cela, je ne me marierais jamais; car je suis femme et chrétienne, moi, et un Européen, quel que soit son rang, ne saurait rougir de m'avoir aimée, ajouta-t-elle, en élevant la voix.

Ces derniers mots produisirent une sensation pénible sur la Fleur-des-eaux, car elle devint immédiatement d'une grande pâleur et se mit à trembler.

Mais la chaloupe qui devait nous conduire à bord étant prête, et comme on n'attendait plus que moi pour partir, je me débarrassai des tendres étreintes de Panohilà, qui s'éloigna accablée et soutenue par Nancy Wilson, qui me disait encore :

— *It is not well, pale brother. Oh! it is not well.* (Ce n'est pas bien, frère pâle, oh! ce n'est pas bien.)

Toute la population semblait consternée de cet événement.

Ne me supposant pas aussi aimé, ces touchantes marques de sympathie me serraient le cœur; je crus même n'avoir pas été aussi entouré ni autant regretté, à mon départ de cette France que j'allais revoir.

Lorsque je revins auprès de la Fleur-des-eaux, qui s'était tenue à distance pendant toute cette scène, elle me dit :

— Oh! je t'en supplie, retourne à Panohilà. Je te délie de tous tes serments. Le bonheur est avec elle, le malheur, avec moi. Cette idée me tue. Va-t'en, retourne sur tes pas, je t'ai trompé, je t'ai menti, et s'il faut une victime, pour apaiser le peuple et mes dieux, que ce soit moi, et moi seule.

A ces paroles, qui me rendaient encore plus chère celle qui les prononçaient, je ne pus rien répondre, brisé que j'étais par tant d'émotions.

Une dernière main vint serrer la mienne, c'était celle de mon pauvre ami Méïo, qui fondait en larmes en balbutiant :

— Je... non... c'était... trop pénible à entendre, et... et Méïo ne l'a pas osé, sans quoi..... oui, oui, j'aurais parlé..... et vous seriez resté. Adieu!.... Oupa favorise mes.....

Je ne pus en entendre davantage, j'étais embarqué et la chaloupe démarra. En me retournant une dernière fois, j'aperçus Répataïvo qui, ne pouvant se venger, me fit une grimace que je n'oublierai jamais. Ses joues s'enflèrent, ses lèvres s'épaissirent, et ses sourcils, abaissés sur ses yeux menaçants, donnèrent à l'ensemble de son visage la physionomie du léopard.

— Que fait-il donc ainsi, demandai-je à la Fleur-des-eaux?

— Il nous maudit, répondit-elle en pleurant.

Quelques minutes après, nous abordions le navire.

Lorsque le dernier de ces radeaux, que les naturels appellent *Kataraman*, fut allégé de ses provisions, le navire leva l'ancre, et, favorisés d'une belle brise, qui soufflait du nord-nord-est, nous vîmes bientôt disparaître l'île d'Oualan, avec ses huttes couvertes des feuilles du latanier, et ses échafauds abrités par un toit, qui sont les sarcophages des habitants; car on n'y enterre réellement que les étrangers.

Plus nous nous éloignions, plus la Fleur-des-eaux se tenait serrée contre moi; mais à un certain moment, lorsqu'elle se leva pour jeter un dernier regard d'adieu sur l'île, n'apercevant plus rien à l'horizon, elle se mit à sangloter.

— Mon père et ma mère vont dormir loin de moi cette nuit, dit-elle. Ah! le bonheur coûte donc aussi des larmes?

Je l'enveloppai de son moustiquaire, afin qu'elle ne se trouvât pas trop en vue des hommes de l'équipage; mais le capitaine, qui l'avait remarquée, vint à nous.

CHAPITRE XXVII

Une jeune fille blanche et orpheline, quittant un pays occupé par des noirs, pour suivre son fiancé à travers des mers inconnues, et sans laisser derrière elle personne qui songe à la regretter, parce qu'on la suppose sans fortune et sans appui; tout cela est bien fait pour intéresser, surtout quand on est fort jolie.

C'est pourquoi le capitaine, voyant là une occasion de nous donner quelque aperçu de sa sensibilité, entra immédiatement en matière.

Seulement, et à son insu, sans doute, tout en ayant l'intention de s'occuper de nous, il fut entraîné à s'occuper de lui, et nous conta l'histoire de ses propres amours, qui n'avaient cependant guère d'analogie avec les nôtres.

En voici le résumé ;

Lui, Nicolas Gheers, quoique fort pauvre, était amoureux de Gertrude van Klootz, qui avait assez d'argent, et il osa même, audace peu commune, la demander en mariage ; naturellement, il fut éconduit. Loin de se décourager, il y revint ; on le chassa, il persista ; on le battit. Alors, Nicolas Gheers désespéré, s'embarqua pour un voyage au long cours, et revint avec passablement d'argent.

Ce commencement de succès éveilla l'attention de Gertrude et de ses très-honorables progéniteurs, puis Nicolas Gheers se réembarqua et revint encore avec beaucoup plus d'argent. Cette fois, le père van Klootz, en homme expérimenté, alla jusqu'à lui offrir une prise de tabac. Au troisième voyage de Nicolas Gheers, Gertrude, en fille bien élevée, lui adressait ses plus gracieux sourires ; ce à quoi Nicolas Gheers répondait fort poliment et de la même façon ; mais c'était tout. Au quatrième voyage et retour, Nicolas Gheers, possesseur de quatorze cent cinquante mille francs, achetait, moyennant un million, une des plus belles maisons de Rotterdam.

Cette fois, Gertrude van Klootz passa et repassa devant les fenêtres de Nicolas Gheers, qui avait beaucoup d'argent, et même des chevaux et des maîtresses, — deux sortes d'animaux qui ne s'excluent pas absolument ; — mais il n'avait plus d'amour pour Gertrude van Klootz qui, hélas ! s'en aperçut, et vit avec un tel regret lui échapper une belle occasion de s'enrichir, qu'elle se jeta dans le Rhin et s'y noya.

Aujourd'hui, le père van Klootz, cassé par l'âge et miné par les chagrins, dit à qui veut l'entendre :

— Tel que vous me voyez, eh bien, Nicolas Gheers, le quadruple millionnaire, a tout de même demandé ma fille en mariage. Heu, heu! et je n'en suis pas plus fier pour cela. Tandis que Nicolas Gheers, enchanté de la catastrophe malheureuse qui a mis fin à cette histoire sentimentalo-métallique, a donné le nom de Gertrude au vaisseau marchand sur lequel nous nous trouvions. Et grâce à un sentiment de vanité réciproque, partagé entre les Klootz et les Gheers, tout le monde est content. — Ainsi soit-il!

Quand nous eûmes dépassé la ligne équatoriale, le navire fut arrêté trois jours durant par une accalmie, comme il s'en présente quelquefois dans ces parages. Afin de tromper le temps, nous dormions la journée, tandis que nous passions la nuit à deviser sur le pont.

Une nuit, nous entendîmes un matelot chanter un air hollandais, d'une originalité et d'une gaieté surprenantes; c'était bien là la mélodie aisée et sautillante de ces bons paysans, si bien peints par Téniers; puis la gaieté gagnant de proche en proche, chacun dit sa chanson, et ce fut bientôt le tour de la Fleur-des-eaux, qui me consulta du regard; et après que je l'en eus priée moi-même, elle alla chercher son téorbe et chanta ce qui suit :

Oh! la mer, la mer!

Le guerrier l'aima, le prêtre l'a chantée, et le pêcheur, pénétré d'admiration en traversant ses vagues, qui étincellent sous l'œil ardent du roi de lumière, le pêcheur a jeté aux échos fluides des océans, les frêles accents de sa voix. Mais la mer vaste, profonde et sonore, ne voulant pas être aimée du guerrier, ni chantée par le prêtre ou admirée du pêcheur, dit : Où vas-tu, jeune fille? où vas-tu, sur ce rivage? Ton cœur est-il fermé aux douces paroles de l'amour? Ton amant t'a-t-il aimée ou trahie? Oui, non, si? Eh bien, c'est toi qui me chanteras, toi qui sais mes mystères et mes profondeurs insondables, insondables!

Oh! la mer, la mer!

— Attendez donc, interrompit le capitaine, en portant la main à son front; mais il me semble que j'ai déjà entendu ce chant, comme je reconnais cette voix, plus belle que la voix humaine.

Voilà deux ans environ, je revenais du détroit de Behring, et vers le soir, comme nous rangions l'île d'Analashka, on nous chanta cet air : c'était des voix de femmes, qui se faisaient entendre à travers les roseaux. Un compositeur russe se trouvant à bord, nous mit en tête de rester un jour de plus, pour l'entendre à nouveau et le noter. En effet, le soir venu, le même chant recommença, et le compositeur qui était prêt, l'écrivit immédiatement et se mit à le chanter à son tour. On l'écouta à bord et l'on fit silence sur le rivage, mais l'air n'était pas plutôt achevé, que des mains inconnues, enlevant le malheureux compositeur, le faisaient sauter par-dessus bord, d'où il disparut à tout jamais.

Nous allâmes chercher des armes; mais ne découvrant rien sur mer, nous rentrâmes tout décontenancés.

En ce moment, la Fleur-des-eaux nous quitta, et le capitaine continua ainsi :

— J'attendis au lendemain. Dès le point du jour, je mis un canot à la mer et fis explorer tout le littoral;

mais on ne trouva rien de rien. Désolé de cet insuccès, je débarquai moi-même, et me mis à la recherche d'un Européen assez intelligent pour me donner l'explication de cette énigme, et voilà que je rencontrai juste à point un jésuite de Fribourg, nommé, à ce que je crois, le père..... attendez donc, le père Frumence, qui me dit que ces faits avaient lieu toute l'année, excepté le jeudi saint, jour où le pape donne la bénédiction *urbi et orbi*, et que la mer, se trouvant bénie ce jour-là, toute apparition cesse.

Puis ce bon religieux me parla de choses... bah! j'en ai oublié le nom : je crois qu'il s'agissait de femmes qui ne sont pas des femmes, et d'un tas d'autres légendes, auxquelles je ne compris rien du tout, sur le moment. Mais plus tard, j'arrivai à Yeddo où l'on m'expliqua le reste.

Ah! c'est drôle, ma foi; c'est vraiment drôle.

Voilà tout ce que Nicolas Gheers avait à nous dire.

Une fois placée sur ce terrain, la conversation prit une tournure pleine d'étonnements : chacun connaissait quelque aventure épouvantable, arrivée à tel ou tel navire, et cela, par des moyens tellement en dehors des prévisions humaines, qu'il y avait à y perdre son latin; c'est pourquoi, ne trouvant pas à ces récits un caractère d'authenticité capable de fixer l'attention d'un homme sérieux, je descendis dans l'entre-pont, et vins trouver la Fleur-des-eaux qui se morfondait dans les larmes.

— Tu le vois, me dit-elle, on en veut à ma race. Et que deviendrais-je sans toi, ô Bémi! Mais va! puisque tu m'aimes, la mer te sera douce et propice, tandis que ceux qui ne veulent pas entendre notre magnifique épopée, ou la tournent en dérision, seront punis avant d'avoir atteint le port, sois-en bien sûr.

Sans prendre garde à ces paroles, je lui persuadai de remonter sur le pont, afin que son absence ne fut pas trop remarquée des hommes de l'équipage. Elle y consentit, et arriva dans un moment où l'on racontait la vie d'une Apsaras de l'Inde, qui avait abdiqué sa céleste origine, pour devenir la femme d'un simple mousse, à bord d'un bâtiment hollandais.

Comme on le voit, la conversation, tout en restant dans le merveilleux, avait complètement changé d'objet.

Ensuite, on parla de l'influence du tonnerre sur les cornes de la lune, ce qui donna lieu à une longue discussion, à laquelle le capitaine prit une part des plus brillantes, quoique un peu enchevêtrée, puis vint le tour de la Fleur-des-eaux, à qui l'on demanda une histoire.

— Je n'en sais point, dit-elle, il ne m'est rien arrivé..... Et pourtant si, écoutez cela.

J'étais la plus laide et la plus pauvre des filles d'Oualan, et mon mari m'a choisie de préférence à la princesse que vous avez vue pleurer à notre départ.

— Madame, répondit sentencieusement le capitaine, si vous allez à Paris, ne racontez jamais cette histoire à personne, parce que, dans ce pays-là, toute femme pauvre qui épouse un homme riche, porte une atteinte grave aux bases sur lesquelles repose la société, en ce que, par le fait de cette usurpation d'un cœur qui ne lui était pas dévolu, elle prive de sa jouissance légitime une jeune personne du monde, dont la position sociale eût été mieux assortie à celle du mari en question.

Je crus devoir faire observer au capitaine, que la Fleur-des-eaux ne comprenait pas ce langage, quoiqu'il soit généralement admiré, et qu'ensuite, ne possédant rien moi-même, les demoiselles bien élevées me l'avaient assez donné à entendre, pour qu'elles n'eussent pas à s'occuper du mariage que je pouvais faire, vu que cela ne les regardait plus.

Ces paroles mirent fin à la contestation. Et, d'un autre côté, on comprendra que je n'étais pas assez naïf pour aller confier à cet honnête bourgeois que ma Fleur-des-eaux était à peu près millionnaire, puisqu'elle-même ne s'en doutait nullement.

Mais le jour arrivait, et une légère brise soufflant dans nos voiles, nous nous remîmes en route. Au soleil levant, la brise redoubla d'intensité, et nous marchions rapidement vers le sud.

Trois jours après, c'était Noël, et chacun s'apprêtant à le célébrer de son mieux, notre navire avait pris un air de fête, car tous ces visages hollandais, ordinairement si placides, reflétaient alors une expression de gaieté solennelle, assez bien appropriée à la circonstance.

Le capitaine était venu s'asseoir auprès de moi, et tout en causant de choses et autres, j'en vins à lui demander s'il avait jamais entendu parler des *Manta*.

— Parbleu! Pensez-vous que ce ne soit pas ces coquines-là qui ont enlevé le compositeur russe que j'avais à bord? répondit-il, en se levant furieux. Oui, c'est d'elles-mêmes que j'ai voulu parler.

Comme il prononçait ces paroles, la Fleur-des-eaux vint m'apprendre que, venant de jeter des œufs dans de l'eau en ébullition, elle désirait savoir de quelle manière j'entendais les manger; mais tout en me faisant cette question, elle avait appuyé sa main sur mon épaule, et de telle façon, que le capitaine ne put s'empêcher de remarquer que cette main n'était pas conformée exactement comme les nôtres, ce qui parut produire une étrange sensation sur le bon Nicolas Gheers, car ses joues devinrent aussitôt d'un jaune mat, tandis que ses yeux, se fermant à moitié, — comme ceux d'un monsieur offusqué par la fumée de son cigarre, — se cernèrent d'un disque violacé, d'une couleur très-intense; maintenant, pâlissait-il, rougissait-il? voilà ce que je n'ai jamais pu savoir; ce qu'il y a de certain, c'est que son émotion transparait visiblement à travers son rude épiderme.

Quant à moi, ne voulant pas prolonger l'état perplexe dans lequel il se trouvait, j'ordonnai des œufs cuits de manière à ce que la Fleur-des-eaux s'éloignât le plus promptement possible.

Demeuré seul avec le capitaine, il se pencha à mon oreille pour me dire :

— Mais vous parlez de *Manta*, je crois bien qu'en voilà une?

— Il se pourrait, lui répondis-je.

— Et où diable avez-vous pêché cela? ajouta-t-il mystérieusement.

— Dans l'île d'Oualan, comme vous savez.

— Eh bien, mon pauvre garçon, en voilà du nouveau. Et vous voulez l'épouser?

— Certainement.

— Mais, d'après ce que m'a conté le père Frumence, ce n'est pas une femme que vous avez là, et quand elle commencera à se boucler...

— Une voile, cria-t-on au dehors.

CHAPITRE XXVIII

Le capitaine, à ces mots, m'avait quitté brusquement pour remonter sur le pont.

Un moment après, la Fleur-des-eaux m'apportait du pain sous son bras, du vin dans une bouteille, et les œufs qu'elle m'avait fait cuire. Je la fis asseoir auprès de moi, et lui demandai si elle pourrait me dire ce que c'est qu'une *Manta* bouclée.

— Que veut dire bouclée?

— Ce qui a la forme d'une boucle, parbleu!

— Qu'est-ce que c'est qu'une boucle?

Je pris alors une petite corde que j'avais sous la main; et doublant l'une de ses extrémités, je fis un nœud au milieu de la partie doublée, et il en résulta une boucle que je lui fis voir ensuite.

Je ne sais ce qu'elle comprit, mais elle devint rouge jusqu'aux oreilles et s'enfuit en souriant.

Un instant après, elle réapparut et, s'approchant de moi, elle me dit toute confuse :

— Je t'en supplie, ne me parle donc plus de choses sur lesquelles je ne saurais te répondre. Tu me connais assez, et un jour viendra où je pourrai me donner entièrement à toi, si tu me juges digne encore de t'appartenir; mais jusque-là, cesse de m'interroger, car je t'aime, et tous mes efforts, toutes mes bontés, tous les sacrifices que je fais de ma personne, ne tendent qu'à t'unir à moi, et de manière à ce que tu ne songes plus à m'abandonner.

Au reste, où irais-je maintenant? Et si tu n'étais pas là, à quoi me servirait de vivre?

Je sentis, à ces mots, tout ce qu'il y avait de petitesse et d'ingénérosité dans ce rôle que me faisaient jouer des indifférents et des égoïstes, et j'aurais voulu voir au fin fond de la mer toutes ces âmes charitables qui arrivent sans qu'on les demande, et vous désaltèrent dans des coupes qu'elles ont préalablement le soin d'empoisonner.

Au reste, je considérais ces malveillantes insinuations, comme autant d'attentats contre ma liberté d'agir et de penser, et, en fin de compte, je retrouvais toujours devant moi la même victime ; c'était la Fleur-des-eaux ; mais le métier de bourreau n'est pas dans mon caractère, et loin de partager ces idées malveillantes, je veux avoir le droit d'être trompé et de me tromper moi-même.

Au diable les raisonneurs! J'aime mieux, en tout cas, un brillant mensonge qu'une plate vérité. Et vogue la galère!

Voilà ce que je pensais alors, et je comptais bien m'en expliquer avec le capitaine, lorsque je le vis redescendre tout effaré.

— Qu'y a-t-il donc? lui demandai-je.

— Je viens d'ordonner le branle-bas de combat. Etes-vous des nôtres?

— Certainement. Mais de quoi s'agit-il?

— Vous avez des armes?

— Un revolver et deux fusils de chasse.

— Alors, chargez à lingots, montez dans la grande hune, pour ne pas gêner les manœuvres, et tirez à volonté, en cas d'abordage.

— Mais qui avons-nous donc à combattre, enfin?

— Une sorte de flûte pontée en roseaux, comme en ont les Malais. Elle cingle directement sur nous ; la voilà bientôt à portée de canon.

Chargez vite, montez vite et tirez juste.

Puis, se tournant vers la Fleur-des-eaux :

— Quant à vous, madame, lui dit-il, cachez-vous où vous pourrez ; mais ne venez pas sur le pont, les balles vont y pleuvoir, fort probablement, et je crois qu'alors votre plus court parti serait de vous jeter à la mer, qu'au reste vous devez connaître mieux que je ne la connais moi-même ; ne le niez pas.

— C'est vrai, répondit la Fleur-des-eaux en baissant la tête.

Et elle resta toute consternée, tandis que je suivais le capitaine jusque sur le pont. Qu'allait-elle faire?

Un tumulte indescriptible régnait à cet endroit-là. On apportait des tromblons, des haches d'abordage, des sabres, des revolvers et des gargousses, pour une petite pièce de canon, placée à l'avant du navire.

Lorsque les armes furent chargées, il s'établit une sorte de silence relatif. Alors le capitaine, mettant le porte-voix à ses lèvres, héla l'embarcation suspecte qui, se trouvant considérablement rapprochée de nous, répondit par une décharge de mousqueterie, et l'homme qui se trouvait à la barre fut tué sur le coup. Un autre matelot remplaça le premier, et, imprimant au navire un mouvement qui lui fit présenter la proue à l'ennemi, un coup de canon partit de notre bord, et un boulet alla se loger en plein dans la coque du navire malais, non sans y occasionner un dégât sérieux, à en juger par le désordre qui s'ensuivit. Nous pofitâmes de ce

11

moment pour faire, à notre tour, un feu de mousqueterie ; ce qui eut lieu avec le plus grand succès : cinq
pirates tombèrent à l'instant.

— Bravo! s'écria le capitaine.

Il n'eut pas plutôt dit cela, qu'une nouvelle décharge
des Malais tuait notre pilote et un de nos artilleurs ;
malgré cela, la pièce se trouvant chargée, tira une
seconde fois et si heureusement, que l'embarcation
ennemie fit eau et menaça de sombrer ; mais nous
étions arrivés bord à bord et près d'être harponnés,
quand un crépitement effroyable parti du navire malais, nous mit encore sept hommes hors de combat. Il
ne nous en restait plus que deux d'intacts, un coup de
tromblon les abattit raides morts.

Demeuré seul debout sur le navire, et voyant un
harpon s'accrocher à notre bord, je fis feu, et l'homme
qui tenait le harpon tomba à la renverse. Mais mes
adversaires étaient encore trop nombreux, et je me
disposais à une résistance désespérée, lorsqu'une vague
énorme couvrit le navire ennemi, qui sombra à l'instant.

Ce fut alors un cri épouvantable de détresse que
j'entendis ; des vociférations étranges, proférées dans
une langue qui m'était inconnue, et par des êtres tellement repoussants, qu'aucun d'eux n'éveillait en moi
le moindre sentiment de commisération.

Je descendis de la hune sur le pont ; un certain
grincement produit à l'arrière me préoccupait. J'allai
voir, et à tout hasard, tirai un coup de pistolet en l'air.
Le bruit cessa ; puis, regardant à travers les fentes
d'une pièce mal jointe, je distinguai deux robustes
gaillards, placés dans une pirogue, qui étaient en train
de scier le gouvernail de la Gertrude.

Je voulus tirer, mon revolver était vide ; je cherchai des cartouches, impossible d'en trouver en ce moment, et le bruit de la scie se faisait entendre avec une régularité désespérante. Je pris un fusil ; mais le canon étant trop long, faisait obstacle à mon tir.

Perdant la tête, je descendis dans l'entre-pont du navire, et y trouvai la Fleur-des-eaux assise en prière devant ses dieux.

Alors, voyant la marmite dans laquelle mes œufs avaient cui, je m'en saisis et remontai sur le pont. Hélas ! j'entendais toujours crier la scie adaptée au gouvernail, et comprenant le danger d'une semblable opération, j'étais hors de moi-même.

Bientôt j'atteignis l'arrière du navire, et versai à tout hasard cette eau en ébullition. Des cris stridents s'échappèrent de la pirogue qui s'éloigna aussitôt ; alors, saisissant un fusil, j'abattis un des hommes qui la montaient, puis je fis également feu sur l'autre ; mais ce fut en vain : je tremblais si fort, que mon tir ne pouvait plus avoir aucune efficacité, et je me vis obligé de laisser partir ce second pirate.

Enfin, voyant mon bandit s'éloigner, je m'appuyai sur le bord du navire. C'est alors qu'un voile passa devant mes yeux, et je m'évanouis dans une mare de sang.

Quand je revins à moi, mon visage était inondé de sueur, et la Fleur-des-eaux pleurait à mes côtés.

— Où sommes-nous ? lui demandai-je.

— Es-tu blessé ? me dit-elle à son tour.

— Non.

— Eh bien, regarde autour de toi, et vois ce qui nous environne.

— Au lieu de l'écouter, je lui demandai si elle avait vu quelque chose en mer.

— Oui, une pirogue qui a été accostée par beaucoup d'hommes noirs, puis elle est entrée sous l'eau.

— Où cela? dis-je en me relevant.

— Vois, fit-elle, en montrant le nord.

En effet, j'aperçus une toute petite ligne noire, flottant à l'horizon, un reste de Malais luttant, épave vivante, contre une mort désormais inévitable, car il n'y avait aucune embarcation en vue, et l'île servant de refuge à ces forbans se trouvait déjà trop éloignée d'eux, pour qu'ils pussent jamais l'atteindre à la nage.

Mais c'est sur le pont de la Gertrude que je n'osais pas regarder; le cœur me manquait. Enfin, tant de gémissements se firent entendre, que je me décidai à aborder nos malheureux blessés.

C'est étonnant : je ne reconnaissais plus personne, tant la mort et les souffrances avaient subitement changé tous ces infortunés, se débattant, plus ou moins, dans une boue épaisse, formée par leur sang coagulé, qui avait déjà changé de couleur, car il était recouvert d'une mince pellicule bleue miroitant au soleil, tandis que je sentais une odeur fade et aigrelette me prendre à la gorge.

Quel clapier! Je ne pensais pas que la mort d'un héros fut aussi malpropre. Et dire que..... mais non, laissons de côté toutes ces réflexions malveillantes et revenons à mon sujet.

Ce qui s'offrit d'abord à ma vue, était une forme humaine assise assez près de moi. Son sang l'enveloppait comme un suaire rouge, et l'un de ses yeux, sortant de son orbite, pendait sur sa joue gauche; le nez

était complètement enlevé et l'os jugual broyé et mis
à nu. D'une main, cet homme soutenant son bras
gauche, d'où s'échappait un sang pâle, me donna à
supposer que l'artère était coupée.

— De l'eau, me dit-il d'une voix sourde.

Et je reconnus le capitaine. Tombant alors à ses genoux, je me mis à fondre en larmes, tandis que la
Fleur-des-eaux nous quittait, pour revenir avec un
seau plein d'eau et un gobelet d'étain.

Lorsque le capitaine eut bu, il me demanda le
journal du bord, que j'allai lui chercher, et sur lequel
il écrivit quelques lignes en hollandais.

.— Tenez, ajouta-t-il ensuite, je vous lègue, par cet
écrit, mon bâtiment et sa cargaison. Mettez le cap au
sud-est et bon vent. Pour moi, je sens qu'il faut quitter
ce bord. Tout est fini..... van Klootz va avoir bien du
chagrin. Pauvre van Klootz! c'était là un ami.

Je me dirigeai aussitôt vers la barre; mais hélas! le
gouvernail avait disparu, et notre navire, faisant force
de voiles, voguait à la merci des flots. Où allions-nous
aborder?

Voulant laisser Nicolas Gheers mourir tranquille,
je fis le simulacre de ce qu'il demandait, et revins
aussitôt à lui, tandis que la Fleur-des-eaux s'occupait
de nos blessés.

— Où sommes-nous? demanda le capitaine.

— Par quatorze degrés latitude sud. Cinquante-trois
à l'est.

— Tâchez de gagner les îles Marquises.

— Bien.

— Fouillez les morts, ajouta-t-il, attachez-leur un
boulet au pied... et... vous savez bien. Ensuite, lavez

le pont... Je vous recommande mes chats, deux angoras magnifiques.

En ce moment, le navire rangeait une île dont nous étions si rapprochés, que l'on entendait distinctement le ramage de milliers d'oiseaux, voletant à travers une forêt splendide, dont les arbres se montraient chargés de fruits.

Une pirogue, montée par trois naturels, tenta de s'approcher de nous ; mais ne voulant pas rendre ces pauvres insulaires témoins de notre désastre, par un sentiment de pudeur facile à comprendre, je tirai un coup de fusil en l'air, et la pirogue rebroussa chemin,

Tous nos hommes n'étaient pas morts sur le coup. Il y en eut même un qui survécut cinq jours à ses blessures ; mais le capitaine mourut dans la nuit. Ses dernières paroles furent : chat, épouse. Il délirait.

Enfin, nous arrivâmes, la Fleur-des-eaux et moi, à nous trouver seuls sur le pont, la mort ayant moissonné tous ceux qui se trouvaient autour de nous.

CHAPITRE XXIX

Au fur et à mesure que nous approchions du sud, les jours devenaient plus longs, car nous étions à la fin de décembre : c'est-à-dire en plein cœur de l'été, dans cette partie du globe.

Une fois, j'aperçus une voile au large et tirai le canon ; mais le navire se trouvant fort éloigné de nous, ne nous vit pas, car il continua sa route et fondit, en quelque sorte, dans la brume.

Une autre fois, il était environ minuit, et nous longions un groupe d'îles dont on voyait les feux très-distinctement, je tirai de nouveau; mais personne ne vint.

Lorsque nous eûmes dépassé les antipodes, une après-midi, le temps devint si menaçant, que je jugeai à propos de scier tous les mâts, et bien m'en prit, car nous essuyâmes une tempête contre laquelle le navire n'eut pas pu tenir sans cette précaution.

Il plut beaucoup, et nous fûmes débarrassés de ces âcres exhalaisons produites par le sang coagulé.

Peu à peu, l'air devenait plus frais et l'Océan plus solitaire.

Un jour, la Fleur-des-eaux m'appela pour me montrer quelque chose de blanc, que l'on voyait apparaître devant nous.

Hélas! c'était la première banquise; énorme masse glacée flottant au hasard. Heureusement que de l'un de mes mâts, j'avais fait une espèce de gouvernail qui me permit de l'éviter.

Nous avions dépassé le cap Horn depuis longtemps, et le vent nous poussait directement vers le pôle austral.

Puis les banquises devenaient plus fréquentes. Quelquefois, nous étions enveloppés par un brouillard blanc et épais, semblable à celui que les Italiens désignent sous le nom de *mal'aria*. On voyait passer, de temps en temps, d'énormes quantités d'oiseaux aquatiques. Depuis plusieurs jours, nous côtoyions une ligne bleuâtre, que je reconnus pour être la terre de Graham, ensuite, nous arrivions à la terre Alexandre Ier. Enfin, à travers mille obstacles, occasionnés par tant de glaçons, nous fûmes poussés vers une nouvelle terre, située par 73 degrés de latitude, et 69 de longitude ; nous avions dépassé deux îles : je nommai la première, île Lamartine, et la seconde, île Arago. Il s'en présenta encore trois autres : la première reçut le nom de Rachel, la seconde, île Horace Vernet, et la troisième, île Félicien David ; quant à la terre en question, je la nommai terre Jeanne Darc.

J'en demande mille fois pardon à messieurs les souverains, qui peuvent se plaindre, avec quelque raison, du tort que je leur occasionne, en ne faisant pas figurer leurs augustes noms sur la carte de mes découvertes ; mais si ces hauts personnages veulent nommer des continents, qu'ils aillent les chercher eux-mêmes ; quant à moi, il ne me plaît nullement d'illustrer mon pays par mes platitudes.

Nous abordâmes ensuite dans une petite baie précédée d'un énorme rocher, contre lequel mon navire pouvait se rompre au premier choc ; cependant, il n'en fut rien ; car ce rocher formait, à l'intérieur de la baie, un angle rentrant, et le navire, poussé par une force inconnue, alla donner dans une petite passe, où il s'arrêta entre deux talus ; de sorte qu'il se trouvait ainsi abrité contre les vents et les glaçons. C'était beaucoup mieux que je n'osais l'espérer.

Mon premier soin, en débarquant, fut d'aller inspecter le pays.

Quoique le ciel fût sombre et le vent frais, il ne gelait cependant pas, — on était au dix-huit janvier, — et je pus fouler à mon aise ce sol, jusqu'alors vierge de l'empreinte des pas humains. Peut-être qu'un jour, et lorsqu'on aura épuisé toutes les mines de houille, de fer, d'or et d'argent, l'homme, épuisé à son tour,

... demander à ces rochers mornes et solitaires, ... richesses que la nature, toujours pré... ...ante, a tenues en réserve, pour un avenir qui n'est ... aussi éloigné que l'on serait disposé à le ...

... terre de ce continent était un humus noirâtre, ... par la fonte des neiges, et semé de pierres ... désagrégées par l'intensité du froid, qu'elles ... en bouillie lorsqu'on marchait dessus.

... y avait çà et là des plaques de verdure, et même ... fleurs, parmi lesquelles je retrouvai le *saxi-... oppositifolia*.

Un peu plus loin, on arrive en face d'une pelouse, ... milieu de laquelle serpente un fleuve assez large, mais sans rapidité apparente. Au-delà du fleuve, la pelouse, hachée par des intervalles de neige, se pro-longe et va aboutir à une montagne assez élevée. Mais ... un arbre, pas même un arbrisseau; c'est la nature ... chemise.

Toute cette plaine servait alors d'asile à une telle quantité d'oiseaux, que j'étais, à chaque instant, obligé de me détourner, pour ne pas les écraser en marchant. J'en pris quelques-uns que je caressai, tous se laissè-ent faire, sans paraître en éprouver la moindre sen-sation désagréable; c'étaient, pour la plupart, des mouettes, des manchots, des eiders, des cygnes blancs et des canards de toute couleur. Je les remis à leur place sans leur faire endurer aucune sorte de vexation, d'autant mieux que ce devait être, pour ces paisibles habitants, l'époque de la couvée.

En ce moment, je fus distrait de ma contemplation par des cris effrayants, jetés par la Fleur-des-eaux,

Faisant alors un demi-tour sur moi-même, je la vis, luttant avec le courage du désespoir, contre un adversaire auquel je n'avais pas encore songé.

Voler à son secours, ne fut pour moi que l'affaire de quelques secondes. Lorsque j'arrivai, le combat ayant cessé, ma courageuse compagne me montra un ourson assez gros, qu'elle avait pris par la langue, chose peu difficile, vu qu'il n'avait encore ni ongles ni dents, — on eût dit qu'il avait passé à la censure, — de plus, son pelage mal léché, lui donnait les faux airs d'une peinture de Gustave Courbet. J'en dirais bien davantage sur son compte; mais, comme l'a écrit un prosateur estimé de notre époque, et chez lequel on trouve des alexandrins faits, sans doute, par inadvertence.

Le mieux est de ne point
Voir les défauts des gens dont nous avons besoin.

L'heureuse citation qui précède, vient d'autant mieux à l'appui de mon histoire, que de cette première capture, la Fleur-des-eaux s'en fit un manchon, et moi, un déjeûner succulent.

Je m'attendais bien à quelques explications de la part des parents du défunt, qui passent pour avoir un flair assez délicat; c'est pourquoi, le soir venu, j'attachai deux morceaux de lard à l'extrémité d'une petite ancre, que j'eus la précaution de laisser pendre le long de l'échelle conduisant à bord; aussi, le lendemain, eus-je la satisfaction, à mon réveil, de voir les honorables ascendants du jeune ourson, gracieusement suspendus dans l'espace, tout en ayant l'air de se chanter le final d'un duo entraînant.

Voilà, dis-je philosophiquement, le résultat d'un

amour qui n'a pourtant rien que de fort légitime; mais mon procédé, si désagréable qu'il fut pour le couple en question, mit fin, toutefois, à un voisinage qui pouvait présenter des inconvénients.

Et je hissai comme je pus mes deux personnages à bord.....

Quelques jours après, la Fleur-des-eaux se plaignait de douleurs aiguës dans les articulations des membres inférieurs qui, parfois, devenaient d'une telle rigidité, qu'elle était obligée de garder le lit une partie du jour; heureusement que le soleil restait vingt-deux heures sur l'horizon, sans cela, elle eût été fort à plaindre.

C'est dans ces circonstances qu'elle me pria de lui construire une cabane sur le rivage, afin qu'elle put aller plus facilement à la mer. J obtempérai à sa demande, quoique j'en fusse désolé : je craignais toujours qu'elle ne tombât victime des monstres marins qui hantent ces parages; mais elle prétendait les mettre tous en fuite. Je lui fis observer, en outre, que l'eau n'était guère qu'à la température de six degrés au-dessus de zéro; malgré cela, elle n'en continua pas moins à prendre ses ébats dans la mer, qui était, à n'en plus douter, son élément favori.

Il y avait là un problème dont je cherchais vainement la solution.

CHAPITRE XXX

Lorsque le temps était beau, ce qui est assez rare sous ces latitudes, j'allais explorer le pays. Un jour, ayant pu traverser à gué un fleuve qui me séparait de la montagne que j'avais en vue, en continuant de marcher, je finis par l'atteindre et en escalader le sommet, d'où l'on aperçoit un pic fumant à l'horizon.

Je donnai à ce volcan le nom de Descartes.

Il est à remarquer que, depuis quelque temps, les lois de la vibration, appliquées au son, à la chaleur et à la lumière, nous ont fait retourner à ce philosophe, qui pourrait bien être, tout simplement, le plus grand génie des temps modernes; il n'y aurait même rien d'improbable à ce que son système fut appliqué aux lois de la pesanteur spécifique, puis au mouvement universel, d'où il suivrait que,

Le son, la lumière, la chaleur, la pesanteur et le mouvement, obéissant à une même loi, se rapporteraient à une seule cause: le mouvement tournant, qui serait alors, et selon moi, produit par nn seul agent: l'électricité.

Or, si Copernic, Newton et Galilée ont pressenti et expliqué des faits, Descartes est remonté à la cause, ce qui est bien différent, et plus tard, Franklin a découvert l'agent, ce qui ne gâte rien à l'affaire, comme on voit.

Après avoir remercié ces grands génies, de ce qu'ils me permettaient d'établir ce raisonnement, je descendis la montagne.

C'était vers le milieu du jour. Le soleil, quoique blafard, jetait cependant une certaine chaleur moite, dans cette atmosphère ordinairement si embrumée, mais à part les cris intermittents de quelques oiseaux aquatiques, un silence profond régnait sur toute cette nature, dont l'air de jeunesse eût fait croire qu'elle était à l'aube de la création. Lorsque, arrivé sur la pente qui regarde le midi et se trouve peu distante de la vallée, je fus surpris d'entendre une sorte de brouhaha, pareil au bruit d'une fournaise, quoique moins sonore. Je m'arrêtai quelques minutes pour écouter ce grondement inégal, qui éclatait parfois sur certains points, tandis que, pris dans son ensemble, il ressemblait plutôt à un immense murmure, produit par des voix humaines.

Je descendis encore et suivis un épais glacier ; la chaleur était grande. Lorsque j'eus atteint le fond de la vallée, ce n'était plus un bruit que j'entendais ; mais des mots parfaitement distincts.

Il y avait une voix, surtout, beaucoup plus puissante que les autres, qui disait : *Oel agodól* (grand Dieu), puis une autre qui répétait : *Nahm Teut* (Dieu saint). Dans ces mots, je reconnus facilement l'hébreu et le celtique ; mais les cris provenant d'autres dialectes m'étaient inconnus. Parfois même, ces mots différents vibraient à mon oreille avec une sonorité étonnante, ce qui me faisait tourner la tête de côté et d'autre.

Me trouvant privé de tout contact avec mes semblables, je crus, un instant, être sous l'empire d'une hallucination, pareille à celle qu'éprouve le voyageur altéré qui traverse les déserts de l'Orient, et auquel un mirage trompeur montre de vertes oasis, se reflétant dans l'eau transparente des lacs, tandis qu'autour de lui, tout n'est qu'aridité, vaste silence et morne solitude.

Au-delà de cette vallée, je n'entendis plus rien, une légère brise passant sur les glaciers, tempérait l'ardeur des rayons solaires, qui m'avaient incommodé tout-à-l'heure. Mais ce contraste du bruit, naissant un milieu d'un calme absolu, et sans aucune cause apparente, avait quelque chose de bizarre qui confondait ma raison. Cependant, en y réfléchissant bien, je me dis : le pôle nord est le théâtre journalier de phénomènes autrement surprenants, lorsqu'il s'agit du magnétisme terrestre et des aurores boréales ; pourquoi la nature, qui a proposé tant d'énigmes à l'entendement humain, se serait-elle montrée plus parcimonieuse ici que là-bas ?

Je me promis donc, en rentrant, d'étudier ce fait et tâcher d'en tirer une conclusion ; il y avait sans doute à cela beaucoup d'audace de ma part ; mais l'honneur d'être le premier à découvrir et expliquer un des phénomènes les plus étonnants de la nature, m'entraînait bien loin des bornes prescrites par la modestie et les sots, qui trouvent que penser au-delà de ce qu'ils pensent, est une grave infraction à leurs règlements. Peut-être qu'un jour, me disais-je encore, si j'annonce ma découverte, la France reconnaissante m'accordera, à titre de récompense nationale, cinq lignes dans les journaux, parmi lesquelles il y aura deux coups d'encensoir et trois paires de soufflets, car c'est ainsi que l'on honore le mérite, dans ma noble patrie. Je m'en rapporte à l'histoire, là-dessus.

Le lendemain fut une journée assez maussade ; je l'employai à enfouir mes deux ours dans un glacier, afin d'avoir de la viande fraîche, en cas de besoin. Le surlendemain n'était guère plus beau ; la température ayant considérablement baissé, quelques flocons de neige voltigeaient dans l'espace. Malgré cela, je me mis en route pour la montagne des échos ; mais le phénomène sur lequel j'avais compté ne se produisant pas, je m'en retournai de fort mauvaise humeur.

Deux jours après, le temps était magnifique, le thermomètre montant à vingt-trois degrés, et pas un souffle d'air, il faisait très-chaud, et je partis pour la montagne. La terre semblait sourire aux rayons vivifiants d'un soleil d'été, jetant dans l'atmosphère attiédie ces fumées bleuâtres, qui montent vers le firmament. Chaque glacier, inondé par la fonte des neiges, avait transformé les ruisseaux en lacs spacieux, et les lichens étaient d'un vert adorable.

Avant d'avoir atteint le fleuve, l'oreille percevait à peine les sons affaiblis d'un murmure lointain ; mais dans la vallée, ces bruits étaient si intenses, qu'ils en devenaient assourdissants.

Voulant mêler ma voix à toutes ces syllabes inconnues, je demandai, en criant de toutes mes forces : *Man-ou ?* (qu'est-ce ?)

Ma question hébraïque restant sans réponse, j'essayai d'autres langues ; mais sans plus de succès, et le vacarme continuait de plus belle.

Décidément, il y avait là quelque chose d'insolite, et probablement dû à la chaleur, car la vallée était muette à l'exposition du Midi, qui est le côté froid de cette partie du globe. Mais d'où pouvaient venir toutes ces voix ? Les colosses de Memnon chantaient au soleil levant, toutefois, étant colosses ou plutôt statues de granit, des prêtres ont pu les machiner à leur guise, tandis que là, il n'y avait rien, absolument rien, que du soleil dans une vallée bourrée de glaçons. Une émotion singulière m'obligea de m'asseoir. Je me perdais donc en vaines conjectures, lorsqu'une chose presque inapparente vint tout me révéler. Il en était temps.

Un fragment de glace, en se détachant du bloc auquel il appartenait, éveilla mon attention ; non-seulement par le bruit de sa chute ; mais encore parce qu'il venait de mettre à découvert nne tache rousse, que je pris d'abord pour une feuille d'arbre, rouillée par les froids d'automne. Cependant, en l'examinant de plus près, je reconnus que c'était la patte d'un gros palmipède. Comme j'avais toujours une hache passée dans ma ceinture, cela me servit à effeuiller ce glaçon, et, le soleil aidant, je ne tardai pas à découvrir un volatile énorme, que les paléontologues ont nommé mésiosaure,

Il avait la position verticale d'un oiseau plongeant ; son corps, se rapportant assez bien à l'idée que l'on en donne, était à peu près celui d'un saurien, quoique moins effilé. Quant à son col, placé dans la position de celui du cygne lorsqu'il boit, c'était bien ce que les dessins nous représentent : une sorte de vipère à collier rouge, ayant la langue molle et fourchue et les dents fines et espacées, comme celles du brochet.

A part cela, la tête n'offrait rien de remarquable, si ce n'est une tache blanche qui, partant du sommet du front, avait la forme d'un fer de lance dont on aurait cassé la pointe. En somme, toute la partie rappelant la famille des ophidiens, figurait quelque chose rapprochant d'un bras dont le poing est fermé, seulement, le cou était beaucoup plus long. Quant aux ailes, pouvant mesurer trois mètres quatre-vingt-neuf centimètres d'envergure, elles étaient garnies d'un long plumage mordoré, peu éloigné de celui du faisan. Les pattes, fines et rouges, étaient celles d'un échassier ordinaire, sans aucun signe particulier.

Cette trouvaille, si insignifiante qu'elle fut, allait avoir du moins un petit mérite ; c'est de servir de base à un raisonnement d'où se dégagerait l'explication des voix mystérieuses qui formaient, en ce moment, un capharnaüm d'intonations à en perdre la tête.

Et pourtant, ce prodige se trouve avoir une origine si simple, qu'il devient presque enfantin de l'expliquer, car on l'a déjà deviné en partie, c'est égal, faisons-le tout de même pour l'acquit de ma conscience.

Lorsque le déluge eut lieu, son action fut si rapide, qu'il surprit la plupart de ses témoins dans les actes les plus ordinaires de la vie.

Ainsi, en Norwège, on a découvert un homme antédiluvien, armé d'une hache de silex, et ayant auprès de lui un bœuf qu'il vient de blesser au front. Ceci est un des derniers épisodes d'un drame de la vie humaine au temps du déluge, et le tout se trouve pétrifié, parce que ces spécimens appartiennent encore à la zône tempérée ; mais ceux qui se rencontrent dans la zône glaciale sont restés intacts.

En 1832, le capitaine Ross a découvert au pôle nord, un éléphant antédiluvien non pétrifié, puisque après en avoir mangé lui-même, il envoya l'animal presque entier à Londres où, ayant été servi comme simple comestible, il fut trouvé excellent.

Or, si la glace a tout conservé, c'est que la congélation a été instantanée aux deux pôles, et ce fait du déluge, en se passant si soudainement, il en résulte que chaque être a été surpris dans l'acte qu'il accomplissait alors, comme je viens de le dire.

Parmi ces actes différents, il en est un fort simple : parler.

Mais comme ceux qui vivaient à cette époque, se sont vus immédiatement transportés de l'équateur aux deux pôles, où non-seulement l'homme a été frappé subitement ; mais l'émission même du son, qui n'a pas pu se produire, parce que là, — tout se trouvant déplacé, interverti, — il n'y avait plus ce mouvement vibratoire, répercuteur transmissionnaire de ce son, et puisque rien ne se perd absolument dans la nature, il en résulte que ce que j'entendais alors, n'était que le bruit d'une génération éteinte, dont la voix vient de resusciter sous l'action bienfaisante d'un rayon de soleil, et ces paroles, jadis congelées, vont s'évaporant dans l'espace.

Si toutes ces voix n'expriment pas le désespoir, elles ne sont pas non plus les éjaculations ferventes d'une âme dévote.

Ici on a l'air de vendre et d'acheter ; là-bas on semble parler d'affaires ; plus loin, ce sont des soupirs fort tendres mais étouffés.

Enfin, c'est la vie prise sur le fait et se réveillant à travers les siècles. Quant à ces mots, un bon philologue pourrait en faire le classement, à temps perdu.

Bientôt je me chargeai mon mésiosaure sur les épaules, et l'emportai au navire. La chair, dont le goût tenait du faisan et du cygne, me parut excellente ; seulement, la Fleur-des-eaux ne le trouva pas

assez faisandé, cela dépend des goûts, on pourrait
essayer sur d'autres ; j'ajouterai que j'avais eu le soin
d'en ôter la tête, — une tête de vipère qui ne présa-
geait rien de bon, — je fis même davantage : à partir
de ce moment, je ne sortis plus de chez moi que
muni d'un flacon d'alcali, pour pouvoir neutraliser,
au besoin, les résultats d'un contact trop intime de
mon individu avec la tête d'un mésiosaure.

Et je m'en trouvai bien.

Deux jours après je revins à la montagne des
échos. Les voix avaient changé de caractère : en fondant au soleil, la couche glacée de ce jour lançait
des sons harmonieux, et chaque minute donnait lieu
à une émission de voix, chantant en chœur dans
une langue primitive appelée *bialban*, autrement dite,
langue du soleil, — une sorte d'hébro-sanskrit, fort
connu des savants et des artistes. Je tirai mon album
de ma poche, et tout en écrivant les mots je notai
les sons. Grâce à ma montre qui marquait les secondes, je parvins sans peine à établir un rythme
passable, en prenant la noire pour base d'un temps.

Toutefois, il ne me fallut pas moins de quatre
heures trente-sept minutes, pour recueillir une
strophe complète.

Quant à la mélodie en elle-même, elle ne manquait pas d'une certaine beauté, malgré son caractère
préadamite, et c'est pourquoi je conserve encore ce
précieux document.

CHAPITRE XXXI

Le vaste continent qui forme le pôle antarctique, quoique ayant été souvent aperçu des voyageurs, n'a néanmoins jamais pu être abordé par aucun d'eux, son rempart de glaces l'ayant jusqu'ici abrité contre toute profanation; aussi ressemble-t-il à une chambre non faite, et dont la propriétaire a disparu en emportant la clef; car chaque chose, depuis le déluge, y est restée intacte et mystérieuse à la place où le déluge l'a laissée.

Jusqu'ici, n'ayant eu devant moi que cette plaine, dont j'ai donné la description, et la montagne des échos, qui ne m'offrait plus aucun intérêt, je résolus de tenter une entreprise plus hardie : ce fut de visiter ce volcan de Descartes; mais comme rien n'annonçait qu'il y eût espoir de rencontrer aucun refuge sur ma route, je supposai qu'en partant de bon matin, il se pourrait que je revinsse le soir; au reste, quand on n'est pas savant un volcan est bientôt vu.

Le lendemain je me mis donc en route, ainsi que je l'avais résolu, emportant dans mon sac cinq livres de lard et quatre livres de biscuit. Je remplis ma gourde d'eau-de-vie et pris avec moi mon revolver, ma hache et une canne à épée. En guise de couverture de campement, je plaçai, sur mon sac, une peau d'ours capable de m'envelopper de pied en cap.

Il était deux heures et demie du matin lorsque je

quittai la Gertrude ; à quatre heures , le jour naissant me trouva au pied de la montagne des échos, je continuai d'avancer ; la terre se trouvant durcie par le froid, je fis environ deux lieues et m'arrêtai pour déjeûner.

Une heure après , je repris ma route ; le soleil était assez beau ; mais, dans l'après-midi la chaleur fit fondre cette glace qui donnait quelque consistance au sol, et j'eus à traverser différentes fondrières qui me gênèrent beaucoup ; cependant, je finis par en triompher, et me retrouvant sur la neige, qui m'offrit un chemin plus solide, j'avançai encore ; mais lorsque vint le soir, je m'aperçus que je m'étais illusionné sur la distance ; le volcan étant encore fort éloigné.

Comme il était trop tard pour retourner au navire , je construisis une hutte de neige où je passai la nuit.

Le lendemain je continuai ma route , à peu près dans les mêmes conditions que précédemment, et sans rien voir qui présentât le moindre intérêt ; seulement , à l'entrée de la nuit , me trouvant à passer sur un bras de mer , je me mouillai un pied, lorsque la glace céda sous mon poids ; en sorte que je m'arrêtai là , pour y construire une nouvelle hutte dans laquelle je dînai et m'endormis.

A mon réveil, et après avoir eu examiné la configuration du sol, je reconnus que ce bras de mer n'allait que jusqu'à dix minutes de là , ensuite le sol devenait montueux et accidenté.

J'étais au pied du volcan.

Pour faciliter mon ascension , il fallut mettre sac à terre , et afin de retrouver mon chemin, je fis , avec de la neige, un grand pain de sucre sur lequel je plaçai ma peau d'ours; quant à mes provisions, je les mis dans mes poches et partis sans plus de façons.

Inutile de mentionner les difficultés que j'eus à gravir cette montagne, ni des chutes que j'ai pu faire en marchant; seulement, après avoir eu atteint la plate-forme du second plateau, je me trouvai en face du cône tronqué formé par le cratère, et la glace, sur ces déclivités, se trouvant unie comme si on l'eût travaillée à la main, il me fut impossible d'aller plus haut.

Il était trois heures du soir. Je me mis à errer çà et là, ne me sentant pas les forces nécessaires pour risquer une descente, au reste, il était trop tard pour y songer en ce moment; je me contentai donc de m'abriter derrière une roche qui me parut convenable pour cela.

La nuit vint et le froid fut terrible.

Malgré ma lassitude, je fus encore obligé de marcher toute la nuit, afin de ne pas me laisser surprendre par cette température dont je connaissais les dangers.

Il m'avait donc fallu trois jours de fatigues inouïes, pour arriver à un aussi piètre résultat.

Enfin le jour parut; le soleil se leva, et un peu après, je m'étendis sur la glace et m'endormis.

A mon réveil, le soleil était encore sur l'horizon, alors, continuant de descendre, j'eus bientôt atteint le premier plateau de cette montagne. Ici les obstacles devinrent moins fréquents, et je fus frappé du caractère de grandeur que prenait le paysage. Les rochers, qui atteignaient parfois une hauteur ef-

frayante, semblaient avoir été disposés symétrique-
ment; l'œil y distinguait comme des galbes de
colonnes, dont les fûts ont été usés par le temps; il y
avait même des ouvertures bien informes, sans doute;
mais qui auraient fait croire à des intentions archi-
tecturales. Tout cela était morne et silencieux; les
oiseaux même ne fréquentaient pas ces altitudes dé-
solées.

Je me blottis dans une petite caverne et y passai la
nuit.

Comme je fus long à m'endormir, la forme de ces
rochers me préoccupa beaucoup, car il n'est guère
supposable que jamais personne ait pu songer à habiter un tel pays, seulement, j'avoue que cette partie
de la montagne est curieuse à visiter.

A part quelques rafales de vent qui balayaient les
neiges, la nuit fut d'un calme parfait.

Le jour vint et, me trouvant avoir soif, je me mis
à fouiller les cavernes dans le but d'y découvrir une
source, ce qui ne tarda pas à se présenter, car après
avoir franchi un espace de cinquante mètres, je me
trouvai en face d'un joli ruisseau, qui gazouillait
paisiblement au bord d'une grotte immense.

Je pris de son eau dans ma tasse; elle était délicieuse, quelques gouttes d'alcool que j'y ajoutai en
corrigèrent la crudité, et je m'assis pour prendre
un peu de nourriture.

Mon repas terminé, je me disposais à descendre,
lorsque l'idée me vint de visiter cette grotte qui,
n'ayant rien de remarquable extérieurement, semblait devoir ne m'offrir que fort peu d'intérêt.

L'entrée était bordée de quelques stalactites insignifiantes, qui pendaient au-dessus de ma tête, et le sol en était limoneux.

En regardant ces stalactites, mon pied heurta contre une pierre. Je ramassai cette pierre, qui me parut assez lourde pour son volume ; elle était, en outre, d'un blanc fort brillant et l'ayant mise de côté, sans même me demander pourquoi elle se trouvait là, je m'enfonçai davantage dans cette caverne, composée d'un second compartiment assez obscur, du reste, puisque, n'y voyant rien d'abord, je me disposais à en sortir, lorsque mes regards, s'habituant peu à peu à cette demi-obscurité, me permirent d'entrevoir d'autres stalactites beaucoup plus belles, qui tapissaient cette seconde voûte ; mais les parois de cette même grotte en avaient d'autres, qui formaient des renflements d'un aspect singulier.

En m'éloignant de quelques pas, afin d'en mieux saisir l'effet, je m'aperçus que j'avais devant moi des statues hautes de quatre à cinq mètres. Le style en était bon ; mais d'où pouvaient-elles venir ? Ce n'était ni du grec ni de l'égyptien, et la variété des attitudes, comme le manque absolu d'intention artistique, devenaient pour moi une énigme indéchiffrable, car tous les détails étaient rendus avec une grande perfection, et je ne me souvenais pas d'avoir jamais rien vu de pareil.

L'auteur de ces ouvrages avait certainement visé le réalisme ; mais sans en avoir imité les lourdeurs, les inélégances, ni surtout les incorrections. La matière employée par l'artiste, était d'un ton général rappelant assez cette pierre que j'avais ramassée en entrant, quoique ces statues fussent d'un blanc plus mat.

CHAPITRE XXXII

Voulant me rendre compte de ce que ce pouvait être, je trempai mon mouchoir dans la source, et m'apprêtais à nettoyer le bas d'une jambe, lorsqu'une voix d'une puissance formidable et qui venait d'en haut, me cria :

— Qui es-tu ?

A ces mots je bondis en arrière, et si fort, que je vins tomber de l'autre côté de la caverne, haletant et palpitant comme un oiseau qui vient de recevoir un coup de fusil.

Cette fois, je compris que j'étais en face d'un danger sérieux, et cependant il fallait répondre ; heureusement que cette question m'était adressée dans la langue soleillienne dont j'ai déjà parlé : en *bialban*.

Peu à peu je me remis, et me relevant, je balbutiai la réponse suivante :

— Paix à toi, oh ! mon père !... oh ! mon amour !... Je suis, un fils de la terre...

— Qui t'amène ici ? poursuivit le colosse.

— J'ai glissé sur la face de l'abîme, l'orage a grondé, les lampes du ciel ont voltigé avec éclat, et la mer m'a poussé vers ce rivage.

— Quel est ton pays ?

— La France, répondis-je en m'essuyant le front.

— Cette terre m'est inconnue, dit-il.

En ce moment, comme je me voyais prêt à défaillir, j'avais appuyé l'une de mes mains sur quelque chose

de rond, sans me rendre compte de ce que ce pouvait
être, lorsque je me sentis enlever par deux mains
énormes : c'était une géante qui m'asseyait sur l'un
de ses genoux. Pour ne pas la blesser, je me débarrassai aussitôt de ma hache et de ma canne, puis je
dis au géant :

— Depuis quand habites-tu cette caverne ?

— Depuis treize mille ans, soupira-t-il. Le cata-
clysme, en nous frappant, nous a laissé l'immortalité.

— L'immortalité ! dis-je à mon tour ; mais elle
existe donc sur la terre et seulement pour ta race ?
oh ! fils des temps passés !

— Ne m'interroge pas à cet égard, répondit le
titan d'une voix fort émue.

— Je te le dirai, moi, murmura à mon oreille la
personne qui me tenait sur ses genoux.

C'était une fille qui pouvait mesurer largement
quatre mètres de hauteur.

Alors, je repris ma conversation en disant au
colosse, que je supposai être le père de cette famille :

— Te souvient-il d'un peuple qui, dans le Liban
s'appelait Phéleg, et que l'on nommait Falang sur
l'Himalahia ?

Le géant pencha la tête, et, abaissant ses épais
sourcils, chercha dans sa mémoire et finit par me
dire :

— J'ai tant voyagé !

— Sans doute, répondis-je ; mais alors comme la
mer couvrait presque entièrement la terre, qui a considérablement grossi depuis cette époque, et qui
grossit tous les jours, il y avait des îles situées entre
le pôle sud et l'équateur que tu peux ne pas avoir
oubliées.

— Tiens ! tu as raison, dit le géant, ce peuple habitait l'Ar-lében (deux mots hébreux qui signifient : mont blanc, et dont nous avons fait Alpes). C'était une île fort grande, où nous allions échanger des pierres façonnées contre des aurocs. J'avais même là un excellent ami, qui s'appelait Gumro... l'aurais-tu connu par hasard ?

— Non, répondis-je en souriant.

Le géant s'en aperçut et me dit :

— J'oubliais que tu es trop jeune, pour cela ; mais ce Gumro était un fils d'une intelligence remarquable, car il a placé dans ces montagnes des pierres dont l'équilibre est si parfait, qu'un tout petit enfant peut les ébranler en les touchant du bout de son doigt, et ces pierres sont énormes.

— Elles existent toujours, dis-je.

— Vraiment ! exclama le géant, alors rien n'est donc changé, dans ce pays-là, depuis les grandes eaux du déluge ?

— Si bien ; mais poursuis, et je te répondrai selon ce que j'en ai appris, et surtout selon ce que je suppose.

Le géant porta la main à son front et dit ensuite :

— Ah ! c'était le bon temps, alors ; Gumro avait, dans sa caverne, quelques outres d'un certain vin blanc, que nous buvions avec grand plaisir, puis, après avoir échangé une douzaine de coups de poing, nous montions sur ces mammouths gigantesques, amenés par les Scuiths, habitant les climats brûlés du nord de l'Oural, et nous allions chasser l'épiorne ou parler d'amour aux vierges des montagnes, qui nous écoutaient volontiers, en sorte que Gumro se maria, et l'on dansa le pas des géants, tiens, comme ceci.

Et le titan se mit alors à exécuter un pas que j'avais vu danser à Saint-Claude (Jura), puis il continua en ces termes :

— Si Gumro avait été fidèle à ses amours, je n'imitai pas sa constance, car un jour, étant allé visiter un port de mer situé à quelque distance de là, et dont les habitants recueillent beaucoup de sel (peut-être Lons-le-Saunier), je pris fantaisie de m'embarquer pour visiter l'Arvernie (en hébreu, montagne boisée, c'est l'Auvergne) et Bethzila pleura longtemps Séphor, à ce que l'on m'a dit, du moins, car je n'ai pas revu l'Ar-lében.

Lorsque j'eus parcouru l'Arvernie et ses roches noires, pleines de volcans, je marchai jusqu'à Gadès (Cadix) et arrivé là, je repris la mer pour voir cette grande île que l'on nomme Guébel (en hébreu, une montagne. C'est la Kabylie). A l'ouest de ce continent, il y avait une mer intérieure assez mauvaise parfois, puisqu'on l'avait appelée Séharah (tempête).

Mais j'avais hâte d'atteindre le froid climat de Misraïm (l'Egypte), pour traverser le pôle sud et retourner dans mon pays, dont je regrettais le chaud soleil et l'ombre des hauts palmiers, là où tu n'as trouvé que des glaçons et nos grottes en ruines.

A cette époque, la mer se retirant peu à peu, de nouvelles montagnes se montrèrent, où l'on commença à y voir de ces hommes petits et querelleurs qui ne parlaient pas notre langue, quoiqu'ils vécussent parmi nous. Hélas ! que sont devenus les hommes et les choses de ce temps-là !

— Les hommes, répondis-je, petits et grands ont été en partie détruits par le déluge ; cependant, il en resta encore assez pour repeupler la terre, et surtout de ces petits, qui venaient on ne sait d'où, peut-être des satellites de notre monde, ils parlaient une langue entièrement différente de la tienne, car ce Ar-lében que tu citais (le mont blanc) est devenu Guïne-van (Genève) qui a la même signification en celtique.

C'est ainsi qu'ils nommèrent tour à tour les choses en cent dialectes différents, et tous plus barbares les uns que les autres.

En ce qui concerne ta race, elle est éteinte depuis si longtemps, que l'on doute même si elle a jamais existé ; cependant, quelques savants dans l'art de construire parlent de vos monuments, et les poètes morts depuis deux ou trois mille ans, ont célébré vos hauts faits ; mais leurs ouvrages manquent de certitude. Quant à ces hommes petits et méchants, ils ont fait détruire tant de beaux hommes dans leur pays, par des guerres interminables et en mettant toujours les plus forts en face de l'ennemi, que la taille humaine a diminué sans retour, aussitôt après leur passage sur la terre, et l'on a cependant chanté leurs louanges sur tous les tons et dans tous les pays ; car ces petits hommes sont tellement enclins au mal, qu'ils aiment, et le mal qu'ils font et le mal qu'ils voient faire.

Les Scuiths, depuis plusieurs siècles, échangent l'ivoire de leurs mammouths et de leurs éléphants avec le reste de l'Europe, quoique leurs nombreux troupeaux aient été entièrement anéantis par le déluge, qui a même changé la forme de leur pays ;

ainsi, les Scuiths de l'Oural (les Russes) ne communiquent plus avec les Scuiths des monts Cheviots (les Ecossais), maintenant qu'une vaste mer les sépare, ils parlent une langue différente et forment deux nations distinctes. L'éléphant a déserté leur climat jadis si doux, qui est devenu très-froid, et la race des mammouths a disparu de la surface de la terre, non moins que le mastodonte, les épiornes et la plupart des grands sauriens.

L'Arvernic ne voit plus fumer ses volcans ; elle est aujourd'hui placée à une distance égale de l'Ar-lében et d'une mer de l'Ouest, dont le rivage, jusqu'aux Alpes, ne forme qu'un seul continent occupé par ce peuple Falang qui, sous le nom de Gaulois, perdit un instant son indépendance ; mais quelques Falangs réfugiés de l'autre côté du Rhin, attendirent quatre cents ans, et revinrent tout à coup rendre à leur pays et son nom et sa liberté.

Telle est la race à laquelle j'appartiens.

Gadès subsiste encore ; mais le Guébel (la Kabylie) n'entend plus mugir à ses pieds les vagues de sa mer intérieure ; aujourd'hui le Saharah n'est plus qu'un grand désert de sable, où l'on ne trouverait pas même une goutte d'eau.

Quand on examine les presqu'îles, on s'aperçoit que la plupart d'entre elles sont rattachées aux continents par le nord ; indice certain que la terre, au moment du déluge, a plongé dans cette direction.

Or, à cette époque, Misraïm (l'Egypte) ne voyait guère que des chamois dans ses solitudes glacées ; mais les lions, les chameaux et les éléphants, se frayant plus tard des routes inconnues, vinrent successivement habiter ses déserts, puisque le sud était tout-à-coup devenu l'équateur, et l'Egypte émerveillée éleva des temples au soleil, lorsque cette transformation climatérique la rendit témoin de prodiges surprenants, car chaque jour de nouvelles plantes naissaient sous ses yeux, et des animaux à elle inconnus, arrivaient en foule et peuplaient ses campagnes.

C'est pourquoi, dans son enthousiasme elle déifia tout, cependant une précieuse conquête lui manquait : c'était le cheval, lorsqu'un conquérant venu du nord, le Hycsos le lui apporta, voilà trois mille et quelques cents ans.

Plus tard, l'Egyptien Méiamoun II (Sésostris) repoussa l'envahisseur jusqu'au pied du Caucase, où le Hycsos fut détruit ; mais le cheval fut conservé pour remplacer le mammouth qui n'existait plus.

Depuis lors, Misraïm a éprouvé des fluctuations diverses ; mais ses monuments, et surtout ses pyramides, qui paraissent être une œuvre des géants, la rendent encore un pays fort intéressant à visiter.

CHAPITRE XXXIII.

Lorsque j'eus donné ces explications au géant, comme il me questionnait sur d'autres peuples, dont les noms ne sont pas arrivés jusqu'à nous, je lui demandai la permission de me retirer ; mais avant de me laisser partir, il me reparla de l'Arvernie.

— Si tu retournes dans ces montagnes, dit-il, demande donc si la tribu des Khaïn-byr-nach existe encore ? c'étaient des charbonniers.

— Elle existe encore, répondis-je ; mais nous prononçons Cambournac, néanmoins, ce sont toujours des charbonniers.

— Alors, reprit le géant, quand tu auras occasion de leur parler, réclame-leur donc le montant de trois haches de silex que je leur si laissées, lors de mon dernier voyage. Je m'appelle Séphor, et tu boiras une outre de vin en mon souvenir.

Je remerciai le géant avec effusion et pris congé de lui.

— Mahâlah, dit-il à sa fille, sur les genoux de laquelle je me trouvais, reconduis l'étranger.

Alors je sautai à terre, pour reprendre ma canne et ma hache, Mahâlah se leva, le géant resté debout ferma sa paupière et je quittai la grotte, en tenant Mahâlah par la main.

Aussitôt que nous nous trouvâmes en plein air, voilà que Mahâlah, qui était fixée sur la direction que je devais suivre, tout en me faisant marcher avec la rapidité d'un cerf, se mit à maugréer de tout son cœur,

— La belle existence ! se disait-elle, pleurer sa virginité pendant treize mille ans ! Oui, il est venu des barbares, voilà huit mille ans tout au plus ; mais ces barbares étaient de haute taille, et tout barbares qu'ils étaient, ils n'en étaient pas moins des hommes de notre race, cependant mes frères les ont tués à coup de massue. Mais alors, à quoi bon être jeune depuis si longtemps, si on vous enlève tout ce qui appartient à la jeunesse ? amour, maternité, affection, pour passer treize mille ans à nous regarder les uns les autres !

Ah ! une vie d'amour, ne durât-elle qu'un siècle, serait bien préférable à cette immortalité-là.

Et tout en se parlant ainsi à elle-même, Mahâlah, qui faisait des pas de géant, m'obligeait à courir de toutes mes forces pour la suivre, et si un obstacle se présentait, elle m'enlevait de terre en me faisant franchir des espaces de plusieurs mètres, et tout cela, avec un sans-façon auquel ma dignité d'homme ne se prêtait que fort difficilement.

Cependant, un rocher assez élevé vint obstruer notre passage ; alors Mahâlah fit un détour pour l'éviter, puis, comme le chemin de traverse lui plaisait mieux que la ligne droite, elle se mit à faire une foule de zig-zags, pendant lesquels elle s'amusait à me faire sauter par-dessus sa tête et à me rattraper dans ses mains ; il est juste de dire qu'elle manquait rarement son tour.

Puis elle se roula dans la neige, avec un laisser-aller quelque peu..... comment dirai-je ? Enfin elle se roula dans la neige, ce qui la rendit fort brillante en peu d'instants.

Je tâchai, autant qu'il était en mon pouvoir, de m'associer à ses jeux, afin de lui être agréable.

Ensuite, me prenant dans ses grands bras argentés, elle m'accueillit comme un enfant, ce à quoi je n'avais rien à dire ; cependant, je ne tardai pas à lui donner à entendre que j'étais homme, et elle mit peu de difficultés à partager cette opinion.....

Depuis quelques minutes Mahâlah m'avait confié le secret de son immortalité, et, rêveuse en regardant le ciel, elle semblait avoir tout oublié, lorsque j'entendis gémir une flèche énorme qui passait au-dessus de nos têtes.

— D'où vient cette flèche? demandai-je à Mahâlah.

— Fuyons au plus vite, répondit-elle affolée, ce sont mes frères qui nous ont aperçus. Ainsi donc, adieu pour la vie.

Et Mahâlah reprit le chemin de la montagne.

Me trouvant assez rapproché du bras de mer qui avait mis obstacle à ma route, les jours précédents, je ne tardai pas à regagner la berge, qui formait un rebord assez saillant de ce côté-là, ensuite, me glissant le long de cet ourlet, je parvins à me blottir derrière un glaçon, après avoir dissimulé l'empreinte de mes pas.

Comme j'étais suffisamment éloigné de mon point de départ, je fis un léger mur de neige dans lequel je pratiquai une petite ouverture, afin de pouvoir observer ce qui allait se passer autour de moi; d'abord je ne tardai pas à découvrir la tête énorme d'un géant, qui arrivait à n'être plus qu'à cent pas d'où j'étais. Heureusement que je porte toujours sur moi des armes défensives, parce que je ne suis pas bien sûr de mon honnêteté; c'est pourquoi j'armai mon revolver et attendis.

Le géant marchait avec une rapidité effrayante; mais sans aller dans ma direction, car, trompé sans doute par cette peau que j'avais laissée sur la neige, quelques jours auparavant, il alla droit devant lui, tomba dans la mer, que les glaces dissimulaient, et ne reparut plus. La mer l'avait englouti !

Quant à Mahâlah, craignant sans doute d'assister à

une lutte qui lui semblait par trop inégale, elle gravit lentement la montagne, sans oser se retourner une seule fois.

Lorsque la nuit tomba, après avoir reconnu que rien ne pouvait plus m'inquiéter, j'allai reprendre possession de mon sac et de ma peau d'ours, et je fis encore environ une lieue et demie, après quoi je m'endormis sous la neige.

Le lendemain, les géants revinrent au point du jour, et, à l'inspection des pas dont mon terrible adversaire avait laissé l'empreinte, devinant en partie ce qui s'était passé, ils jetèrent des cris effrayants et se mirent à rôder de côté et d'autre. Ce ne fut que vers le soir où, découvrant enfin le cadavre de leur compagnon, ils l'emportèrent en pleurant.

Lorsqu'ils se furent retirés, je me remis en route, et deux jours après je rentrai au navire, horriblement fatigué.

Voilà donc pourtant ce que laissent sur leur chemin la plupart des explorateurs : le désespoir et la mort, car cette circonstance de mes voyages m'a si péniblement impressionné, que je ne l'oublierai jamais et n'en reparlerai plus.

Cependant, j'allais oublier de faire connaître le secret de leur immortalité, à ces géants, qui, comme on le pense bien, n'est dû qu'à une circonstance fort naturelle :

C'est l'effet d'un coup de tonnerre dans une mine d'argent; au reste, il est facile de supposer que sous l'influence du fluide dévastateur, le minerai entrant subitement en fusion, se vaporisa et les couvrit tout entiers, ce qui les abrite contre les accidents pouvant résulter des intempéries de l'air extérieur, tout en leur donnant ce teint d'une blancheur particulière, qui s'explique d'elle-même quand on se rend compte du milieu dans lequel ce fait s'est produit.

Voilà, sur ce phénomène, tout ce qui m'en a été conté par Mahâlah.

CHAPITRE XXXIV

Bien que certains succès couronnassent mes excursions scientifiques et autres, l'état de ma pauvre Fleur-des-eaux me donnait les plus sérieuses préoccupations. La voyant incapable de marcher, je fus contraint de la transporter sur mes bras jusqu'à la mer, où elle restait cependant trois ou quatre heures sans en paraître incommodée.

Un jour, je sentis ses jambes plier comme si elles eussent été en baleine. Je lui fis part de mon observation.

— Laisse-moi sur mon hamac, répondit-elle en souriant.

Dès lors, je fus fixé sur sa maladie, qui était un ramollissement des os ; néanmoins elle ne souffrait pas, chose surprenante. Ses membres inférieurs ayant repris cette rigidité qui s'était déjà manifestée à l'île d'Oualan, peu à peu le contact régulier de ses jambes l'une contre l'autre, finit par mettre les chairs à nu, ce qui eut pour conséquence de souder ces chairs ensemble, comme cela arrive toujours.

J'étais désolé.

Bientôt ses jambes adhérèrent presque entièrement l'une à l'autre, et se couvrirent d'une peau grisâtre et squameuse. Il ne restait plus qu'un petit espace d'ouvert entre les gémeaux et les malléoles, — pour ne pas dire mollets et chevilles des pieds, — ce qui formait une boucle. Cette dernière découverte me donna le frisson, en me faisant songer aux vagues prédictions du missionnaire. Nicolas Gheers, lui aussi, m'avait parlé d'une femme bouclée.

Je voulus interroger la Fleur-des-eaux à cet égard.

Hélas ! il n'en était plus temps ! Elle ne répondait plus que par des mots sans suite : Laisse-moi, je dors. Les deux chats de Nicolas Gheers étaient devenus ses meilleurs amis, les pauvres bêtes ne la quittaient plus.

Soigneusement enveloppée dans les plus belles fourrures de la cargaison, — et Dieu sait s'il y avait de quoi choisir, — elle resta ainsi près de six semaines, sans faire le moindre mouvement.

Dans cet état les yeux et la bouche sont entr'ouverts, le pouls, faible et régulier, et la respiration presque éteinte ; de plus, on ne demande ni à boire ni à manger. Je donne ces renseignements, parce qu'ils peuvent être utiles aux personnes qui se proposent de soigner des *Manta*.

Enfin, un matin ses yeux s'ouvrant se tournèrent vers moi.

— Va-t'en, me dit-elle, j'ai besoin d'être seule pendant une partie de la journée. Ne t'approche pas de moi, tu me verras à ton retour. Tout est fini. Au revoir et aime-moi. Aime toujours la pauvre *Manta*, ajouta-t-elle d'un ton déchirant.

La veille j'avais justement rencontré , à travers les
glaces, un mastodonte que je tenais à voir de plus près.
Je partis donc ; mais ne trouvant sur ce cétacé, —
une fois plus gros et trois fois plus long que la baleine,
— aucun signe extérieur qui annonçât un comestible
prédestiné , dans le doute, je me mis à le couvrir de
glace ; comme cette précaution, qui ressemble beaucoup à de la charité, peut au besoin me servir dans le
monde savant , j'employai donc toute ma journée à
ce travail consciencieux.

Il était près de cinq heures lorsque je revins au
navire, ou plutôt à la cabane. Qu'allait-il s'y passer ?

Une maladie sans souffrances guérie sans médica-
tion , qu'est-ce que cela pourrait donc bien être ?

Voilà le problême qui se dressait devant moi et
s'imposait à mon imagination. Car je ne savais rien à
cet égard ; au reste, la discrétion est un devoir terrible,
surtout chez le prêtre, le soldat, le médecin et
l'homme d'affaires.

Supposez un prêtre indiscret, c'est la brouille de
tout un village ; un soldat indiscret peut faire perdre
une bataille, un médecin indiscret ; mais il tient
l'honneur de nos familles entre ses mains, quant à un
avocat indiscret, ce serait souvent la ruine d'une
maison, peut-être davantage. Or, si la discrétion est
un devoir sacré pour ces hommes-là, elle est une
vertu chez celui dont la profession est indépendante ;
c'est pourquoi je n'avais jamais voulu savoir de la
Fleur-des-eaux, que ce qu'il lui avait plu de m'apprendre elle-même. Son père était Espagnol, voilà qui
est très-régulier ; mais sa mère était *Manta*, or,
qu'est-ce c'est qu'une *Manta* ?

Ces *Manta* sont-ils un peuple de pirates? une horde de bohêmiens de la mer? Mais personne ne l'a dit. Ils ont une religion à part et adorent une trinité maritime; à cela rien que de fort simple; tous les peuples l'ont fait et le font encore, sous une forme ou sous une autre, parce que cela est naturel.

La Fleur-des-eaux, il est vrai, me parlait quelquefois de sa race; mais avec une certaine retenue et beaucoup d'humilité, comme fait, par exemple, un pauvre Israélite devant des paysans fanatisés par d'autres paysans; or, en quoi cette race diffère-t-elle de la nôtre?

Deux mains blanches palmées : ce qui se trouve dans une partie de l'Océanie; excepté que les Polynésiens ont la peau plus brune.

Restaient les ongles; détail insignifiant, à peine digne d'être mentionné. Des dents singulières, il y en avait seulement quatre et il fallait qu'elle me les eût montrées, sans quoi je ne m'en serais jamais aperçu. Puis elle avait « quelque chose » dans les yeux, en tout cas c'était un joli quelque chose, et voilà pourquoi je les adorais.

En somme, cette race est fort belle, bien proportionnée, elle a des lignes d'une pureté tellement harmonieuse et une carnation si brillante, que j'étais fou du spécimen qui m'en était tombé entre les mains.

Il est vrai que la Fleur-des-eaux m'avait aussi parlé de tranformation; transformation de quoi? Ne l'avais-je pas embrassée en partant? Elle était nue jusqu'à la ceinture, et, sous les moëlleuses fourrures qui l'abritaient, j'avais vu onduler voluptueusement d'autres trésors dont mes regards étaient sevrés depuis tant de jours ! car c'était l'enchanteresse, la belle, la ravissante Fleur-des-eaux. Et elle était à moi ! à moi seul, c'était ma propriété ; quelque chose d'inaliénable et de basé sur la jurisprudence, que personne ne peut révoquer en doute et sur quoi nul n'a le droit de porter une main téméraire. Au reste, qui aurait su l'aimer?...

Non, profanes, car elle n'avait qu'une pensée, qui était le prélude de mon bonheur.

Oh ! la plus belle, la plus chaste et la plus tendre de toutes les femmes !... En arrivant là... vers cette pauvre cabane... j'y suis encore... oui, j'y vais entrer ; mais... le cœur me bat... me bat trop fort...

Arrêtons-nous !

J'écoute. Rien.

A la fin, je m'enhardis. La nuit tombait lentement.

Dès que j'eus ouvert la porte j'entrevis, tout étonné, un être qui, se tenant debout et marchant comme une couleuvre, s'avançait en silence. Sa queue énorme qu'il agitait en guise de gouvernail, faisait un tour sur elle-même après avoir touché la terre.

Arrivée près de moi, cette sorte de chose étrange vint me passer ses deux bras autour du cou en me disant :

— Pardonne, regarde. Et maintenant... me reconnais-tu? C'est moi qui suis la Fleur-des-eaux !

J'étais terrifié. Mais à cette voix si tendre voulant balbutier... enfin, je ne sais plus, je n'y suis plus, je ne me souviens plus.

Je m'évanouis.

L'épreuve avait été au-dessus de mes forces.

En revenant à moi, mes regards, au lieu de se porter vers cette bouche aimée d'où s'échappait une voix si suppliante, se dirigèrent précisément sur ce que je ne voulais pas voir, et qui formait la partie inférieure de ce corps fantastique.

Alors, rejetant loin de moi cet obstacle vivant qui me barrait le passage, je m'écriai :

— Non ! tu n'es pas la Fleur-des-eaux !

Puis, m'élançant éperdu vers le hamac encore vacillant, j'en bouleversai toutes les fourrures qui l'avaient abritée ; mais au lieu d'elle, je ne retrouvai plus que l'enveloppe fétide d'une chrysalide énorme ; sorte de peau grisâtre et rugueuse à l'extérieur. Et lorsque, sans le vouloir, l'une de mes mains se trouva en contact avec ce corps moite et visqueux, j'en reculai d'épouvante !

Saisi d'horreur et de dégoût, je voulus sortir aussitôt ; mais le monstre étendu et inanimé, se retrouvait sur mon passage.

Je le franchis brusquement et d'un pas, tandis que de l'autre pied, je le repoussai du talon. Il ne bougea plus, car s'il eût fait un seul mouvement pour venir à moi, j'avais ma hache à la main, et je lui en eusse porté un coup dont il ne se serait certainement jamais relevé. Je pus donc sortir librement.

CHAPITRE XXXV

Arrivé au dehors, il me sembla que le grand air allait m'ôter de l'esprit cette pharamineuse vision et, la colère accélérant mes pas, je me mis à errer au hasard.

C'était à l'équinoxe d'automne. Le soleil venant de disparaître derrière un épais rideau de brume, qui envahissait peu à peu le ciel et la terre, je me vis bientôt seul dans ce néant de brouillards et de ténèbres, et m'arrêtai égaré. Le froid était tout d'un coup devenu très-dur et le site n'offrait pas d'abri, car on ne trouve là ni arbres ni cavernes; ensuite, quelques-uns des animaux redoutables qui rôdent la nuit dans ces solitudes, pouvaient surgir inaperçus et m'entraîner pantelant à travers les glaces.

L'homme est vraiment un être singulier : si j'eusse été sous le beau ciel d'Oualan, j'aurais voulu en finir avec l'existence; mais ici, entouré d'ombres et de dangers, et dans une situation d'esprit qui atteignait au paroxysme du désespoir, je voulais vivre et voici pourquoi :

Me trouvant être l'acteur et, jusqu'à un certain point le machiniste de ce drame que j'avais recherché, j'assistai de bonne foi et avec le plus vif intérêt à ma propre existence, dont je tenais à connaître le dénoûment. Au reste, me tuer, c'était manquer de goût, car m'exposer à devenir la proie d'ennemis aussi méprisables que les ours blancs, c'était déroger. Sans être précisément un lord Byron, on n'est pas un pleutre, et, vu la circonstance, je goûtais assez l'avis de ces honnêtes gens qui se cachent derrière leur blason. Voilà donc pourquoi retrouvant mon chemin avec un certain « bien aise, » je revins sur mes pas.

Les forces humaines ont un terme, c'est du moins ce que racontent nos députés quand ils ont contracté une entorse à la langue, à force de redire des choses qu'ils trouvent admirables, si je m'en rapporte à leurs sténographes, — qui sont d'ailleurs des hommes fort polis. — Or, me trouvant dans une situation qui excédait mes forces morales, je m'étais donné une entorse à l'entendement ; la machine cérébrale ne fonctionnait plus avec sa régularité habituelle, et tout en me disant :

Mais c'est impossible, cela ne peut pas arriver et je n'existe pas, les rouages intellectuels se trouvaient complètement enrayés.

Aussi repris-je mon chemin avec une célérité brutale, qui excluait toute arrière-pensée de ma part. J'allais, j'allais et voilà tout.

Cependant, lorsque je me vis dans certains environs, je repris possession de moi-même ; mais cela ne dura pas longtemps, car faut-il le dire ?

Comme il s'agit de voyage, ici, je crois qu'un simple aveu est tout ce qu'il y a de mieux à faire, pour conserver à mon récit ce caractère d'authenticité qui est peut-être son seul mérite.

Eh bien, donc en approchant du navire, me voyant obligé de passer devant cette cabane qui venait d'être le théâtre d'un événement aussi inouï, il me sembla qu'un manteau de plomb venait de s'abattre sur mes épaules. Tous mes muscles se détendirent à la fois ; mes deux bras devinrent pendants et inertes, et mes jambes me parurent tout à coup si pesantes, que j'avais peine à les traîner après moi, si je puis m'exprimer ainsi, car elles me semblaient être un corps étranger, et ne faisant plus le moins du monde partie intégrante de mon individu.

C'est au point qu'à un moment donné, comme j'avançais vers la plage, une vieille banquise que j'avais l'habitude de franchir sans peine, se trouvant trop haute pour mon pied ce jour-là, je m'y heurtai et retombai lourdement sur la glace.

Alors un bruit semblable à un frôlement inusité attira mon attention. Ce bruit paraissait venir du navire.

Je me relevai aussitôt et regardai, je crois, dans cette direction.

Rien ! Et cependant... oh ! quelle nuit !

Après avoir hésité quelques instants, je me hasardai à regarder aussi du côté de la cabane. Il y avait de la lumière, là.

Bon ! dis-je tout égaré, c'est qu'on y est ; eh bien, montons sur le navire et à la garde de Dieu !

En faisant l'ascension de la petite échelle conduisant sur le tillac de la Gertrude, je me retournai timidement et jetai un coup d'œil hagard, pour m'assurer si je n'étais pas suivi par quelqu'un ou par quelque chose. Que pouvais-je en savoir ?

Mais non, j'étais bien seul et au milieu d'un calme sépulcral ; malgré cela, ou à cause de cela, il me semblait que mes cheveux tournoyaient en spirale, pour venir insensiblement se terminer en pointe d'épée fort au-dessus de ma tête, tandis que mes dents battaient les unes contre les autres, et de manière à briser leurs alvéoles.

Une fois sur le pont, je me sentis plus solide et m'empressai de descendre dans l'intérieur du bâtiment, pour m'y barricader avec soin et manger comme un loup.

Cela fait, je mis sous mon traversin une paire de pistolets d'arçons convenablement chargés. Quant à ma hache, elle coucha avec moi, pour faire pendant à un poignard malais fixé à ma ceinture.

Mon intention étant de ne pas me déshabiller, un revolver resta dans ma poche, où se trouvait, par hasard, l'une de mes mains.

Au-dessus de ma tête, étaient accrochés mes deux fusils de chasse, tirés de Liège, et à la ruelle de mon lit étincelait un superbe tromblon d'Espagne, gorgé d'une quantité raisonnable de projectiles.

A part une sueur froide qui s'était congelée sur mon visage, et que j'enlevai aussitôt aperçue, je me couchai, fermai les yeux, serrai les poings et dormis héroïquement.

CHAPITRE XXXVI

Sous l'influence de ces agitations physiques et intellectuelles, il est à présumer que mon premier sommeil fut formidable d'abord, pour devenir ensuite posé, solide et conscient, comme celui d'un bon bourgeois de Batignolles ou d'Auteuil ; mais sur le matin ce sommeil prenant un caractère plus léger, ne se traduisit plus que par des images d'un vague ravissant. En un mot, ce fut l'envers de ma vie ; la nature, il est vrai, me devait bien cette petite indemnité.

Au reste, quand le corps a réparé ses forces par de la nourriture et assez de repos, il est juste que l'intellect fasse son entrée en scène, par un prélude qui détonne un

peu en commençant, il est vrai ; mais finit cependant
par se mettre d'accord avec la matière à mesure que
le sommeil s'amincit, afin de pouvoir la diriger utilement, pendant ces deux tiers de notre vie que nous
appelons le réveil.

Je me trouvais donc dans cet état de somnolence
quand je fis un songe; seulement, et grâce aux fatigues
de la veille, mon esprit lui-même se montra tellement
paresseux, qu'il ne prit pas seulement la peine de me
transporter n'importe où, ne fut-ce que dans une étoile
de première grandeur, en sorte que je restai où j'étais.

En ce moment, chaque objet appartenant à l'intérieur du navire me semblait vu dans un clair-obscur
diaphane, qui en atténuait toutes les saillies, en rejetant loin de moi les accessoires les plus rapprochés,
lorsqu'une porte s'ouvrit tout à coup et me laissa voir,
à travers les lueurs bleues du matin, une femme
glissant, pâle et svelte, qui vint à moi comme portée
par un nuage. Un long voile blanc formant de molles
ondulations, traçait derrière elle un sillage dont les
flots allaient se perdre dans les vaporeuses lueurs du
jour naissant.

Puis elle s'arrêta. A son geste prestigieux, à son
regard fixe et translucide, je reconnus la Fleur-
des-eaux. Alors commença une sorte d'incantation ;
chant murmuré pendant lequel elle prenait des poses
d'une grâce étrange, rappelant quelque symbole de
l'Egypte dans ses mystères lointains ; ensuite, s'étant
élevée lentement à une certaine hauteur, elle vint
s'abattre sur ma couche avec la légèreté d'un oiseau.

Les caresses d'un ennemi donnent le frisson ; et
cependant je ne frissonnais pas, car on eût dit en la

voyant, que la nature avait concentré tous ces charmes en elle ; ce n'étaient plus les grâces un peu frêles de la jeune fille, c'était la femme accomplie et parée de de toute sa beauté : ses formes étaient plus robustes, sa chair, plus polie.

Anéanti dans ma contemplation, je voulus, pendant mon rêve, toucher cette ombre, tout en craignant qu'elle ne s'évanouit ; mais c'était un corps opaque et résistant, quoique d'un moelleux qui semblait appeler de suaves caresses.

Lorsque ma main, passant sous son bras, arriva à la hauteur de la ceinture, elle étouffa un gémissement.

— Qu'as-tu ? lui demandai-je.

Elle se tourna et me fit voir l'empreinte du coup que je lui avais porté la veille, et pourtant son regard n'exprimait alors qu'une douce résignation. Ma main glissa facilement sur sa hanche ; mais arrivée plus bas, l'épiderme qu'elle rencontra avait une consistance quasi-métallique et en suivant encore, cette enveloppe dans laquelle se confondaient les deux membres inférieurs, n'était plus qu'un tissu brillant et argenté se divisant en mille écailles.

Les genoux étaient disparus, et chaque rotule glissant à droite et à gauche avait donné naissance à deux antennes, dont le tissu était d'une ténuité rappelant, par sa transparence, les ailes de ce joli insecte que nous avons nommé la demoiselle.

Arrivé à cette phase de mes investigations.

— Ne cherche pas davantage, dit-elle, voici mes pieds.

Et elle ramena sur ma poitrine les parties extrêmes de son être, que je trouvai considérablement allongées. Hélas! quels changements cette transformation avait opérés en elle! Ses jolis pieds ayant disparus, les orteils étaient devenus de minces cartilages, recouverts de ce même tissu qui brillait aux premières antennes. En un mot, c'était l'appendice caudal particulier à la plupart des cétacés.

Comme j'étudiais la souplesse et la consistance de ces derniers téguments.

— Ne presse pas si fort, s'écria-t-elle, ces attouchements me font dresser les cheveux sur la tête et me portent au cœur. C'est comme quand on se déchire un ongle.

Circonstance imprévue, que j'ignorais jusqu'alors; mais dont il est bon de tenir compte pour l'avenir.

Lorsque j'eus achevé mon examen.

— Eh bien, poursuivit-elle, voilà donc ce monstre qui t'a tant effrayé?

Sa voix était douce et limpide, et à ces mots, qui étaient l'inverse de ce qu'elle m'avait dit d'abord, je lâchai machinalement cette chose que je tenais à la main, et mes regards, partant de bas en haut, rencontrèrent tant de beautés, que je ne pus m'empêcher de lui dire qu'elle était adorable.

— Ecoute, ajouta-t-elle, je n'ai jamais voulu te tromper; le malheur seul m'amenait auprès de toi qui es resté mon seul abri. J'ai vu jusqu'où pouvait s'élever ce qui bout dans ton âme, et je t'ai aimé, oh! tant aimé! Et pourquoi ne t'aimerais-je pas? Une esclave ose bien aimer son maître, et ma race n'a jamais été asservie. Le ciel est grand, la mer est vaste, et pour moi la mer, c'est la liberté! Je suis une esclave volontaire et n'obéissant qu'à mon propre cœur; je n'ai plus que toi, et n'existe que pour toi, car je n'aime que deux choses : toi et la mer.

Tu n'as jamais voulu entendre des révélations qui m'étaient, il est vrai, bien pénibles à faire. Eh bien, maintenant me voici transformée et telle que je resterai toujours. Parle, que penses-tu faire de moi ?

— Tu resteras ma femme, répondis-je enthousiasmé

— Alors, dans quatre jours je serai à toi, corps et âme, et pour gage de ma promesse, reçois donc mon premier baiser d'amour.

A ces mots, son regard prit la fixité intense d'un aigle qui fond sur sa proie, et, se penchant sur son corps si flexible, ses lèvres s'abattirent brûlantes sur les miennes, et y déposèrent un de ces baisers électriques, qui produisit sur moi l'effet d'un coup de canon tiré dans le chœur d'une cathédrale.

J'étais éveillé cette fois, ou plutôt non, car je ne dormais pas, cette apparition m'ayant donné le change sur ma situation réelle, et en ce moment de trouble, où mon sang courait furieux à travers mes veines, je voulus la saisir, cette *Manta*; mais elle glissait, se tordait, et s'enroulant autour de mon cou, menaçait de m'étrangler ; c'est qu'il fallut bien en prendre mon parti, car aussitôt elle s'esquiva, ouvrit un sabord et sauta dans la mer.

Petit serpent, va !

Alors, à quoi m'avaient servi toutes ces armes amoncelées autour de mon lit ? et ma solide barricade qui me rendait prisonnier de moi-même ? Je ne soupçonnais pas avoir campé aussi près de l'ennemi. Ce qui m'ennuyait le plus, c'était cette lampe qui, brûlant

14

t oute seule dans la cabane , semblait avoir été mise là tout exprès pour éclairer ma peur.

Oh ! les *Manta,* les *Manta !* Fort heureusement que je n'en avais épousé qu'une. Et on se plaint des femmes ! Elles sont peut-être moins endiablées.

Une heure après, la Fleur-des-eaux me rejoignit sur le rivage, en rapportant un beau saumon. Je voulus voir comment elle s'y prendrait pour atteindre le pont du navire. L'ascension de la petite échelle lui fut assez pénible, car, arrivée à moitié chemin, elle s'enroula sur un échelon et s'embarrassant à travers les cordages :

— Emporte-moi, me dit-elle d'une voix mal assurée ; je me sens faiblir.

Il est vrai qu'elle n'avait qu'une main de libre en ce moment.

J'ai remarqué que chaque religion donne à la physionomie de ses adeptes, un cachet particulièrement empreint de son esprit, et provenant de certaines manières de penser qui sont toujours les mêmes.

Ainsi le juif, le catholique et le protestant, quoique d'accord sur le principe de leur culte, diffèrent essentiellement par la forme sous laquelle il est professé, ce qui contribue à leur donner des mouvements d'yeux, et même certaines habitudes de corps qui les rendent dissemblables les uns des autres ; mais les *Manta*, reflet vivant d'un mysticisme inconnu qui semble avoir pour base la transmutation, portent, sur leur visage mobile, l'empreinte profondément gravée d'une émotion toujours changeante ; et comme elle varie ordinairement selon la pensée qui les agite, c'est une étude assez curieuse à faire.

En ce moment, la Fleur-des-eaux qui se détachait
en blanc sur la masse sombre du navire, formait une
de ces étranges arabesques particulières aux gens de
sa race, qui ont toujours une idée dans les yeux. Un
cigare que j'avais aux lèvres, en ajoutant ses frêles
anneaux de fumée au groupe harmonieux formé par
la femme et le poisson, qui se confondaient ensemble,
ornait d'une poésie singulière ce spectacle tout
nouveau et plein d'intérêt; mais bientôt, reléguant au
second plan la partie animée de cette composition, et
ne voyant plus que mon voile aérien de fumée, voilà
que j'oublie d'accourir à l'appel de la *Manta*. Heureusement que mon cigare tombant dans la neige, la fumée s'évapore, et rappelé subitement à la réalité, je
me décide enfin à m'approcher de l'échelle du navire,
étonné moi-même de cet instant de distraction.

Et il en était temps, car le poisson venait de mourir et la femme n'en pouvait plus.

L'infortunée !

CHAPITRE XXXVII

Je vins à son aide, et quand je l'eus déposée sur le
tillac, j'entourai de fourrures ses épaules que le froid
commençait à marbrer, quoiqu'elles fussent toujours
restées roses et blanches, aussi ses forces revinrent-
elles en un instant.

Le soleil, par cette claire matinée, ayant traversé
une zône brumeuse qui veloutait l'horizon, brillait
glorieusement dans un ciel franc et bleu. La Fleur-
des-eaux venait d'appuyer son bras sur le mien, et

nous fîmes ainsi un tour de promenade sur le pont de la Gertrude. A notre air heureux et insouciant, on eût dit un jeune ménage se pavanant sur l'asphalte des Champs-Elysées, si ce n'eût été que la *Manta* avait parfois certains mouvements ondulatoires qui trahissaient son caractère ichtyogène, en lui donnant les allures d'un élégant ophidien dressé devant son ennemi.

En marchant notre conversation n'était qu'un décousu de ces mille enfantillages, que les jeunes femmes aiment tant à entendre ; mais si quelque mot un peu saillant venait à se présenter, la pauvre *Manta*, dans son étourderie, faisait des soubresauts surprenants, et c'était au point que je me vis plusieurs fois obligé de la retenir, tant je craignais qu'elle ne sautât par-dessus bord, pour retomber sur les glaçons.

Peu à peu l'entretien tourna au sérieux :

— Nos provisions s'épuisent vite, lui dis-je, et bientôt le combustible va nous manquer ; car nous n'avons plus de charbon que pour un mois. Ensuite, la poêle à frire que nous a laissée ce pauvre Nicolas Gheers est, sans doute, bien commode pour faire cuire de gros poissons, parce qu'elle est très-grande ; mais elle dévore aussi une grande quantité de graisse, et la graisse tire à sa fin.

Et puis, voilà trois jours que, sentant notre pièce de Bordeaux arriver au bas, j'ai cru devoir mettre en perce une feuillette d'alcool qui, combiné avec de l'eau, fait un breuvage encore acceptable ; mais tout à fait débilitant pour l'estomac.

— Je m'en accommoderai volontiers, répondit-elle ; néanmoins, je suis d'accord que nos provisions diminuent sensiblement ; mais que comptes-tu faire alors?

— Ecoute, poursuivis-je ; dans six semaines le soleil va disparaître, et nous allons nous trouver dans une nuit profonde qui durera trois mois.

— Mais c'est horrible, s'écria la Fleur-des-eaux en tressaillant.

— D'accord ; mais c'est ainsi.

Le pôle nord, pendant ces longs mois d'hiver et d'obscurité, a des aurores boréales qui l'éclairent jusqu'à un certain point, tandis que le pôle sud où nous sommes, n'a rien, rien que sa nuit.

D'un autre côté, le pôle nord est entouré de populations actives et nombreuses qui peuvent, par la fréquence des naufrages, jeter de loin en loin quelques épaves sur ses côtes ; mais ici, sur cette terre inhospitalière qui n'est reliée à aucun continent, le navigateur n'a rien à chercher et s'éloigne de ces glaces autant qu'il le peut. Les oiseaux mêmes vont bientôt émigrer au loin, et ne laisser derrière eux que la nuit et la solitude qu'elle enfante, pendant ces trois mois de froid terrible et de silence absolu.

La pauvre enfant était atterrée, et pourtant, le tableau que je lui faisais alors était bien incomplet, car je ne lui parlais pas des glaces, qui pouvaient étreindre notre navire et le faire éclater comme une coquille de noix, ni des neiges épaisses qui allaient peut-être nous étouffer. Et les banquises hautes comme des montagnes, en venant s'échouer sur la côte, pouvaient retomber de tout leur poids sur notre frêle embarcation et nous broyer d'un seul coup.

Il n'était plus temps de songer à construire une maison un peu solide sur le rivage, où nous étions exposés à devenir, tôt ou tard, la proie des ours blancs ; au reste, nous étions à la veille de manquer de tout.

En conséquence, je résolus donc de ponter la chaoupe du navire, afin de gagner au plutôt le cap Horn, — car il n'en était que temps, — pour, de là, nous embarquer sur un paquebot anglais, qui nous conduirait soit à Londres soit au Hâvre, d'où nous pourrions gagner Paris en quelques heures. Car enfin, disais-je, comme la neige va bientôt tomber en abondance, l'air qu'elle va déplacer et chasser devant elle, ne peut que nous mener dans la direction des tropiques, et là est le salut.

L'expérience démontra plus tard combien mes prévisions étaient justes, car je revins en France sain et sauf, mon voyage s'étant effectué exactement comme je l'avais dit.

Mais hélas ! pourquoi faut-il que des souvenirs amers viennent projeter leur ombre sur ma pensée, quand elle se reporte à cette phase de ma vie qui devait s'écouler si tranquille et si belle !

CHAPITRE XXXVIII

Enfin, je reprends mon récit où je l'ai laissé.

Lorsque la Fleur-des-eaux se fut rendu compte de mon projet, elle fit encore un de ces sauts étourdissants, qui devenaient une habitude chez elle, et je ne pouvais pas m'en fâcher, car elle se pendait aussitôt à mon cou.

Je crois que le bonheur la rendait un peu folle.

Nous descendîmes dans l'intérieur du navire, afin de déjeûner.

Il était dix heures du matin.

— Garde ton saumon, lui dis-je, pour le jour où nous serons définitivement unis, et, sans perdre de temps, aussitôt notre repas terminé je m'occupai du pontage de la chaloupe.

Ce travail pouvait demander trois jours environ.

Tandis que la Fleur-des-eaux jouait et chantait sur la mer, je sciais des planches et plantais des clous. Mon travail, quoique un peu long, n'était cependant ni difficile ni compliqué : j'assemblai mes planches les unes à côté des autres, sans même prendre la peine de les joindre étroitement ensemble ; me réservant de les garnir de mes plus belles fourrures ce qui me procurerait à la fois un magasin et un chaud abri. Je n'avais pas non plus à m'occuper d'une porte ; il suffisait d'en enlever une au bâtiment que j'allais abandonner, après en avoir retiré ce qu'il contenait de plus précieux. C'est assez dire que ma tâche, quoique pénible, s'acheva dans des conditions à peu près satisfaisantes, à part quelques détails qui ne valent pas la peine d'être mentionnés.

Quant à l'emménagement, comme on doit bien le penser, il fut des plus simples ; l'espace laissé libre se trouvant limité à quelques pas, je ne m'occupai que des provisions de bouche d'abord, et le reste se trouva, — à part deux coffres renfermant des valeurs considérables, — le reste, dis-je, se trouva bourré de marchandises précieuses; de beaux habits, d'armes magnifiques, etc.

Néanmoins, pendant l'accomplissement de ce travail, quelque chose m'avait préoccupé et je m'étais dit :

Tout est mystère autour de moi, et cette baie même, si tranquille en apparence, n'est pas à l'abri de mes soupçons, car ces parages sont moins déserts qu'on ne serait disposé à le croire. Un jour, il m'a semblé voir de loin un fantôme singulier rôdant autour du navire.

Et puis, où peut donc aller la Fleur-des-eaux quand elle disparaît des heures, des journées entières ? Car dès le second jour de mon travail, je ne la revis plus que le soir et à la tombée de la nuit.

Le troisième jour arrive et elle ne rentre pas ! Enfin, où va-t-elle ?

Outre cela, elle prétend mettre tous les monstres marins en fuite.

Elle a donc une arme ?

Et quelle est cette arme alors ?

Quand elle m'a donné un baiser d' « amour, » j'en ai ressenti une secousse épouvantable, convulsant tout mon être.

Et si j'allais, sans m'en douter, tomber victime d'une race jalouse et implacable, parce qu'elle est traquée, persécutée, avilie, le saurait-on jamais ?

Il faut absolument que j'interroge la *Manta*, sur le caractère, les tendances, les habitudes et les forces dont dispose cette nation. Tant de confiance jetée au vent ne sert de rien, sinon à me nuire.

Mais comment faire pour arriver à cet interrogatoire ?

Cherchons un moyen, et peut-être qu'un jour une voix plus autorisée que la mienne, s'élèvera au sein même de notre parlement, pour prendre la défense d'un peuple entier que l'on n'opprime que parce qu'il nous est inconnu.

Ah ! mais.... c'est que nous sommes la France.

Et si la Fleur-des-eaux ne veut rien dire ?

Ne veut rien dire !...

Eh bien alors, je me place à une distance de quelques pas, et sur-le-champ, je somme la perfide de répondre à toutes mes questions.... En cas de résistance, je lui brûle la cervelle !...

Et je pars.

Partir !... oui ; mais lorsque la mer est là qui m'observe, cette malédiction que j'ai follement évoquée à l'île d'Oüalan, tarderait-elle à m'atteindre ?

Car à part le compositeur russe, dont j'ai simplement entendu parler, ne l'ai-je pas vue à l'œuvre contre ces Malais ?

Et ces pauvres Hollandais si bons, si hospitaliers, et dont pas un seul ne devait revenir au port, selon ce que disait ma fatidique compagne, que sont-ils devenus ?

Qu'importe ! après tout. Quand on se voit seul et en face d'une nation maîtresse d'un élément aussi redoutable que la mer, ce qu'on a de mieux à faire, c'est de suivre sa route jusqu'au bout, et, à l'occasion, tâcher de mourir bravement. Jusque-là, aimons la Fleur-des-eaux comme une sœur ; mais ne partons pas sans avoir entendu ses révélations.

Il est toujours prudent de savoir avec qui l'on voyage.

J'étais donc assez préoccupé en rentrant ou navire ; la Fleur-des-eaux étant partie pour je ne savais où, je m'assis tranquillement, et le sommeil commençait à me faire fermer les yeux, lorsque j'entendis prononcer distinctement en sanskrit, par une voix étrangère et douce, un simple mot :

— Bonsoir !

On échangea ensuite quelques baisers, la mer eut un fouillis d'éclaboussures, et tout rentra dans le silence.

Que se passait-il donc autour de moi ? Etais-je trahi ?

Oh ! malheur à celui qui, se trouvant enchaîné à une existence diverse de la sienne, pactise, sans le savoir, avec des créatures sublimes de beauté ; mais dont le cœur ne vous connaît pas.

Un mouvement de dignité personnelle, me fit rougir du rôle piteux que je remplissais dans ce drame étrange. Au lieu de me croire en quelque sorte, l'élu d'une race qui m'était sympathique parce qu'elle fut peut-être témoin de mon dévouement, je ne me considérais alors que comme la dupe la plus vulgaire d'une nation où l'honneur n'existe pas. Car le croirait-on ?

Un mot seul m'avait rendu jaloux de cette mer si perfide, en face de laquelle j'étais frappé de mon impuissance, moi, pauvre exilé ! Et cette jalousie, motivée ou non, semblait imprimer en moi un stigmate de honte et d'abjection, propre à révolter une âme aussi ardente dans sa haine que dans son amour

Ce sentiment de déchéance froisse toujours au plus haut degré, il est vrai. Oh ! perdre ce que l'on aime ! Est-il donc possible !

Enfin, où étais-je, et qui devais-je redouter ?

Mystère ! mystère !

Dans une situation aussi nébuleuse, je prête l'oreille ;

la Fleur-des-eaux rentre au navire, elle est seule, et la voici.

Au premier abord son visage avait, ce soir-là, une expression de pieuse réserve qui sentait la sacristie. D'où venait-elle, après une absence aussi prolongée?

Lorsque je lui demandai qui lui avait parlé, elle se troubla; mais mes questions devenant plus pressantes, elle finit par m'avouer en pleurant qu'elle revenait de la prière, en compagnie de ses sœurs.

— Tiens! tu as donc des sœurs ici? lui dis-je.

— Oui, et je leur ai parlé de mon mariage, car cela les intéresse, tu le conçois.

Cette nouveauté me parut assez piquante, et j'allais adresser d'autres questions à la Fleur-des-eaux, lorsqu'en me retournant, j'aperçus à la vitre des sabords, des visages de jeunes filles qui me saluaient en souriant.

— Mais les voici, dis-je à ma compagne.

— Oui, ce sont-elles; veux-tu les voir?

— Volontiers.

En effet, la Fleur-des-eaux se mit à prononcer à haute voix, quelques noms qui ne figurent pas dans notre calendrier, tels que:

Pitho, Djilta, Ochté, Svanty, Kélémi, Ackta, Brizl, Tzelni, Falia, Elifté, Psitz, Brattà et bien d'autres, car à cet appel, il vint des *Manta* en quantité suffisante pour occuper tout l'intérieur du navire, tandis que d'autres produisaient un singulier bruissement sur les eaux.

Quoique je fusse curieux de les voir, je n'étais pas trop rassuré; il y en avait trop.

Cependant, elles entrèrent sans bruit, et les yeux

presque baissés, osant à peine me regarder en face,
Elles étaient couvertes d'or et de diamants. Leurs robes
étaient d'une étoffe que je n'ai jamais vue : cela ressemblait à du givre dans une prairie.

La Fleur-des-eaux était si contente de les voir
auprès de moi, qu'il lui semblait n'avoir pas assez de
son cœur pour les aimer, il lui fallait le mien avec.

Je leur fis chanter leur fameux chœur, assez connu :
Quand l'onde est claire et tranquille.

Ma foi, décidément je n'étais plus jaloux. Elles me
parurent être, en général, d'un extérieur assez avantageux, quoiqu'elles ne se ressemblassent en rien. Leur
visage ne m'était cependantpas étranger, car l'une
d'elles s'approcha en me disant :

— Me reconnais-tu et ne m'as-tu jamais oubliée ?

— Jamais, lui répondis-je avec étonnement.

— Et où m'as-tu vue ?

— De London bridge au pont de Westminster.

— C'est vrai. Tiens, voici une feuille de l'arbre que
Pope a planté à Twickenham, et une rose tombée
dans le fleuve qui coule à cet endroit ; elle vient de
cette Anglaise qui chantait :

I'm on the flood (je suis sur l'eau) lorsque tu passais
sur la Tamise.

Souviens-toi, car je t'ai inspiré.

— Et moi ? fit une seconde.

— Toi ? c'était sur le lac du Léman ; je te vis et
composai l'*Apparition*, une élégie, une ressemblance.

— Tu étais seul alors, continua-t-elle, et je t'ai
soufflé mon chant, qui t'a soutenu et charmé dans
ton excursion.

Voici des fleurs cueillies près de la source de l'Arve.

Rappelle-toi que je t'ai salué d'un regard, lorsque tu me quittais.

D'autres m'avaient vu en différents endroits ; mais je ne me souvenais qu'à peine d'elles, ce qui n'est pas bien étonnant, et puis, quand on voyage beaucoup, on fait quelquefois de ces rencontres si bizarres.

Une prêtresse vint ensuite, et nous adressa quelques paroles qui me produisirent une grande impression ; c'étaient des choses qui doivent être méditées profondément, et que l'on fait toujours bien de garder pour soi.

Mais la Fleur-des-eaux, ayant fait comprendre aux nobles visiteuses que l'heure de mon dîner approchait, elles s'éclipsèrent en un clin d'œil, en passant par les différentes ouvertures du navire.

Ce soir-là, qui ne sortira jamais de ma mémoire, — je ne sais pas pourquoi l'émotion me gagne, quand j'y pense. — Enfin, c'était le soir et après le repas. J'étais assis et presque couché, car j'avais les jambes étendues près du feu, le nez en l'air et le dos appuyé dans un fauteuil.

Mon travail étant terminé, tout se trouvait donc prêt pour notre départ. Comme je regardais les changements opérés dans l'intérieur de la Gertrude, à la suite du déménagement qui venait d'avoir lieu, la Fleur-des-eaux s'approcha de moi et me dit de sa voix la plus douce :

— C'est pour demain.

Dans un tout autre moment, il est certain que ce peu de mots eut produit sur moi, une impression profonde qui aurait pu me jeter hors des limites assignées à la prudence ; mais je me tenais sur mes gardes, et puis d'autre part, les agitations de la journée m'avaient tellement abasourdi, que j'écoutais ces paroles avec une sorte de distraction, lorsqu'elle ajouta :

— Si tu savais combien je vais me sentir heureuse d'être à toi, et pour toujours !

Oh va ! j'ai connu toutes tes angoisses, deviné toutes les pensées de ton cœur, et dans le silence des nuits, j'ai souvent dévoré mes larmes, en maudissant ma jeunesse impuissante à te secourir ; mais maintenant, toute contrainte doit cesser, et puisque tes bontés à mon égard ne se sont jamais démenties un seul instant, ma reconnaissance sera pour toi un trésor iné· puisable qui dorera, comme un rayon du soleil, tous les jours de ton avenir, car je t'aime et je veux être heureuse de ton bonheur. Mais l'amour d'une *Manta*, oh ! vois-tu, ce sont les caresses éternelles du printemps : la brise est moins fluide, l'abîme moins profond, la flamme moins ardente !

Et je t'aime ! s'écria-t-elle encore, tandis que sa main arrondie tenaillait faiblement mon bras. Un frisson inconnu m'envahissait tout entier.

Elle lâcha ma main, s'éloigna un peu, s'assit et reprit d'une voix plus grave :

— La nuit est longue pour celui qui veille et attend, les heures qui passent dans une anxiété dévorante, sont lentes à s'écouler, lorsque la nature qui nous a mis debout, nous crie : marche !

Je sens cette voix qui parle en mon cœur, elle presse, elle supplie, elle ordonne ! Vaincue par une puissance mystérieuse qui commande à mon être, c'est moi qui viens à toi maintenant, et dès ce soir, et à ce moment, si tu.....

En disant ces derniers mots, une vive rougeur vint empourprer son visage, qui pencha sur sa poitrine haletante, et ses deux bras retombèrent à la fois.

Je la pris par la main, elle avança timidement.

En déposant un baiser sur son front, je l'entourai de mes bras comme un enfant endormi.

— Que veux-tu de moi? dit-elle alors, avec une sournoiserie charmante.

— Conte-moi l'histoire de ta mère, répondis-je d'une façon qui ne souffrait pas la réplique.

L'effet de ces paroles fut foudroyant. J'avais frappé juste.

Car elle retomba aussitôt dans ce morne abattement auquel, sans doute, elle ne comprenait rien, puis, relevant la tête, elle jeta sur moi des yeux tout hagards et se mit à trembler, ensuite elle se tourna et se retourna de cent façons différentes, — elle n'était jamais bien placée; — enfin, elle me donna une tape sur la joue et répandit deux larmes.

Hélas! c'étaient les dernières luttes du faible passereau se débattant dans le filet de l'oiseleur.

Je demeurais impassible et il fallait parler. J'attendais; mais elle se ravisa et me dit :

— Et si je ne voulais pas t'obéir, que ferais-tu?

— Je te punirais.

— Tu me punirais?

— Oui.

— Insensé! mais tu ne connais donc pas la puissance des éléments dont je dispose? répondit-elle en élevant la voix.

— Une puissance? dis-je à mon tour; je t'en supplie ne me fais pas éclater de rire

— Tu as raison, poursuivit-elle, tiens, souffle ta lampe et regarde mes yeux.

Ce que je fis sur-le-champ, et nous nous trouvâmes dans une obscurité profonde ; mais j'étais bien décidé à tout braver pour tout connaître.

La *Manta*, après m'avoir supplié de ne pas la suivre, se leva aussitôt, et je vis apparaître une lueur pâle dans ses prunelles qui se mirent d'abord à tournoyer lentement, comme la meule d'un aiguiseur, puis en s'éloignant peu à peu et à reculons, ses prunelles s'illuminèrent insensiblement d'une flamme verte, et acquirent dans leur mouvement giratoire une vélocité prodigieuse, qui augmentait l'éclat de cette fulgurante apparition ; mais arrivée au fond du navire, un double éclair jaillissant soudain de ses regards, tout le bâtiment trembla comme s'il eut donné sur un récif.

Ses yeux venaient de s'éteindre.

A ce bruit inattendu, frappé que j'étais d'une stupeur profonde, j'écoutais et attendais encore. Il faisait noir après l'éclair qui venait de briller tout à coup, et bientôt je sentis des bras toucher les miens. Suave torpille ! elle revenait toute tremblante.

— Rassure-moi, dit-elle, rassure-moi ; j'ai peur !

— Mais qui peux-tu craindre maintenant ?

— J'ai peur de cette obscurité. Il fait trop noir. Aie pitié de ma faiblesse et de mon inexpérience, lorsque je t'en supplie.

— Et à présent que tu es auprès de moi ?

— J'ai moins peur ; mais c'est égal, rallume ta lampe....

Je t'ai effrayé peut-être ?

— Je ne dis pas non. Mais qu'as-tu donc fait ?

— Oh ! rien, presque rien, je n'ai pas bougé du tout et n'ai touché à rien. Que veux-tu que j'aie fait ?

— Mais ce craquement épouvantable communiqué au navire, d'où vient-il donc ?

— De moi.

— De toi ?

— Oh ! c'est si peu de chose. Tu sais... je suis encore un peu enfant et j'ai de petits caprices ; c'est si naturel, et surtout quand cela ne nuit à personne.... Tu n'as pas de mal, du moins ?

— Non ; mais quel est donc ce clapottement qui se fait sur mer ? Voilà un bruit singulier.

— Oh ! ne t'en préoccupe pas ; ce sont les monstres marins qui se battent en fuyant, parce qu'ils m'ont entendue. D'ailleurs, je te l'ai dit : Quand j'aborde l'Océan, l'Océan se fait désert et me laisse passer ; sans quoi je frapperais toute la création maritime, que je sais atteindre à une distance considérable.

— J'ai cependant toujours craint pour toi.

— C'est bien à tort, car je t'assure que je t'ai dit la vérité, du moins autant que je la pouvais dire. Vois-tu, je craignais d'être abandonnée de toi et cela m'aurait tuée. Voilà tout le motif de ma discrétion. Restée seule, je ne pouvais pas songer à me venger de ton abandon. A quoi sert la vengeance, du reste ? N'ai-je pas assez d'ennemis à combattre sur les eaux ?

— Sans doute, répondis-je ; mais il y a aussi sur terre des créatures autrement redoutables que celles dont tu parles.

— Je le suppose et c'est pourquoi je les évite ; aussi, quand je suis sur les eaux, je ne veux dominer que sur les eaux.

15

— C'est fort sage.

— Oh ! oui, car songe donc que si j'aborde un continent ; tiens, ici, par exemple, eh bien, je puis faire trembler jusqu'à cette montagne qui fume à l'horizon, et détruire en un instant tout ce qui respire autour de moi, d'autant que mon pouvoir peut l'atteindre, et il s'étend loin... C'est égal, ajouta-t-elle avec attendrissement, il ne faut pas me punir, n'est-ce pas ?

Moi qui suis si bonne et si naïve. Au reste, je m'y résignerai si tu l'exiges ; mais tu m'aimes trop pour être méchant.

— Nous verrons, répondis-je sur un ton assez réussi.

En ce moment, je me produisais l'effet d'un tout petit lévrier s'éveillant en sursaut entre les jambes d'un hippopotame.

Comme je venais de rallumer ma lampe, j'aperçus la Fleur-des-eaux qui jetait sur moi des regards pleins d'humilité et d'ineffable résignation, lorsqu'elle ajouta :

— Vois-tu, je suis bien gentille et il ne faut plus songer à mes enfantillages, qui n'ont aucune importance ; assieds-toi là, et avant de m'endormir, je vais te conter l'histoire que tu veux connaître et que je tenais à ne pas dévoiler de sitôt. Il y a là des choses que l'on n'aime pas à dire, et tu connais ma sensibilité envers ceux qui vivent et ceux qui ne sont plus.

Je m'assis donc, puis elle vint également s'asseoir à l'endroit où elle se trouvait le mieux, et les deux angoras vinrent ensuite se placer sur elle, après lui avoir fait leurs caresses accoutumées.

Lorsque ces trois êtres, qui étaient bien tout ce que l'on peut imaginer de plus doux et de plus grâcieux, se trouvèrent en repos sur mes genoux, la Fleur-des-eaux commença ainsi :

CHAPITRE XXXIX

Un soir, on vit passer devant certain village du Japon, un canot monté par six hommes regagnant un navire anglais, mouillé à quelque distance du rivage.

A la suite de ce canot était attachée une pirogue , vide en ce moment.

Par un temps calme, le soleil venait de se coucher ; quand apparut tout à coup une femme surgissant de de la mer, où elle se tenait debout jusqu'à la ceinture.

Sur les six hommes témoins de ce prodige, cinq la regardèrent avec effroi ; un seul d'entre eux n eût pas l'air d'y prêter la moindre attention : c'était un Japonais.

Cette femme marchait immobile dans la direction du canot lorsque, arrivée à une faible distance, elle sembla hésiter.

Alors on put voir qu'elle était assez jolie avec ses cheveux blonds, ses yeux bleus et sa bouche rose, quoique un peu grande....

Les matelots étaient terrifiés, et cette apparition marchait, s'arrêtait, mais avançait toujours. Bientôt elle ne fut plus qu'à deux pas, et un moment après, ses mains venaient de s'appuyer sur le bord de la chaloupe, quand un des matelots encore plus épouvanté que les autres, levant sur elle son aviron, lui en asséna un coup terrible. Alors la femme rentra sous la mer avec deux grosses larmes dans les yeux.

— Qu'est-ce donc que cela ? demandèrent les matelots au Japonais.

— Peu de chose : c'est une *Manta*, répondit-il avec distraction.

Et le canot passa.

— Mais je connais cette histoire, dis-je en interrompant la Fleur-des-eaux.

— Comment, répliqua-t-elle, tu connais l'histoire de ma famille ?

— Je la connais jusque-là, du moins, je l'ai lue dans un journal, le *Siècle*, je crois.

— C'est assez bizarre. Faut-il continuer ?

— Sans doute, puisque j'ignore le reste.

— Cela t'intéresse ?

— Beaucoup, répondis-je poliment.

Elle reprit :

— Lorsque le canot fut un peu plus loin, les matelots anglais reprochèrent à leur camarade cet acte de stupide férocité. Seul, mon père, Estéban Arojos ne dit rien. Dès que l'on eût accosté le navire, qui était grand et beau, Arojos, accompagné du Japonais qu'il était allé cherché en sa qualité d'interprète, régla le prix que celui-ci demandait pour servir de pilote le lendemain, puis le marché conclu, on se mit à table.

Mais avant que le repas fut terminé mon père s'esquiva, descendit dans l'intérieur du bâtiment, ouvrit son coffre d'où il tira un flacon, une arme à feu et toutes ses pièces d'or, puis étant remonté sur le pont, il demanda à accompagner le Japonais jusqu'à terre, ce qui lui fut accordé facilement parce qu'il avait dit : il est urgent que je m'informe de cet homme, et si ses capacités sont à la hauteur du poste qu'on lui confie, demain nous reviendrons ensemble ; sinon, je choisirai un autre pilote.

Le canot deineura donc attaché au grand navire, et mon père entra dans la petite pirogue du Japonais qui rama vers la terre.

Quelques instants après, comme la pirogue approchait du rivage, elle laissait apercevoir à gauche, un îlot entouré d'herbes épaisses au milieu desquelles se voyait quelque chose de blanc.

— Tiens, voilà la *Manta*, dit en riant le pilote, auquel la parole était revenue tout d'un coup.

Mon père, sans paraître tenir compte de ce qu'il venait d'entendre, se tourna à droite et dit au Japonais :

— Comment se nomme le village que l'on aperçoit là-bas ?

— Tsing-Pao, répondit le pilote.... C'est égal, poursuivit-il, toujours préoccupé de sa première idée, elle a reçu un furieux coup d'aviron ; car elle s'en va ventre en l'air ; je suis même surpris que le requin ne l'ait pas encore flairée, cependant je la crois vivante, car pour arriver jusque-là elle a dû nager un peu ; mais je suppose que demain....

— Et à quelle distance sommes-nous de Tsing-Pao ? interrompit mon père.

— A une heure et demie de marche.

— Bon. Connais-tu dans ce village un ébéniste appelé Kou-li-pa ?

— J'en connais à peu près tous les habitants ; mais celui-ci m'est étranger. C'est donc un nouveau venu ?

— Eh ! certainement, sans cela tu le connaîtrais.... La route est-elle bonne pour aller d'ici à Tsing-Pao ?

— Excellente.

— Mais n'y rencontre-t-on pas quelques voleurs de temps en temps ?

— Heu ! cela dépend ; voilà bien trois ou quatre jours que je n'ai entendu parler de rien.

— C'est fort honnête de leur part. Eh bien, puisqu'il en est ainsi, prête-moi ta pirogue, mon jaune camarade.

— Un moment, dit le Japonais ; si tu veux te servir de ma pirogue, donne-moi autant qu'elle vaut, et quand tu me la rendras je te remettrai ton argent, en retenant toutefois le prix de ton voyage, étranger facétieux.

— Tu es prudent.

— C'est vrai, aussi vrai que tu es un grand sorcier pour l'avoir deviné ; mais songe donc que si tu te noies, c'est que ma pirogue sera au fond de la mer, et demain je me verrai obligé d'en acheter une autre pour aller au navire.

— C'est juste. Alors, combien veux-tu me louer ta pirogue ?

— Une pièce et demie d'or ; et puis ma foi, tu peux la conserver si cela te plaît.

— J'accepte.

— En ce cas, dit le pilote, suis-moi.

Ils venaient de débarquer, et au bout de quelques instants ils entrèrent tous deux dans la hutte du Japonais qui alluma sa lampe, regarda l'heure dans les yeux de son chat, puis, examinant bien les pièces qui lui étaient présentées, il les fit sonner ensuite sur du bois, du fer et de la pierre. Après cette épreuve, les trouvant de bonne aloi, il souhaita le bonsoir à mon père et, refermant sa porte précipitamment, il se coucha heureux comme un avare qui a trouvé un trésor, en faisant des vœux à Boudha, pour que les barbares aillent souvent à Tsing-Pao.

De son côté, lorsqu'Arojos se vit seul il alla sur la plage, sauta lestement dans la pirogue et, saisissant les avirons, il vogua vers l'îlot.

Quand il découvrit la *Manta*, elle respirait à peine. Il l'attira légèrement sur le sable. L'air de la nuit parut la ranimer un peu.

Après l'avoir eue bien examinée au clair de la lune, et lui découvrant à la tête une blessure d'où avait dû s'échapper beaucoup de sang, Arojos alla cueillir des feuilles aux plantes marines et les mit où cela saignait, puis, déchirant un peu de ses vêtements, il lui en enveloppa la tête et lui fit boire ensuite quelques gouttes de ce qu'il avait apporté dans un flacon. Cela parut donner des forces à la *Manta*, car elle étendit sa main aussitôt comme pour chercher quelqu'un.

Mon père, qui était espagnol et d'un caractère chevaleresque, prit cette main qu'il porta à ses lèvres, et le bras retomba sans plus bouger.

La nuit était belle, la femme était seule ; mais le temps pressait, et il eut été dangereux pour Arojos d'être surpris par les habitants du village en compagnie d'une *Manta*, il se fut peut-être même compromis aux yeux des Européens ; toutefois, il put attendre encore.

Aux environs de minuit, la *Manta* fit des signes et dit à mon père :

— Qui es-tu ?

— Un de ces matelots qui t'ont frappée.

Alors elle ouvrit des yeux tout grands et ajouta :

— C'est vrai, je te reconnais. Tu n'es donc pas un ennemi, toi ?

— Non ; mais pourquoi venir rôder aussi près de nous ? fit Arojos.

— Je suis jeune et *Manta*, et n'ayant pas encore idée
de votre cruauté, je voulais vous voir, vous voir tous.

— Et que prétendais-tu faire en nous regardant
ainsi ?

— Attirer l'un de vous à moi.

— Dans quel but? Pour le tuer et le dévorer ensuite?

— Oh ! non, pour l'avoir seulement.

— Qu'en aurais-tu fait, alors ?

— Je l'aurais conduit sur la mer lointaine.

— Et puis ?

— Je l'aurais ébloui par des chants inconnus, il
m'aurait aimée et je serais restée à lui. Ne m'interroge plus.

Arojos qui n'était pas habitué à se troubler facilement, lui répondit :

— Eh bien, je vais faire tout le contraire, moi : je t'ai
cherchée, je t'enlève ; je tâcherai de te plaire et resterai avec toi autant que tu le mériteras ; mais pas de
trahison. Je suis homme.

Et, sans attendre la réponse, il alla cueillir des
plantes qu'il étendit dans la barque, dont il devenait
décidément propriétaire, puis, soulevant dans ses
bras cette femme qui le regardait d'un air fort tranquille, il la déposa sur les herbes, démarra aussitôt et
vogua vers le sud, puisque le navire anglais devait
suivre une route opposée.

Cependant, une petite difficulté se présenta : quoique
mouillé au large, le bâtiment n'était guère éloigné
d'une pointe de sable qui s'avançait assez loin dans la
mer, et quand la pirogue tourna cette pointe, une
sentinelle qui l'aperçut cria : qui vive !

On ne répondit rien.

Aussitôt un coup de feu retentit, le sifflement d'une balle se fit entendre, la *Manta* poussa un gémissement, et la pirogue effarée doublant la pointe qu'elle venait de franchir, s'éloigna en silence.

Arojos continua de ramer ; mais au bout d'un quart d'heure il s'arrêta tout court, en se disant :

Et si j'étais poursuivi ? L'affaire en vaut la peine. Voyons.

Mais il était seul, et l'Océan pacifique s'étendait devant lui à perte de vue.

Il ne vit donc sur la mer que le bâtiment anglais, sur lequel on causait paisiblement ; au reste, son équipage devait être depuis longtemps habitué à ces sortes d'alertes.

Notre Espagnol profita même de ce moment d'arrêt, pour couvrir de son chapeau la tête de sa trouvaille, car la nuit était fraîche. Cela fait, il continua sa route et sans être inquiété davantage.

Depuis deux heures Arojos ramait, lorsqu'il se dit encore :

Mais voilà une femme qui ne bouge plus ; dort-elle ou est-elle morte ?... Ah ! mon Dieu ! que l'on a donc tort de ne tuer les gens qu'à moitié ; on ne sait plus à quoi s'en tenir sur leur compte, et cela gêne singulièrement ceux qui conduisent des pirogues. Et il se mit à penser que si la *Manta* avait cessé de vivre, il en serait quitte pour la jeter au requin et que tout serait fini par là ; seulement, il regrettait d'avoir laissé un navire sans interprète ; mais bah ! c'étaient des Anglais, et il paraît que les Espagnols ne sont pas leurs meilleurs amis, et puis Arojos n'en était pas à sa première escapade.

Pendant qu'il devisait ainsi avec lui-même, la barque s'éloignait et le jour parut.

Jusque-là, notre héros n'avait eu devant les yeux que son chapeau ajouté à quelque chose de pâle et d'informe ; mais dès qu'il put voir assez clair, il se mit à regarder de plus près cette pauvre *Manta*, perdue à moitié dans les herbes, et s'apercevant que tout son corps était souillé de sang et de boue ; voilà un marsouin qui n'est guère appétissant, pensa-t-il, tout en regagnant la côte où il ne tarda pas à aborder.

Lorsque la pirogue toucha le rivage, le choc léger qu'elle en reçut fit éveiller la *Manta*, qui avait dormi jusqu'à ce moment, toutefois sa faiblesse était telle, que voulant se relever, elle retomba aussitôt.

Mon père la transporta à terre où, après l'avoir cachée soigneusement dans les hautes herbes, il lui dit :

— Attends-moi là, je vais dans une ville peu éloignée d'ici, et reviendrai bientôt auprès de toi.

En ce moment le soleil, qui se levait large et beau, empourprait déjà tout un côté de l'horizon.

Après être rentré dans sa pirogue, Arojos se remit aux avirons et partit rapidement.

Par saint Jacques ! se disait-il, je crois avoir trouvé là une fiancée qui semblerait n'être pas la perle de son sexe.

Toutefois, elle paraissait jolie sur l'eau ; sans doute, il faisait un peu sombre alors ; mais il fait jour maintenant, et je commence à entrevoir que mon accès de curiosité pourrait bien me coûter cher.

Après tout, qu'importe ! l'essentiel est que je l'aie sauvée, et elle est capable de m'en être reconnaissante. Que sait-on ? D'un autre côté je puis faire, dans sa personne, l'expérience d'une vie fort originale et cela me suffit.

Enfin c'est du nouveau, et comme j'aime l'inconnu, me voilà servi selon mon goût. D'ailleurs, quand je serai embarrassé de mon épouse. il me sera toujours facile de la jeter à l'eau, puisque c'est son domicile habituel... C'est égal, voilà ma foi un hidalgo joliment accouplé. Oh ! le drôle de ménage que cela va faire ! C'est à mourir de rire.

Et il riait, en effet, lorsqu'il remarqua des taches de sang sur son habit. Diable ! dit-il, mettons-nous dans un état plus présentable, sans quoi on me prendrait pour un assassin.

Il enleva donc ces taches autant qu'il le put, et comme il s'en trouva mouillé, ce lui fut une occasion pour acheter des habits à l'usage des Japonais, qui s'habillent quelquefois, surtout quand ils sont dans une ville.

Six heures lui suffirent pour vendre sa pirogue, acheter une jonque, des vêtements, des marchandises, un téorbe, des provisions, de la vaisselle, se faire raser, déjeûner, aller et revenir.

Lorsqu'il parut devant celle qui devint sa femme, elle lui dit :

— Etranger, que me veux-tu ? Oh ! épargne une pauvre *Manta* qui se meurt, et tes dieux te favoriseront.

Mais dès qu'Arojos eut parlé elle le reconnut bien, et se montra à lui, non plus comme il l'avait vue d'abord ; mais belle autant qu'on le fut jamais.

Elle avait pu rentrer dans la mer, et la mer l'avait renvoyée parée de toute sa jeunesse.

Arojos alors l'enleva doucement, et la mettait dans sa jonque quand il entendit le canon ; nul doute que ce fut le navire anglais qui, se trouvant en vue de Tsing-Pao, avertissait son interprète absent.

On se mit en quête de l'ébéniste Kou-li-pa, cela va sans dire ; mais comme personne de ce nom n'existait dans le village, on dut supposer qu'Arojos s'était trompé et s'était noyé.

Restait une autre supposition à faire ; la seule vraisemblable, et à laquelle personne ne s'arrêta, naturellement :

C'est qu'Arojos était parti avec la *Manta*, et que c'était sur sa pirogue que la sentinelle avait tiré.

Mais Arojos ne connaissait peut-être pas les *Manta*, et celle-ci étant morte, quand on lui en avait parlé, cela ne parut pas lui causer la moindre émotion, et pourtant elle était là, sous ses yeux. Au reste, son coffre ayant été ouvert, tous ses habits furent trouvés intacts ; ensuite avait-il ou n'avait-il pas d'argent ? c'est ce que personne ne put dire. Enfin Arojos étant Espagnol, tous les Anglais du monde n'avaient aucun droit de le forcer à revenir sur un de leurs bâtiments.

De son côté, mon père se disait :

On a vendu aujourd'hui une jonque à un Européen, qui est moi-même, et personne ne le sait. La jonque est bientôt partie, montée par un homme semblable à un Japonais ; mais qui pourrait maintenant me distinguer d'avec les habitants des autres jonques ?

Ensuite, supposons que depuis la ville on ait pu me voir, cinglant vers le nord ; cela supposerait une grande maladresse de ma part, puisque c'est dans cette direction que se trouve le bâtiment anglais, qui peut prendre la fantaisie de me visiter.

En conséquence, et pour dépister toutes recherches ultérieures, gagnons le large, et quand nous serons assez éloigné, tournons au sud et repassons devant cette ville où je suis inconnu, et si le navire anglais parvient à me découvrir, ce sera après une recherche de trois ans.

Sur ce, il monta dans sa jonque, hissa la voile, se mit au gouvernail et prit la haute mer.

Quand il se vit assez éloigné de la côte, il tourna au sud, comme il l'avait dit, et une heure après, il ne tarda pas à voir une foule de jonques semblables à la sienne ; comme c'était à la hauteur de la ville, personne ne fit attention à lui, et il continua son voyage vers le sud.

Le soir venu, il prit terre à l'entrée d'un village assez grand, où il trouva à compléter ses provisions pour plusieurs jours. Il y passa la nuit et en partit le lendemain.

La *Manta*, malgré ses souffrances, commençait à aller de mieux en mieux, car après huit jours de repos et de soins extrêmes, elle parut être hors de danger, et au bout de huit autres jours, se sentant capable de se tenir sur la mer, elle se considéra comme guérie. C'est alors qu'elle aimait à jeter sur mon père des regards qui se souvenaient en s'attendrissant !

Arojos, qui avait depuis longtemps vécu éloigné de sa patrie, sentait plus que jamais combien il est doux d'avoir un être aimant auprès de soi, auquel on puisse confier toutes les peines du passé, toutes les espérances de l'avenir.

Vers la fin de ce voyage, qui dura près d'une lune, chaque soir, à l'heure où le vent tombe, la *Manta* se plaçait à l'avant du petit navire, et aimait à chanter.

Sa voix était si retentissante et si belle, que des rôdeurs inconnus s'arrêtant au loin, laissaient tomber leurs voiles pour entendre ses chants ; mais les jonques du pays reconnaissant là une puissance mystérieuse, s'enfuyaient avec effroi.

C'est pendant ces beaux jours qu'Arojos prononça à la face du soleil des paroles de paix, tandis que la jolie charmeuse étendait ses longs regards sur les eaux....

La mer seule fut témoin de leurs douces confidences.

Un jour, Arojos dit à la *Manta* :

— Comment t'appelles-tu ?

— Pi-Toho-Nour, répondit-elle.

— Voilà un nom bien allongé.

— Tu n'en diras que le commencement, si tu veux, cela suffit à mon obéissance.

— Et d'où te vient ce nom, qui veut dire Lumière-de-l'abîme ?

— Mes regards éclairent l'ombre et le fond de la mer m'est connu. Telle est ma race.

Arojos, en homme avisé, comprit quel fruit il pouvait retirer d'une femme semblable.

— Au reste, lui dit-elle encore, tu as beaucoup à espérer et rien à craindre auprès de moi : je pressens la tempête et, sans attendre, je saurais t'emporter rapidement sur mes épaules à travers les Océans, et te mettre à l'abri de leur colère. Puisque tu as voulu que je vive, eh bien, je vivrai, et pour toi seul.

Désires-tu des grandeurs, de l'or, des diamants et tous ces étonnements que donne la richesse ? Parle, la mer est là et je suis fille de la mer.

J'ai quinze ans tout au plus, en outre, j'ai un siècle

et demi à vivre et cent ans de beauté. Ainsi, lorsque tu mourras, accablé par l'âge, pas une ride n'aura sillonné mon front. J'assisterai, jeune encore, aux limites extrêmes de ta vie, et mon dernier sourire accompagnera tes derniers instants. Ensuite je rentrerai dans la mer pour y achever mon existence, heureuse de ton souvenir, fière de ton affection.

A la révélation de mystères aussi inattendus, Arojos au milieu de ses éblouissements, put dire encore à Pi-Toho-Nour :

— Si tu veux, il y a au sud de cet empire une cité importante où nous pourrons aller ; elle est assise près d'un fleuve que l'étranger visite. Arrêtons-nous là. Après les agitations du jour il y a le silence des nuits, qui passent toujours rapides pour celui qui verse en ton sein toutes les pensées de son cœur.

Et la mer immense scintillait sous un ciel splendide.

Allons où tu voudras, répondit Pi-Toho-Nour ; j'aime aussi la terre et ses grands horizons.

CHAPITRE XL

C'est en effet sur un fleuve qui baigne la cité dont parlait Arojos, que j'entrevis le jour au milieu des nénufars ; de là mon nom de Goul-ou-ti.

Oh ! nous étions bien heureux, va ! La jonque de mon père était amarrée à l'écart au bord d'un ruisseau, qui venait mourir dans ce fleuve sur lequel se trouvent mille autres jonques, toutes habitées, et chaque soir Pi-Toho-Nour m'apportait en silence. A un signal convenu la porte de la jonque s'ouvrant, ma mère me tendait à mon père afin qu'il me reçût dans ses bras, ensuite elle entrait à son tour et souvent chargée de butin, que mon père allait vendre dans la ville.

Lorsque nous étions réunis tous trois, on eût dit un nid d'oiseau. Nous parlions peu et toujours à voix basse, tant nous craignions de rendre des étrangers témoins de notre bonheur.

J'avais environ six ans, lorsqu'un jour Pi-Toho-Nour, partant avec la rapidité d'une flèche, m'emporta au Vahra, que je n'avais pas encore vu.

— Un moment, dis-je à la Fleur-des-eaux, qu'est-ce donc que le Vahra ?

— Le Vahra, dit-elle, est un temple grand comme une ville ; c'est là que se célèbrent les mystères de la Trimourti thalassienne, sa splendeur est telle, qu'on peut le deviner à plusieurs lieues en mer. Tiens, lorsque le navigateur se dit :

— Je ne sais pas ce qu'il va y avoir ; mais la mer est bien phosphorescente aujourd'hui.

Nous le savons bien, nous qui chantons à la surface des eaux, et notre nombre est assez grand, car lorsque nous sortons la mer baisse, tandis qu'elle monte quand nous sommes rentrées.

Pi-Toho-Nour me donnait la main, et quand nous entrâmes dans ce temple supporté par des colonnes d'onix ruisselantes d'or, de nacre, d'opale et d'émeraudes, et où pendaient de hautes stalactites, tous les regards se portèrent sur ma mère et moi. C'était un jour de solennité.

Outre les mille lumières étincelant de toute part, et fixant leurs rayons sur les images de nos dieux, placées au fond du sanctuaire, on entendait une harmonie lointaine, souffle sacré planant sur un chœur immense, qui disait les merveilles de la création des mondes.

J'ignore ce que c'est ; comme je n'ai aucune raison pour le croire, ni aucun moyen de le nier, je me dis volontiers : que m'importe !

Toutefois, cette idée de la doctrine que l'on ne nous enseigne pas peut conduire, jusqu'à un certain point, à faire juger de la doctrine que l'on nous enseigne. La place est large pour en penser tout ce que l'on veut.

Lorsque la cérémonie fut terminée, plusieurs *Manta* vinrent nous voir ; mais un prêtre s'arrêta et dit à ma mère :

— Je t'avais annoncé que ta vie pourrait ne pas s'écouler solitaire ; mais ne te félicite pas du sort qui t'attend. Quand la mer est tranquille, la tempête humaine peut gronder sur les continents où l'on passe.

Et il lui mit entre les mains les images de la Trimourti.

Ensuite, s'adressant à moi, il me conseilla, au cas où un malheur m'adviendrait, de me cacher dans l'ombre et de saluer l'Européen, car celui que tu salueras s'arrêtera ; mais surtout, ajouta-t-il d'une voix concentrée :

Prends garde au ch....

Par malheur, quelqu'un vint l'interrompre et il nous quitta ; alors nous rentrâmes bien tristement chez nous, ma mère et moi.

— Comment, dis-je à la Fleur-des-eaux, nous sommes donc destinés à vous prendre pour femmes ?

— Pas précisément ; mais dans ma race on ne voit

16

guère que des filles ; s'il naît par hasard un fils, il devient prêtre et vit chastement, c'est pourquoi, de peur que notre nation ne s'éteigne, nous sommes obligées de nous unir à la race humaine, et c'est alors que les volcans fument, en signe d'allégresse ; mais les hommes sont libres de nous renvoyer, ce qui arrive rarement, car nous ne recherchons que les caractères les plus chevaleresques : tout ce qui est voué à l'inconnu, au fantastique, au merveilleux.

Eu revanche, et souvent à travers mille dangers, notre race paie un large tribut de reconnaissance à la vôtre ; car sais-tu qui a fait sombrer le navire malais et nous a conduits dans cette anse ?

— Les *Manta* ! répondis-je tout rêveur. Elles nous voyaient donc ? Elles avaient donc compris le danger qui nous menaçait ? Quoi ! ce sont-elles ?

— Oui ; mais je continue et te recommande de ne plus m'interrompre ; tu comprends que cela ne peut que nuire à mon récit, bien simple, il est vrai ; mais peu connu.

— Fort bien. Quelle heure est-il donc ? à propos.

— La petite jonque d'Arojos, poursuivit-elle en souriant, prospérait au-delà de ses espérances ; mais voilà qu'un jour un gros nuage vint poindre à l'horizon : ma mère avait trouvé à huit lieues en mer, une bague ayant appartenu à l'empereur qui, lui-même l'avait laissée tomber là, et ce fut à l'empereur qu'elle revint.

Le mikado ne comprenant guère ce que cela signifiait, fit appeler ses ministres qui, ne s'occupant de rien, ne lui dirent rien, et parurent même fort contrariés qu'on les dérangeât. Ensuite il convoqua les savants ; mais comme savants ils ne savaient pas grand'chose, et ne lui en dirent pas davantage. Alors il fit appeler un bonze, et ce bonze lui dit :

— Très-sublime monsieur, vous aviez perdu une bague et on vous l'a rapportée ; c'est signe qu'on l'a retrouvée.

— Si tu continues sur ce ton, dit l'empereur, je vais te faire administrer quelque chose de fort désagréable.

— Hum !... attendez, fils du ciel, ma pensée n'est pas aussi rapide qu'une volée de coups de bâton, — quoique le temps dure quand on la reçoit. — Je disais donc que votre bague était retrouvée...

— Mais, imbécile, répliqua l'empereur, c'est moi-même qui te l'apprends, tu ne fais donc que répéter mes paroles.

— Eh bien, poursuivit le bonze, si votre bague est retrouvée....

— Oui, oui, elle est retrouvée, la voici. Et après ?

— Il n'y a, magnifique monsieur, qu'une *Manta* qui puisse accomplir ces sortes de choses, qui sont très-naturelles et que je connais depuis fort longtemps ; d'où j'infère qu'il se trouve parmi vos sujets quelqu'un de cette nation, ce qui offense nos dieux, race avare, jalouse et vindicative au dernier point.

Averti par ces paroles, l'empereur fit appeler le mandarin qui gouvernait la ville, et lui parla à peu près en ces termes :

— Dernier de tous les chiens, voici une bague, prends-là et va chez un tel qui me l'a vendue. Informe-toi de son origine, et si tu ne reviens pas avec une réponse précise et entièrement satisfaisante, le soleil de mes faveurs cessera de resplendir sur ta face hébétée.

L'honnête mandarin comprenant qu'il y allait de sa tête, mit aussitôt tout en œuvre pour l'accomplissement de cette mission, et finit par apprendre que mon père avait été le premier à montrer cette bague, qu'il était étranger et vivait d'une manière mystérieuse avec une femme inconnue, sans doute une *Manta.*

Grâce à ces renseignements, on s'empara d'abord de notre jonque, on la mit au pillage et l'on attendit.

Toutefois, mon père averti à temps put se cacher.

Quant à ma mère, elle revint le soir avec moi et, ne trouvant plus rien à la place où se tenait l'embarcation, elle pleurait tristement au bord du rivage, lorsqu'un mendiant vint auprès d'elle et lui dit :

— Pi !

Alors, relevant la tête, elle reconnut Arojos qui lui confia ce qui s'était passé.

— S'il en est ainsi, attends-moi là, dit-elle à mon père, et un moment après elle revenait avec la jonque du bon mandarin, qu'elle avait eu soin d'illuminer préalablement.

— Tiens, murmura-t-elle, il y a là-dedans tout ce qu'il te faut. Entre, pars sur-le-champ et va m'attendre à Ormouzd ; je veux me venger avant de te rejoindre.

Et la jonque partit, bien que la nuit fut noire.

— Par Boudha ! disaient les habitants, on voit bien que notre gouverneur a fait aujourd'hui une capture importante, car le voilà sur l'eau, en train de s'en conjouir avec ses amis.

— Mais non, disaient les autres, je viens de le voir entrer dans son palais.

Pendant ces explications, l'esquif filait au large et il disparut.

CHAPITRE XLI

Le lendemain, comme le bon mandarin, entouré des principaux magistrats de la ville, était descendu vers le fleuve, où il donnait des instructions pour la recherche de sa jonque, la *Manta* apparut, l'enleva aux yeux de tous les notables, qui prirent la fuite, et ayant attiré au fond de l'eau ce digne homme, elle le mordit au bras et le renvoya à la surface du fleuve, d'où il sortit plus mort que vif.

Elle eut même l'attention délicate de le débarrasser de ses deux montres à cloche, et d'une paire de sabres qui servent ordinairement à s'ouvrir le ventre pour se rendre intéressant; usage assez répandu dans ce pays-là.

Une autre fois, elle entra dans la pagode desservie par le bonze qui avait fait dénoncer mon père, et, sans tenir compte de la dignité du lieu, elle souffleta le prêtre, monta sur l'autel, renversa l'idole qui s'y trouvait, brisa toutes les lanternes éclairant la cérémonie, et se mit à lancer des imprécations si terribles, que les assistants s'enfuirent éperdus.

Bientôt la terreur fut à son comble, et comme on ne s'entretenait que de ces événements, des émissaires furent envoyés au mikado qui, pour en finir une bonne fois avec cette race maudite, résolut de tenter une expédition contre les *Manta* du gulf-stream.

Douze mille jonques, parfaitement armées et montées par d'excellentes troupes, prirent donc la mer et marchèrent à la destruction du Vahra ; mais lorsqu'elles furent à trois lieues du port, une lueur de mauvais augure se montra à l'horizon ; c'était un reflet verdâtre annonçant l'ennemi.

En effet, quelques instants après une tempête s'élevant furieuse, toutes les jonques furent jetées à la côte.

La plupart des guerriers reçurent des bosses au front en roulant les uns sur les autres. Bien plus, comme les *Manta* sont douées d'électricité, elles secouèrent tellement l'île, qu'elles y produisirent un tremblement de terre, comme cela leur arrive quelquefois, surtout quand elles ont des motifs pour le faire, et ici les motifs ne faisaient pas défaut.

Dans la bagarre, l'empereur perdit son premier ministre, Révo-li-li. Heureusement que le lendemain, selon le bruit qui en courut, un dragon de feu, s'élevant du sein des vagues, le rapporta et l'assit avec beaucoup de soin, sur *la* pointe d'un paratonnerre du palais impérial, où il servit pendant quelque temps de girouette aux naturels de l'endroit.

— Tiens, disaient-ils, le temps sera beau : voilà Révo-li-li qui tourne à gauche.

Le lendemain on les entendait dire :

— Révo-li-li a tourné à droite ; gare la pluie !

Un jour enfin il tomba par terre et droit sur la couronne, et la couronne tomba dans l'eau.

Or, des messieurs qui se trouvaient là par hasard et en train de fricasser quelque chose, dont la nature n'a pas encore été analysée, s'y prirent je ne sais trop comment, toujours est-il que, grâce à leur cuisine, le feu se trouva mis à la maison.

C'est sur ces entrefaites que ma mère quitta le pays.

Mais revenons à Arojos qui, de son côté, était débarqué assez heureusement dans l'île d'Ormouzd, où je me trouvais avec lui. Toutefois, notre voyage ne s'effectua pas sans que nous n'éprouvions des craintes sérieuses, car le mandarin avait lancé un vapeur à notre poursuite, et mon père se voyait sur le point d'être capturé, lorsque ma mère et d'autres *Manta*, jugeant la situation critique, allèrent chercher leurs aimants, et, s'étant placées à l'arrière du navire, qui faisait force de voile et force de vapeur, elles l'attirèrent avec tant d'énergie dans la direction opposée à celle qu'il devait suivre, qu'à un moment donné voilà que le vapeur, tout en marchant de l'avant, se trouva juste arriver à l'endroit même d'où il était parti, et cela aux immenses éclats de rire d'une foule qui, n'en soupçonnant pas la cause réelle, l'accueillit par ses huées, et le couvrit de projectiles désobligeants.

Le commandant de ce navire, en se voyant dans cette situation, se donnait bien à tous les diables et accusait le chauffeur, tandis que le chauffeur lui démontrait clairement que sa machine fonctionnait avec une régularité merveilleuse.

Toujours est-il que l'on chauffa tant et si bien, que le navire sauta en l'air. Heureusement que, le fer se trouvant attiré au fond de l'eau par les aimants, personne ne reçut de blessures graves, et les personnages qui avaient accompagné cette courte expédition, en furent quittes pour une promenade aérienne suivie d'un grand bain froid, que le fleuve leur offrit gratis.

Malgré tant d'insuccès, on se décida cependant à porter secours à ces guerriers qui plongeaient assez bien, quoique nageant fort mal.

Quand tout ce monde fut repêché, la foule, toujours intelligente, essaya ses commentaires, et des hommes profonds, comme on en rencontre partout, donnaient chacun leurs explications parfaitement lucides sur l'événement qui venait d'avoir lieu ; mais comme ces explications, variant selon le génie des orateurs, n'étaient naturellement pas les mêmes, la multitude se divisa en plusieurs camps, et les horions commençaient à pleuvoir dru sur les têtes les plus respectables, lorsque les *Manta* apparaissant tout à coup sur le fleuve, montrèrent leurs aimants et, après avoir avoir exécuté une ronde, rentrèrent toutes sous l'eau, non sans avoir préalablement salué l'aimable assistance.

Il se trouva donc que, dans toutes les paroles qui venaient de s'échanger de part et d'autre, comme c'était justement à elles que personne n'avait songé, on n'avait pas même eu le moindre soupçon de leur innocent stratagème.

Sont-ils simples, ces pauvres Japonais, sont-ils simples !

CHAPITRE XLII

L'Inde est un beau pays ; ses villes sont très-étendues, ses temples, d'une magnificence rare, et sa campagne est peuplée d'une riche végétation ; mais elle est hantée par toute sorte d'animaux dangereux, dont les plus à craindre sont les serpents et il y en a partout.

Quant aux habitants, leur mollesse est remarquable ;

ainsi, où que l'on passe, on ne rencontre guère un homme se tenant debout : les tailleurs de pierre, les scieurs de long et même les charpentiers travaillent assis. On dirait que leurs jambes les embarrassent, c'est peut-être pour cela que les tigres se croient dans l'obligation de les en débarrasser de loin en loin.

Cependant, comme contrepoids à cette morne nonchalance, ces mêmes aborigènes sont capables d'un réveil terrible, particulier aux races d'Orient ; et il y a tout à craindre d'hommes pareils, qui sont tout à la fois fanatiques, vindicatifs et d'une dissimulation extrême. Lorsque quelque chose de malsain a été résolu entre eux, ils sont implacables comme la mer qui rugit, rien ne saurait les arrêter.

N'ayant que le moins d'accointances possibles avec une semblable population, mon père, retiré dans l'île d'Ormouzd, savait surtout que le commerce principal de cette île consiste dans la pêche des huîtres à perle, que des plongeurs vont péniblement arracher aux profondeurs de l'Océan indien.

Pi-Toho-Nour, ainsi qu'elle se l'était proposé, résolut de s'employer à cette recherche qui pour elle n'était qu'un jeu.

Effectivement, au bout de quelques jours, nous étions redevenus riches, — et nous en avions grand besoin, car il ne nous restait plus rien, — aussi mon père, se hâta-t-il d'aller vendre une partie de ce dont il était devenu sitôt possesseur ; c'est-à-dire des perles magnifiques et un énorme diadème, ayant coiffé jadis un éléphant blanc, objet d'une grande vénération dans ce pays-là. Les perles furent facilement vendues à un juif qui en était marchand, quant au diadème,

on engagea mon père à l'aller offrir à un certain
prince du pays, car sa perte avait paru digne d'être
consignée dans les annales de la principauté.

Lorsqu'Arojos fut en présence du prince, celui-ci
lui demanda s'il avait lui-même recueilli les raretés
qui étaient en sa possession.

— Oui, répondit mon père.

— Je vois, continua le prince, que vous avez découvert cela au nord de cette île, et en face des ruines
d'un ancien collége de nos brahmes saints.

— Précisément.

— Et depuis quand?

— Depuis trois jours.

— Alors, fit le prince, vous avez plus de vertu que
la plupart de nos plongeurs qui, depuis bien longtemps
ont fait des efforts inouïs pour le même objet et n'ont,
en fin de compte, obtenu aucun résultat.

Et qui donc vous a parlé de moi?

— Un juif auquel j'ai vendu des perles; Abraham-
ben-Chalaphta.

— Je le verrai, dit le prince.... Et vous avez également trouvé des perles?

— Oui.

— Eh bien, tenez, ajouta-t-il en souriant, puisque
vous êtes un aussi habile homme, allez donc dans tel
endroit de la mer, un navire où se trouvaient des
diamants bruts a fait naufrage là, il y a environ trois
cents ans; ces diamants étaient destinés à orner la
couronne de mes ancêtres; mais, soupira-t-il, la mer
est aussi trompeuse que Brahma est puissant.

C'est égal, trouvez cela, et comme de semblables
services ne sauraient se payer avec de l'or, je ferai de

vous un des plus hauts dignitaires de ma principauté.

Et il revint à la pièce d'orfèvrerie.

Mon père ne demandant que le quart de ce que valait ce diadème, on tomba facilement d'accord, et tous deux, acheteur et marchand, se quittèrent fort contents l'un de l'autre.

Il va sans dire que le lendemain, ces vilaines pierres étaient retrouvées par Pi-Toho-Nour.

Dès que mon père se vit en possession de semblables richesses, — dont tu m'as parlé depuis, — au lieu de retourner chez le prince, il jugea prudent de placer cela dans un coffret qu'il enfouit sous terre, en y ajoutant les perles, l'or et les rubis que tu connais déjà, et il continua de porter vendre, de jour en jour, les différentes choses trouvées par ma mère.

Bientôt notre petite jonque regorgea d'objets précieux, et d'une valeur incalculable ; c'est au point que mon père ne parlait de rien moins que de fréter un grand bâtiment à ses frais, pour retourner en Europe, où il espérait, après la vente d'une partie de ce dont il était possesseur, acheter du gouvernement espagnol une des îles Canaries, et d'en devenir l'unique propriétaire.

C'est assez dire que nos affaires allaient pour le mieux, lorsque survint un incident auquel Arojos n'avait pas songé.

Les plongeurs indiens se voyant tout à coup réduits à une profonde misère, par la seule présence de Pi-Toho-Nour, étaient allés se plaindre au prince de ce que les bancs d'huîtres perlières, unique ressource du pays, étaient complètement dévastés, depuis l'arrivée d'un Espagnol qui bouleversait le fond de la mer, sans sortir de chez lui, du moins en apparence ; car rien ne transpirant sur sa manière de vivre, on supposait qu'il y eût là-dessous quelque pacte maudit avec les djinns de la mer, ce qui rendait tous les habitants du littoral victimes d'un maléfice, dont ils se croyaient cependant fort innocents, eux qui n'étaient occupés que de leurs rudes et improductifs travaux.. On alla plus loin.

Un des plus âgés parmi ces pêcheurs, dit au prince que mon père vivait en secret avec deux djinns, dont le plus petit jouait au bord du rivage, tandis que le plus grand passait son temps à se transformer à volonté. Entrait-il dans la mer, c'était un dauphin, en sortait-il, c'était un être d'une beauté qui surpassait celle des fils des hommes ; à l'exception du prince, toutefois, qui était, selon ce qu'il se laissait dire, un personnage doué de toutes les perfections, et dont chaque parole semblait être un grain d'encens qui, s'élevant dans l'air, allait parfumer le ciel de Brahma.

Le prince devint rêveur, et il est probable qu'à partir de ce moment, la petite jonque fut l'objet d'une exacte surveillance qui aboutit à quelques révélations, malgré tout le soin que nous mettions à nous tenir cachés, toujours est-il que le prince vint un jour frapper lui-même à la porte de notre embarcation.

En reconnaissant sa voix, mon père se crut obligé d'aller ouvrir et ma mère s'esquiva.

Lorsque le prince fut entré dans la jonque, il eut l'air de ne rien voir, et parla avec aménité de choses indifférentes, mais gracieuses ; cependant, à un certain mouvement que fit ma mère, il tressaillit. Cette impression passant légère et rapide, mon père ne l'aperçut pas, sans cela il lui aurait parlé haut et fort, et le drôle eût tremblé.

Sa visite dura environ un quart d'heure, et le prince, avant de se retirer, fit promettre à mon père d'aller dîner dans son palais et me mener avec lui.

Arojos ne s'en souciant guère, aurait bien voulu pouvoir décliner cette invitation ; mais le prince avait de ces manières tellement engageantes, et une désinvolture de si bon goût, accompagnée de ce sourire éternel qui lui gagnait tous les cœurs de ses sujets, que mon père lui-même, craignant de désobliger un personnage si poli, se décida pourtant à accepter.

Au jour convenu nous arrivâmes, mon père et moi, chez ce seigneur habitant une aldée où il avait un palais peu distant du rivage.

Notre jonque ne devant pas rester sans gardien, ma mère se tint soigneusement enfermée à l'intérieur et attendit.

Malgré les préoccupations bien légitimes d'Arojos, le festin fut gai et surtout somptueux, autant que la demeure et le personnage chez lequel nous étions le promettaient.

Je venais de chanter sur mon téorbe lorsque le prince, me prenant sur ses genoux, me dit d'une voix bien douce :

— N'es-tu pas un djinn ?

— Qu'est-ce que c'est, un djinn ?

— C'est un ange de Brahma.

— Je n'adore pas ton dieu, lui répondis-je, et je suis une petite fille de la mer.

— Tu as la voix forte, pour une petite fille, répliqua le prince sur un ton plein de suavité.

En parlant ainsi il se pencha à l'oreille de la princesse, assise auprès de lui, et sussurra quelques mots harmonieux.

La princesse, dont la beauté était éblouissante, me prit alors dans ses bras blancs et me dit :

— Allons voir les almées, les voilà qui mettent de belles robes ; elles vont danser tout à l'heure.

Et elle m'emporta.

Nous arrivâmes dans un riche appartement où je vis de belles dames, couvertes de voiles fins et argentés comme les ailes de la cigale. Leur grâce était enivrante et leur regard, caressant. La princesse leur parla tout bas et l'une d'elles, qui avait de longs yeux, me dit alors :

— Petit ange de Brahma, viens reposer sur mon cœur et je te rendrai le ciel.

— Je ne repose que sur le cœur de ma mère ; mon ciel est là, lui répondis-je.

Elle poursuivit :

— Regardes-tu ma robe où les attraits qu'elle voile ?

— Je ne regarde que ta robe, dis-je encore.

— Aimerais-tu en avoir une semblable à la mienne ?

— Oui.

Alors elle ôta mes vêtements, et quand le dernier voile tomba, elle me repoussa avec dégoût en s'écriant :

— Pouah ! c'est une fille.

Mais la princesse me mit une belle robe, beaucoup trop grande pour moi, et m'apporta au prince qui, en détournant ses plis si longs, dit à l'assemblée :

— Tenez, voilà une jolie petite fille.

Il était déjà trop tard quand on s'en aperçut. Puis on me remit mes vêtements.

Minuit sonnait, les almées avaient épuisé leurs danses les plus gracieuses et leurs chants les plus doux. L'encens et les fleurs remplissaient de leur parfum, le palais du prince au visage dont le sourire était d'une magique sérénité, et le regard d'une limpidité rayonnante.

Nous allions nous retirer.

Les autres convives ainsi que les almées s'étaient mis en prière. Tout disait paix, religion et bonheur. Le silence était solennel, les dernières harmonies allaient se perdre sous les voûtes lointaines du palais, lorsque tout à coup on entendit le crépitement de plusieurs armes à feu, suivi d'un cri épouvantable que nous reconnûmes à sa sonorité, mon père et moi.

— Qu'est-ce que cela, dit le prince, une révolution dans cette île ?

Toute l'assemblée se leva en même temps, et vint sur la terrasse, d'où l'on découvrait une vive lueur dans le ciel.

— Non, répondit mon père, ce n'est pas une révolution.

Ma femme est tuée et ma jonque brûle. Rassurez-vous.

Le prince en parut surpris et affligé, prétendant n'être pour rien dans cette affaire. Il voulut même nous accompagner courageusement jusqu'à la côte.

Lorsque nous arrivâmes près de notre demeure habituelle, tout était perdu : la plage était déserte, la jonque sombrait au loin et ma mère avait disparu.

Le prince voulait que nous revinssions dans son palais ; mais Arojos tint à rester au bord de la mer.

Le prince partit donc et, peu à peu, la foule qui l'avait suivi nous quitta également en disant :

Le grand djinn est retourné à son dieu.

Tandis que nous étions là tous deux et fondant en larmes.

Lorsqu'il fut environ trois heures du matin, une voix faible prononça quelques mots ; c'était ma mère ; mais hélas ! mortellement blessée.

Mon père la cacha comme il put, et après avoir été cherché la cassette qu'il avait enfouie, il s'empressa de trouver un navire en partance dans lequel il transporta Pi-Toho-Nour, en ayant soin, toutefois, de dissimuler quelle femme ce pouvait être.

Puis nous gagnâmes bientôt l'île d'Oualan, et ma mère semblait devoir se guérir ; mais deux jours après notre arrivée.... Ah !...

Comme il se faisait tard, je jugeai à propos de ne pas la laisser continuer ce récit, que j'avais eu le tort de me faire conter. C'était là, il est vrai, préluder bien tristement au jour qui devait être le plus beau de ma vie.

J'allai donc déposer la pauvre Fleur-des-eaux sur un lit de fourrures, et après lui avoir fait toutes les promesses que l'on peut faire à une femme que l'on adore, — s'il en fut jamais d'aussi digne d'être adorée, — je regagnai ma couche restée solitaire jusqu'à ce jour, en me promettant toute sorte de bonheur pour l'avenir, et me jurant à moi-même, de faire consister ce bonheur à vivre pour celle dont je ne devais plus me séparer.

Peu à peu, les sanglots de l'infortunée *Manta* cessèrent, le sommeil l'envahit lentement ; et bientôt, sentant que mes yeux s'appesantissaient et se fermaient malgré moi, j'allai également me reposer.

CHAPITRE XLIII

Le lendemain fut un de ces jours maussades communs à ces latitudes. Le vent ayant soufflé toute la nuit, avec une violence extrême, le soleil se levait rouge et menaçant sous un ciel aride, chargé de nuages inertes et si bas, que l'on se serait cru placé sous un couvercle d'airain.

La Fleur-des-eaux ne tarda pas à arriver, et après avoir regardé au dehors elle me dit :

— Oh ! vois donc ce trou dans le glacier ; on dirait une petite maison. On serait bien là, ce me semble.

Je lui expliquai que c'était l'endroit d'où l'un de mes ours avait été extrait, pour nous servir de nourriture pendant notre voyage.

— C'est égal, poursuivit-elle, cela fait un endroit bien joli, et puis c'est tout blanc ; mets donc un glaçon au-devant de ce trou, ce sera une porte et j'irai me placer à l'intérieur, il me semble que l'on y serait bien.

— Quel enfantillage ! lui dis-je, nous partons demain.

— Oh ! c'est vrai.

— Alors, à quoi bon mettre un glaçon ici ?

— Tiens ! pour le voir.

Je n'eus pas de repos avant d'avoir été chercher un glaçon, que je plaçai à l'ouverture de cette cavité. La Fleur-des-eaux, qui s'était aussitôt mise à l'intérieur, m'assura en sortant que c'était très-joli ; après quoi, elle détourna le glaçon avec une délicatesse toute

17

féminine et le remit en place, non sans employer les plus grandes précautions.

— Que fais-tu là, lui dis-je en souriant, puisque nous quittons ce continent dès demain, et le glacier aussi, cela va sans dire.

— Et si j'y reviens ? me répondit-elle d'un air singulier.

Pour couper court à la contestation je l'emmenai à travers la campagne ; mais elle ne tarda pas à me dire :

— Rentrons, j'ai soif.

J'avais remarqué que, depuis deux jours, elle buvait considérablement, et craignant que ce fût l'eau de mer qui l'altérât ainsi, je lui avais recommandé de ne boire que de l'eau douce mitigée avec un peu d'alcool, ce à quoi elle consentit d'autant plus volontiers que tout lui était bon, en fait de breuvage, et une fois arrivée sur le bâtiment, elle se remit à faire des sauts dont je n'avais pas l'idée.

Cette bizarrerie tenant à sa manière d'être, je n'eus pas l'air d'y prêter la moindre attention, persuadé que cela se passerait avec l'âge ou les circonstances. Après tout, c'était un genre de gaieté particulier à sa race.

Nous déjeûnâmes. Sa turbulence était arrivée à son apogée ; elle m'adressa des questions capables de faire pouffer de rire tout un couvent de bénédictins. C'est alors que je témoignai l'intention de sortir pour aller faire mes adieux au pays, à ses lacs, à ses montagnes, et à ses immenses et éternels glaciers, puisque depuis le déluge, cette terre, si vaste qu'elle fût, n'ayant jusqu'à ce jour donné asile qu'à deux amants égarés par la tempête, je lui devais bien un dernier adieu.

Ensuite, je voulais rapporter quelques œufs et du

gibier ; ce qui est la chose la plus aisée du monde sous les deux pôles : ainsi, quand on veut un œuf, on presse les flancs du premier oiseau venu et il pond l'œuf, quant à prendre l'oiseau lui-même, je l'ai déjà dit ; on le prend et on l'emporte, sans qu'il songe à y mettre la moindre opposition.

Mais la Fleur-des-eaux, mue par un sentiment inexplicable pour moi, voulait que je demeurasse auprès d'elle.

Voilà pourtant comme sont toutes ces femmes, surtout le jour de leur noce.

Cependant je finis par m'échapper, en recommandant à ma Goulouti de faire frire son poisson à cinq heures, et ne rien épargner pour que notre festin fut splendide.

Après avoir donné un coup d'œil à la chaloupe, afin de m'assurer que rien n'y manquait pour notre voyage, je me mis en route dans la direction du fleuve.

Le plaisir que l'on éprouve à penser à l'avenir, quand il s'ouvre aussi brillant que l'était le mien, entraîne naturellement dans des rêveries délicieuses, où le temps passe comme un songe ; car il était presque nuit lorsque je revins au navire.

On m'attend là, disais-je tout heureux, et pourtant le pont de la Gertrude était désert. Je me mis à chanter ; mais personne ne parut ; j'aperçus même sur les eaux quelque chose qui fuyait à mon approche ; des *Manta*, peut-être.

Qu'est-ce que cela pouvait signifier ?

Allons, pensai-je, on se cache ; c'est une espièglerie, ou peut-être qu'on me boude. Qui sait ?

Et je me remis à chanter plus haut et plus fort ; cependant on ne répondait pas.

Que se passait-il donc ?

Enfin j'atteignis le bienheureux navire et appelai. Rien !

Voilà une singulière plaisanterie, dis-je en moi-même.

J'entre.

Silence profond ; mais une odeur délicieuse s'exhalant d'une friture bien conditionnée, vient saisir agréablement mon sens olfactif.

Ah ! je le savais bien que tu étais là, ma douce, ma chère Goulouti ! Viens, mon âme, viens, ma belle, car cette fois c'est pour la vie et je ne te quitte plus. Oh ! vois-tu, j'étais en peine de....

Je disais ces paroles et personne ne venait.

Enfin, j'ouvre la porte du compartiment où était la cuisine et, tendant ma tête à l'intérieur, j'entrevois la Fleur-des-eaux assise et immobile. J'avance....

Ah ! horreur ! elle était morte !

Son corps touchait presque au fourneau. Sur la table.... sur la table placée auprès d'elle, était un vase rempli d'alcool.... Je compris alors tout ce qui s'était passé.

Eperdu, hors de moi-même, je remonte sur le pont.

— Venez, mes sœurs, venez ou c'en est fait de moi, criai-je aux *Mania.*

Elles revinrent en pleurant.

Un prêtre arrivé pour bénir notre union, marchait à leur tête

Ainsi que moi, elles étaient venues trop tard....

Mais j'ai hâte d'en finir. Voici ce qui s'était passé :

La pauvre sirène, qui n'avait aucune expérience des boissons alcooliques, après avoir bu considérablement, s'était endormie, vaincue par l'ivresse ; et pendant son sommeil, grâce à un de ces soubresauts qui lui étaient habituels, sa queue de poisson étant sautée par mégarde dans la poêle à frire, une fois cuite à point, le chat l'avait emportée.

Que dis-je, le chat, ou plutôt les chats ; car j'aperçus mes deux brigands qui, après m'avoir mangé la moitié de ma femme, étaient en train de s'étrangler avec ses arrêtes.

C'est alors que je compris le mobile de leur affection envers leur maitresse, non moins que ces effroyables paroles du prêtre thalassien :

Prends garde au ch....

Cela se passait le trente et un mars, ou plutôt le lendemain.

Je n'ai jamais pu achever ce récit, dont le glacier connaît le dernier mot, car le jour suivant je mis précipitamment à la voile et revins seul en France ; mais j'avais incendié la Gertrude pour brûler mes chats.

Hein ?

Tournus, 15 août 1871.

Saint-Etienne, imp. Montagny, rue de Lodi, 2.